母亲的升子

赵攀强 著

陕西新华出版传媒集团
太白文艺出版社·西安

图书在版编目（CIP）数据

母亲的升子 / 赵攀强著. -- 西安：太白文艺出版社，2021.6（2022.3重印）
ISBN 978-7-5513-1930-0

Ⅰ.①母… Ⅱ.①赵… Ⅲ.①散文集－中国－当代 Ⅳ.①I267

中国版本图书馆CIP数据核字(2021)第093633号

母亲的升子
MUQIN DE SHENGZI

作　　者	赵攀强
责任编辑	刘　涛　刘　雨
封面设计	郑江迪
版式设计	新纪元文化传播
出版发行	陕西新华出版传媒集团 太 白 文 艺 出 版 社
经　　销	新华书店
印　　刷	涿州军迪印刷有限公司
开　　本	787mm×1092mm　1/16
字　　数	320千字
印　　张	22.25
版　　次	2021年6月第1版
印　　次	2022年3月第2次印刷
书　　号	ISBN 978-7-5513-1930-0
定　　价	68.00元

版权所有　翻印必究
如有印装质量问题，可寄出版社印制部调换
联系电话：029-81206800
出版社地址：西安市曲江新区登高路1388号（邮编：710061）
营销中心电话：029-87277748　029-87217872

自序

我的第三部散文集《留住乡愁》是2015年12月出版的，随后的四年时间，我的写作基本上处于自由闲散状态，既没有明确的方向，也没有条条框框，随心所欲，有啥写啥。所以文章的题材就有点杂，表现的手法也有点乱，有些篇章难登大雅之堂。

是否有必要将这些文章加工整理，出本集子，我思考踌躇了好长时间。起初的想法是不想再费力了，一是工作太忙，没有时间；二是成本太贵，还要自费；三是内容浮浅，缺少价值。后来我将这些文章从头至尾看了一遍，想法慢慢改变了，我觉得出本集子还是有必要的。尽管这几年写出的东西，不成系统，缺乏艺术性，但是每篇都是现实生活的真实记录，写出了我的所见所闻所感，反映了我的真性情。出本集子，便于回顾总结，寻找差距，帮助自己提高，同时也可以留作纪念。

于是我利用业余时间着手整理书稿，从中筛选了一百余篇，分为亲情、乡愁、往事、随笔、游记五辑，汇编成册，定名《母亲的升子》，这个书名也是该书第一篇文章的标题。书中收录的文章主要是我 2016 年至 2019 年创作的散文随笔,同时还收集了以往几本散文集漏选的部分文章。

《母亲的升子》的公开出版,不是我文学创作的终点,而是一个新的起点。以后的人生岁月,我的工作重心将逐渐过渡到退休生活。属于自己的时间会越来越多,人生的阅历会越来越丰富,文学创作的空间也会越来越大,愿文学与我终生相伴。

赵攀强

2019 年 11 月 30 日

目 录

第一辑
亲 情

母亲的升子 /2

进城卖羊 /5

幸福是碗姜汤面 /9

父亲的小灶 /12

母亲的捶布石 /15

深夜里的红灯笼 /18

怀念岳父 /21

难忘的夜晚 /24

陪伴就是幸福 /27

我的女儿 /30

回女儿的信 /36

女儿的礼物 /39

女儿的假期 /41

第二辑
乡　愁

村里的老油坊 /46

故乡的打麦场 /48

家乡的柿子树 /51

告别老屋 /54

记忆中的大河洲 /56

衙门口记事 /58

油菜黄稻谷香 /64

老家的大槐树 /67

索索草 /70

漫步家乡的田野 /73

写春联 /75

童年草屋 /79

撞进童年记忆的那条大鱼 /82

老家的石磨 /85

草鞋的记忆 /88

乡村木匠 /91

乡村露天电影 /94

麦收时节 /98

即将消失的村落 /101

第三辑
往　事

广元行记——参加"第五届中国西部散文家论坛"有感 /106

漫步西安环城公园的日子 /109

乌手指的小姑娘 /111

区公所往事 /114

教师节，我去看恩师 /122

商洛培训花絮 /124

月光下，小河畔，那个夜晚 /127

井冈山随感 /130

莲花民宿，将我带回美妙的童年 /133

难忘的深山夜宴 /136

凡事先检讨自己 /139

顽皮的童年 /142

迟到的荣誉 /147

想起那个大雪纷飞的日子 /149

黑夜里的灯光 /152

难忘老师的批评 /155

那年北京出差 /158

我的包帮户老龚 /163

怀念杜峻晓 /167

第四辑
随 笔

彼岸花开 /172

人生三趣 /175

旬河浪花 /183

小院风景 /186

时间从办公室溜走 /190

那一次次感动催我前行 /192

读书与写作，让我的人生充满快乐！/195

华发早生 /198

敬畏文字 /200

挑食的流浪狗 /202

物质女人 /204

今年秋天有点热 /206

难忘那些瞬间 /208

人不可无趣 /210

善待身边的每个人 /212

要让每日不虚度 /214

劳动的身影最美丽 /216

换一种活法可好 /218

在喧嚣中远离浮躁 /221

一生干不了大事，那就每天做小事 /223

再忙也不能忘记阅读 /226

笔耕与感恩同行 /228

为平凡的生命感动 /231

生活其实不简单 /233

买菜记 /235

难熬的夏季 /237

路边卧着的狗 /240

人生常会陷入两难 /243

冬日里的暖阳 /245

池中睡莲 /247

芍药的哭诉 /250

凡人小事 /253

快乐源自于心态 /255

人生的热爱与无奈 /258

在假日感受生活 /261

自作多情 /264

原来我是一只笨鸟 /266

亲山亲水亲生活 /269

作家要靠作品说话 /272

大宋为何受尽欺凌 /274

"李广难封" 是西汉考核标准

不科学 /277

张居正算不算中国名相 /282

徘徊山海关 /284

剑门关感怀 /287

快乐的手艺人 /290

草原的故事 /292

笑傲千年，却无奈今天 /295

第五辑
游 记

楼房河印象 /298

去天门山探险 /300

山水太极城 /303

我的蓝田情结 /306

陕南秋色 /309

秋天的早晨 /311

陕南的雾 /314

棕溪走笔 /317

春色不等人 /320

河堤春色 /323

路过石泉 /325

去看文星塔 /327

嘉峪关随想 /330

探访崩云峡谷 /333

太极城森林公园遐想 /336

大黑山——安康湖畔的黑珍珠 /338

不到双河，你就不知道双河有多美 /341

第一辑

亲情

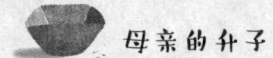 母亲的升子

母亲的升子

虽然母亲已故二十余年了,但母亲的升子却令人记忆犹新。每当想起母亲,自然就会想起那口升子,因为它记录着当时家庭的生活及人生的风雨。

升子是过去陕南农村常用的一种量具,主要用于盛装粮食,由五块木板组成,周身为四块梯形木板,底座是一块方形木板,口大底小。十升为一斗,一斗为三十斤,一升大概可以盛装三斤粮食。那时生活困难,家中没有余粮,尤其是白米细面更是少得可怜。陕南人热情好客,家中来了客人,即使没有米没有面,也要赊借好米好面来招待客人,等到自家有了新米新面再去归还。而且,在农村但凡大小事送礼,送的主要也是粮食。在这借来送去的过程中,升子发挥着重要的作用。

母亲的升子是什么时候有的,无人知晓。据说,是从祖母手上传下来的,是用上好的木板制成的。由于几代人长期使用,它已被磨得油光亮滑,俨然是一件工艺品。一天,三舅来了。母亲想做顿白米饭好好招待他,可是家中已经没有米了。母亲拿着升子悄悄从侧门出去了,不一会儿就借回一升米。农村有种"升平斗满"的说法,意思是用升子装东西装到平口就行了,而用斗量东西必须高过斗口,装得满满的。借的时候自然是平平的一升米,但过些天还时,母亲却把升子装得很满。我有点不高兴地说:"借多少还多少,为什么要还得这么多呢?"母亲对我说:"做人要厚

道，不能斤斤计较，在你困难的时候人家帮助了你，我们应该心存感恩，知道报答，借平还满，心里才会踏实。"记得一个周日，表姐来了。表姐爱吃油馍，母亲想做顿油馍给表姐吃，可是家中的白面所剩无几。母亲又拿着升子借回平平一升麦面。母亲做饭的手艺百里挑一，油馍烙得白里透黄，表姐吃得心花怒放，我们自然也沾了光。到了还面的时候，母亲还是把升子装得满满的。这也就罢了，令人想不通的是，她竟然把特级粉还给了人家。那时农村推磨磨面，麦子至少要推三遍。第一遍用面罗筛出的是特级粉，后面几遍筛出的就是普通粉了。特级粉既细又白，普通粉要差一些，借面一般借的都是普通粉。我说："特级粉还给人家有点儿可惜。"母亲对我说："邻里之间要互敬互爱，人敬我一尺，我敬人一丈。我们要时刻记着别人的好处，滴水之恩要涌泉相报啊！"

大哥结婚那天，村里家家户户都来恭贺。村上有个困难户也送了礼。礼房先生凑在母亲耳旁悄悄说："这家伙送来的那瓶柿子酒其实是一瓶水。"母亲笑着说："就在礼簿上写一瓶酒好了。"后来遇到那个困难户家里过事，大人安排我去送礼。我说："我们也装上一瓶水送去算了。"母亲生气地说："咋能这样想呢？当时人家有难处，只要人来，心意到就行了，不要老记着那瓶水的事。我们要记住别人的好处，不能老记着别人的不足。何况咱家的日子比他家过得好些，我们应该时刻关心他、帮助他，而不要歧视他、记恨他。"说完，母亲找来一个空酒瓶，灌满一瓶柿子酒，然后又拿起升子，装满一升玉米倒进我的书包，让我送去那家。

母亲的升子不仅自己用，还经常借给邻里用。后来，时间长了，升子用坏了，母亲就拿祖传的一只香炉当升子用。说来也巧，那只香炉的容量和升子基本相同，所不同的是香炉更漂亮，更珍贵，还是一件青花瓷的工艺品。母亲弥留之际，我不在身边，她老人家一再叮嘱姐姐，要把香炉转交给我。

我知道，母亲给我留下的不仅仅是香炉，还有那口升子。那里有母亲

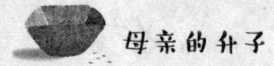
母亲的升子

的生活,母亲的故事,还有母亲的人格,母亲的教诲。更重要的是,那里有母亲的精神和我们的家风,她想让我将其好好保存下来,留给自己,传给子孙。

(原载于2017年3月10日《陕西日报》秦岭副刊,先后入选《北师大版2018—2019学年九年级第一学期期末考试语文试卷》《广东省肇庆市第四中学2018—2019学年八年级上学期期中考试语文试卷》《实验中学2018—2019学年八年级第一学期语文期中测试卷》《新人教版2018年秋八年级语文上册二单元习题课件》《初中语文八年级上册(2017部编)全册同步练习》《2020人教版语文八年级上册一课一练》)

进城卖羊

我第一次进城大约是在十二岁的时候,那时上小学六年级。有个周末,父亲对我说:"你快要升初中了,家里没有钱,明天我带你到县城去卖羊。"

星期天,父亲起得很早,催我起床吃饭,说路途远,回来可能很晚,让我一定要吃饱。饭后,他递给我一根荆条,当作鞭子。他在前面牵羊,我在后面驱赶,朝旬阳县(现旬阳市)城的方向走。

走过吕河集镇,踏上趸船,渡过汉江,我的双眼瞪得老大,感到惊讶!因为我从来没有见过这么大的集镇,也没有见过这么大的江河,更没有见过这么大的趸船,心中异常激动。

父亲牵着羊,我在后面赶,就这样一步一步,走着走着,慢慢地我渴了,累了,身上出汗了,实在是走不动了。我问父亲还有多远。他说不远了,坚持一下就到了。可是我坚持了好长时间,还是没有见到县城的影子。

我拖着疲惫不堪的身子,迈着沉重的脚步,一步一步地向前走着,走着,终于看到了一个巨大的烟囱,直插云天,上空冒着浓浓的黑烟,下面是好大一片房子。我问父亲,那就是县城吧?他说,那是旬阳水泥厂,到县城还有一半的路程呢。

终于望见县城西头的柳树林,父亲说到了,这里是县城的屠宰场。他

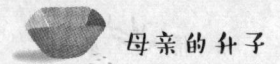 母亲的升子

让我坐在路边的石头上歇会儿，自个儿去卖羊。我看到屠宰场里的屠夫正在宰羊，好大一只羊，被他一下子摁倒在水泥台上，一把长刀猛刺羊的咽喉，一股鲜血喷涌而出，然后用刀尖割破羊的四个蹄筋，三下五除二就把羊皮剥了下来，动作非常麻利，但是十分残忍。

我催促父亲快走。他卖了羊，收了钱，拉着我的手又朝县城洞口方向走去。我想尽快离开屠宰场，主要是不想看到我家那只羊被人宰割的血腥场面。我家那只羊是一只狗头羊，也就是没生羊角，全身白毛。每个周末我都会放羊。下雨天我就上山割草喂它。这只羊很听话，我和它建立了深厚的感情。一下子把它卖掉，我于心不忍，如果亲眼看见它被人宰杀，心里更是承受不了。

走在县城河街，父亲边走边给我介绍：那是洞口，那是汉江，那是套河，那是旬河，那是大河洲，那是大河南，那是王家山，山上还有一座孟达塔。父亲指的这些地方都很美，但我此时却无意欣赏。因为时间已到下午，我实在是累坏了，渴坏了，饿坏了，而且心里还惦记着那只羊。

父亲终于在街旁一家饭馆坐下，给我买了两个肉夹馍。这是我第一次下馆子，也是头一回吃肉夹馍。我觉得肉夹馍肯定是天下最好吃的东西了！饭后我想喝杯水，但是店主说没有水了，于是我们就走出那家店，继续逛街。

父亲又带我参观了东门。其实那时东门已经没有了，不过地名叫东门而已。经过影剧院、城隍庙、衙门口、文庙，我们看到了县委大院和政府大院，还看到了里面的千年古柏，但只是站在外面看看，没有进去。

父亲说带我到城里的亲戚家坐坐，顺便要点水喝。我正渴得要命，欣然同意。我们的运气真好，亲戚家门开着，我们就走了进去，屋里坐着一位妇人，五六十岁。父亲和她打招呼，让我叫她奶奶，看来她是父亲的长辈了。这位奶奶没有起身，也没有倒水，说话声音低微。不一会儿从门外

进来一位年轻的女性，卷发、口红和高跟鞋很刺眼。那位奶奶向她介绍，这是你全发哥，那是全发哥的儿子。父亲急忙向我介绍说，这是你姑姑。还没等我开腔，那位姑姑瞥了我们一眼，一阵风似的进到里屋去了。只听奶奶说，给全发哥倒杯水喝。可是那位姑姑拿了一件衣服，又一阵风似的走出门去，没了踪影。这时我坐不住了，拉扯父亲的衣袖，让他快走。父亲起身告辞，奶奶说吃了饭再走，我急忙说不饿不饿，父亲也一连附和着说不饿不饿。

走到西城门，看见有人用水桶在门边的水房里接水。我口渴得坚持不住了。父亲就对那人说，给我半瓢水，娃渴得不行了。只见那人斜视我们一眼，极不耐烦地舀出半瓢水递给父亲，父亲又将瓢递给我。我接过葫芦瓢，咕噜咕噜一口气饮了大半，看见父亲也口渴着，就把余下的水递给父亲，喝完我们出了西城门。这时只听身后有人说："一看就是农村人。"我气愤到了极点，觉得人格受到极大侮辱。

走到六家巷，父亲站住了，指着右边那条小路，说那是洞儿碥；指着中间的石阶，说那是西炮台；又指着左边的石阶，说从这里下去就到了河街。父亲问我还到不到其他地方看看，我说不看了。此时我心烦意乱，只想快快离开县城，早早回家，于是我们就从这里下到了河街。

返回洞口的时候，父亲说洞口那边就是菜湾，过去看看。父亲出于好意，我为了让他遂心，就随他走过洞子，看到洞口那边空旷的菜湾和悠悠的旬河，心情一下子舒展了许多。随后我们又折回来，原路回家。记得那天回到家里已是半夜，乡村寂静无声，偶闻几声犬吠划破夜空，原来我们被家犬误认为陌生人。

这是父亲第一次带我进城，也是最后一次。因为四年之后，也就是我初中毕业考上安康农校那年，父亲因病去世，当时我还不满十六岁。多少年来，因为没有了父亲的照顾，我的人生举步维艰，在长期的摸爬滚打和拼命挣扎中，常常感到无助和孤单。每当此时，我就会想起进城卖羊时的情景，尽管那时很苦很累，又遭人白眼，但还有父亲在我身边……

(原载于2018年第10期《法治与社会》杂志)

亲 情 第一辑

幸福是碗姜汤面

我小时候感冒，基本上不看医生，一碗姜汤面就可解决问题。当时生活困难，没钱看病，有了头疼脑热，母亲总会用各种土办法将病治愈，最常用的是姜汤面。

母亲做的姜汤面可谓独具风味。尽管这种面食备料简单，只需生姜、食醋、麦面三种主料，但做工非常讲究。首先是擀面，这道工序很难把握，面厚了缺乏口感，薄了容易扯断。我不得不佩服母亲的手艺。她每次擀出的面片，两指宽，两尺长，薄如蝉翼，柔韧有余。其次是备料，先将生姜切成小块，剁成细末，越细越好；再将食醋与蒜苗、辣椒、香油、汤料合理调配，浓淡适宜。

感受姜汤面的滋味是在有了记忆以后。以前母亲做过多少次，我并不知晓，因为那时太小，什么都记不得了。第一次记住姜汤面是在上学以前，我那时大概是五六岁吧。

那天下午，我突然感觉身体不适，头疼，发冷，咳嗽，四肢乏力。母亲正在洗红苕，剁猪草，见我有些异常，走过来摸摸我的额头说："感冒了，等会儿忙完了给娃做碗姜汤面。"

我就坐在墙角的小凳上看着母亲干活。只见她在灶房的一口大锅里蒸红苕，在另一口大锅里煮青菜，这是我们一家人的晚餐。饭后母亲又在一口大锅里煮猪食，然后提着潲水桶去喂猪。每个干活的间隙，母亲都会跑

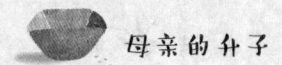 母亲的扴子

来把我抱会儿，摸摸我的头，挨挨我的脸，使我浑身感到温暖。

忙完了，母亲洗净那口小锅，一边烧水，一边擀面。一块面团，一根擀面杖，在母亲手里变着戏法。一会儿工夫，案板上就有了一张超薄的大圆盘，然后母亲拿起菜刀，一刀一刀地划下去，每页面片宽窄相等，长短适宜，仿佛件件都是工艺品。母亲调制作料，刀工娴熟，手脚麻利，最后在调料碗中倒入沸水，香气扑鼻。

母亲在灶台操作，我在灶门添火，锅下火焰熊熊，锅上热气腾腾。红通通的火光照在脸膛，全身热乎，心里敞亮，那种感觉很美妙。这真是童年幸福生活的生动写照啊！

母亲为我捞面、浇汤、搅拌。我端着碗，狼吞虎咽。我被姜汁辣出眼泪，被食醋酸出口水，被热面烫得直伸舌头。母亲说："吃慢点儿，姜汤面就要靠酸、辣、烫，刺激身体发汗排毒，逼出体内的寒气，吃完了去蒙头睡一觉，出一身汗就好了。"母亲做的姜汤面太好吃了，那薄得像纸的宽面条是那样柔滑可口，那精心调制的姜面汤是那样酸辣适中、鲜香可口，以至于我吃了好多还觉得没有吃够。我在那里吃面，母亲则站在旁边观看，脸上是微笑，眼里是深情，满身洋溢着幸福。其实，我比母亲更幸福。

吃了那碗姜汤面，母亲为我端来洗脚水，帮我洗脚，那水好温暖、好舒服。然后母亲抱我上床，用被子连头带脚将我整个身子蒙在里面，四周裹紧，之后又取来一床被子加盖在上面，并叮咛说："别动，好好躺着，快快睡着，捂出一身汗就好了。"我躺在被子里，周身暖和，头脚冒汗，不知不觉昏昏睡去。

我醒来，天还没亮，屋里的煤油灯还在亮着，母亲坐在床头做针线活。我问这是晚上还是早上。母亲说已经是早上了，等会儿天就亮了。这时母亲用手摸摸我的额头，亲亲我的脸，说头不烫了，病全好了，让我再躺一会儿，她要去挑水、扫地、洗菜、喂猪，等活做完了再来看我。

当我再次醒来的时候,是母亲把我叫醒的,她说:"小懒虫,太阳把屁股晒红了,还不起床!"说完,她用热毛巾为我擦脸,端来一碗荷包蛋。我清楚记得,那是四个土鸡蛋,外白内黄,里面放有葱花和白糖,味道鲜美。我一口气将其吃完,放下碗筷,活蹦乱跳地跑出去找小伙伴玩耍去了。

尽管上面记述的这些童年往事,距离现实生活越来越遥远,但是随着时间的推移,那样的生活图景却越来越清晰,并深深地印在了我的心里,直到永远……

(原载于2018年12月7日《安康日报》文化周末)

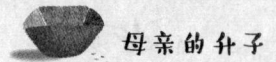 母亲的升子

父亲的小灶

我和父亲共同生活了近十六年,具体是从我1967年8月出生至1983年7月初中毕业这段时间。自从那年我踏进安康农校的大门之后,再也没有见到过父亲,因为他老人家已经离开了人世。

我对父亲的记忆,七岁上学前基本是模糊不清的,能够记住的仅仅是上小学和初中那九年的一些往事。说心里话,我对父亲感情不深,留下的记忆也少得可怜,所能记住的都是他的缺点,比如性情粗暴,言语伤人。更令人不解的是,他在大灶旁边支了个小灶,和我们全家分灶吃饭。那时我们家里共有六口人,除父亲外,还有母亲、大哥、二哥、姐姐和我。我们兄弟姊妹四人对父亲都有意见,对他经常打骂我们,以及分灶吃饭非常反感。

记得那是上小学的时候,有天我对母亲说,父亲真不像话,竟然一个人开个小灶,不和我们在一个锅里吃饭。母亲笑着说,父亲和你们吃不到一块儿,他早出晚归,活路很重,加之他是关中人,口味不同,身体也有病。

母亲说的是实情。父亲老家是长安县,旧社会为躲避国民党抓壮丁逃到陕南,他的性格、口音、饮食习惯和我们有很大不同。但这不是他开小灶的主要原因。当时我家生活异常困难,兄弟姊妹四人都在读书,一家人的花销主要靠父亲卖麻花挣钱供给。在我的记忆中,每天晚上父亲和母亲

炸麻花都要忙到深夜，然后将出锅的麻花装进两只四方形的大篾箱中，合上盖子，用绳子系牢。每天半夜鸡叫，母亲就要起床给父亲在小灶做饭，父亲则要赶在天亮之前吃完早点，拿出扁担，挑着担子上路。每天太阳落山之后，有时天都黑了，父亲才拖着疲惫不堪的身子摇摇晃晃地走回家中，将当天卖麻花收到的票子进行清点，交给母亲，然后吃饭，晚上继续夜战。父亲和母亲炸麻花的手艺远近闻名，听说他们继承了祖传秘方，炸出的麻花颜色黄亮，香脆可口，人们争着购买。

那时，父亲像是不停行走的钟表，周而复始，没有停歇的时刻，每天睡眠的时间很少很少。母亲也是一样，忙里忙外，手脚不闲，仅仅做饭一项每天就要做五次：父亲早点走后，给我们做早饭；中午放学前给我们做午饭；晚上先给我们做晚饭，之后再给父亲做晚饭。收拾停当，就又开始炸麻花。

我敢肯定，父亲是当地走路里程最长的人，原吕河区境内的乡乡村村都会留下父亲的足迹。他每天挑着担子，走乡串户，吆喝叫卖。可以想象，他走得步伐沉重，他叫得口干舌燥，有时饥渴难忍，有时日晒雨淋，有时遭人白眼，有时或许实在是走不动了，但是为了生活，不得不在山路上继续行走。那时吕河方圆几十里的人没有不认识父亲的，他们私下经常谈论的那个挑着担子"卖果子"（当地人把麻花叫果子）的山外人，就是父亲。

由于父亲常年辛苦劳累，在我考上初中那年，他病倒了。我看到他买回大瓶装的苏打片，大把大把地吃那种药片。他说经常胃疼，吃不下饭。即便如此，父亲总是病了歇两天，然后继续坚持炸麻花、卖麻花，就这样勉强坚持了不到一年，在我上初二时完全卧床不起了。那时，父亲依然吃着小灶，但吃得越来越少了。父亲的小灶吃的并不是什么好东西，只是熬些稀粥，煮些青菜，偶尔弄点羊杂泡馍，仅此而已。父亲爱喝糖水，但他从来没有买过白糖或者红糖，每次买一小包糖精，想喝时在白开水里放上

13

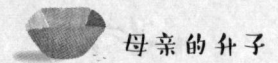 母亲的升子

一点点。父亲对我最心疼，有时想让我也吃点小灶，喝点糖精水。但是母亲说，你身体有病，不能影响孩子。父亲听了就说，是的，是的，孩子的身体健康要紧。其实，父亲在年轻时就已经患上疾病，为了生计一直在忍受着、坚持着，只是我们没有注意到罢了。直到1983年，父亲实在支撑不住了，离开了我们，我记得父亲去世时还不到六十岁。

父亲奔波一生，既有苦劳更有功劳，先后供养大哥和二哥高中毕业并娶妻成家，还供养了姐姐和我初中毕业。这些现在看似简单的事情，在当时是多么不容易呀！虽然父亲脾气暴躁，但心地善良；尽管他开着小灶，也是事出有因，情有可原。现在回想起来，是我们对不住父亲，他有病，却从来没有到医院看过，不是他不想看，是家里实在没有钱，硬是让生活的重担和疾病夺去了生命。就是这样一个病人，他对我们的付出和对家庭的贡献也超乎常人。想到父亲一生劳苦，没有过上一天好日子，我总感到心酸和遗憾。

（原载于2019年7月25日陕西法制网今日头条号）

母亲的捶布石

有一次回家，我发现家里那对捶布石不见了。我在房前屋后转了转，还是没有看见，方才确信捶布石丢失了，心中顿时感到失落。

那对捶布石放在院坝台阶两侧，正好与老屋两个门墩相对，成为家里的门户石。两块石头颜色青黑，大小相等，呈正方形，表面光滑，能够照出人影，重量都在百斤以上。

想到捶布石，自然想到母亲。因为它们让我看到了母亲辛劳的身影。母亲爱干净，经常浆洗被褥、床单和衣物。这种浆洗现在不常见了，它是先将衣物放在水里清洗，然后在盛有米浆水的大木盆里过浆，捞起来后拧干，晒干。接下来，母亲就会将那些衣物折叠整齐，平放在捶布石上，蹲在旁边，右手扬起棒槌反复捶打，左手捏住布料边角转换位置，捶好正面，再捶反面，捶完这件，再捶那件。我记得，那时的衣被都是些粗糙的纯棉布料，通过浆洗和捶打，一则柔软舒适，二则经久耐用。

母亲时常将捶好的棉布铺在院坝的竹席上，再把棉花铺在棉布上，用布料盖住棉花，叠起四角。母亲跪在席上，穿针引线，缝制棉被。剩下的废布条，母亲从来舍不得扔掉，而是细心收集起来，用糨糊贴在木板上，一层布条，一层糨糊，层层叠加，然后晾干，村里人称为"打褙子"，主要用于做鞋底。母亲担心刚做的布鞋磨脚，也用棒槌在捶布石上捶打新鞋。每当母亲做活的时候，我就坐在捶布石上陪她。

母亲的升子

每到夏季，邻里的男女老少都会聚集到我家院坝纳凉。这时，捶布石就是我们这些孩子的争夺对象。因为坐在石头上面，既舒服又凉爽。常常是哥哥刚刚坐上石头，弟弟就将哥哥撵走；姐姐刚刚坐上石头，妹妹又将姐姐撵走。争抢不过的时候，孩子们就会哭着向大人告状，直到争赢为止。对门家的小孩还会把捶布石当成餐桌，将小碗放在石头上，一屁股坐在地上，笨拙地把饭扒向嘴里，往往进嘴的少，撒在石头上的多。看到孩子弄脏石头，我很生气，要去教训并赶走他们。母亲急忙制止，说不能这样，让我要学会关爱弱小。等孩子吃完饭，母亲就拿起抹布，将石头擦拭干净。

我们村子位于两座小镇之间的必经之路上，所以捶布石也成了过路客人歇脚的地方。来来往往的客人，走到我家门前的时候，会坐在捶布石上休息。只要母亲在家，就会主动招呼他们，端去茶水。遇到吃饭的时候，母亲还会给客人端饭。记得有一次，一位客人从县城来，要回神河去，走到我家门前，一下子坐在捶布石上起不来了，他饿昏了。母亲急忙给他舀了一碗刚煮好的红薯稀饭，客人吃完缓了过来，母亲又舀了一碗给他，客人吃后有了精神才离去。三年后的一天，这位客人又来了，送给母亲一捆棕树皮，说当年母亲救过他的命，非要感谢不可。其实，这时母亲已经记不起他了。

我爱坐在捶布石上玩耍，因为坐在那里视野开阔。院坝前面是竹园，竹园前面是沙滩，沙滩前面是吕河，一眼可以看到竹枝上的小鸟，还可以听到吕河里的水声；院坝后面是老屋，老屋后面是古树，古树后面是平定河，一眼可以看到树枝上的皂角，还可以听到小河旁水磨坊里机器的轰鸣声。院坝左边的杨槐树，右边的柿子树，粗壮无比，枝叶繁茂，随风飘拂，光影斑驳。一天，看到一位阿姨收工回来，我突发奇想，向她撒了个谎。母亲听到我在骗人，出来嚷我，说："火心要空，人心要实，做人要像捶布石那样，实实在在，以后千万不能说谎骗人了。"听了母亲的教诲，我的心里很内疚，并暗下决心做个诚实的人。

记得我考上中专那年，母亲很高兴，为我买来新棉布。她还像往常那样，浆洗，晾干，放在捶布石上捶打，跪在竹席上为我缝制新棉被和新棉袄。母亲说，这床棉被和这件棉袄，里子是最好的棉布，面子是最好的丝绸，中间装的是最好的棉花，要知道珍惜。看到母亲弯腰弓背在席子上一针一线精心缝制，无限酸楚涌上我心头，真是"慈母手中线，游子身上衣"啊！我很清楚，为我置办这些行头，母亲已经倾其所有了，棉花和丝绸还是赊来的。中专毕业离校时，我觉得带着那床棉被是个累赘，就送人了。参加工作的那年冬季，我到县委党校培训，结业时，又觉得带着那件棉袄是个负担，便寄放在班主任家里，从此再也没有取回。

那时我初入社会，盲目追求物质享受，迷失了自己。殊不知，一切的烦恼和苦闷随之而来，常使我精神恍惚，意志消沉。有次回家，母亲坐在我身旁，发现我神情异样。她问起了那床棉被和那件棉袄，我支支吾吾无言以对。母亲语重心长地对我说："儿呀！要想做事，先学做人，将来不论官做多大，钱挣多少，都无关紧要，关键是不能忘记根本啊！"听了母亲的教诲，我幡然悔悟。后来的人生，我没有辜负母亲的希望，把做人当作人生的头等大事，身体力行。现在虽然看不见捶布石了，母亲也早已离开人世，但在我的心中，捶布石依然存在，母亲依然活着。母亲的音容笑貌时常浮现眼前，母亲的谆谆教诲始终萦绕耳际，我时刻不敢忘记。

（原载于2019年4月3日《陕西日报》秦岭副刊）

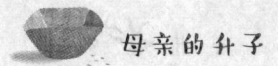 母亲的升子

深夜里的红灯笼

夜已经很深了,我走在回家的小路上,心里有些害怕。那条山路是在半山腰上凿出来的,路上山峰陡峭,路下万丈深渊,我就一个人在这条羊肠小道上小心翼翼地走着。月色朦胧,星光暗淡,任何风吹草动都会将我吓出一身冷汗。我尽量靠里行走,生怕稍有不慎,一脚踏空,跌下悬崖。我不停地给自己壮胆,挺住!马上就到家了。这时,我猛然发现远方的一个亮点,顿时浑身感到温暖。我加快行进的步伐,下得山来,涉水过河,踏上垭子的青石台阶。前方的光亮越来越大,走得近了,我看清了那是一盏红灯笼,身躯佝偻的母亲站在灯后,给我照路。我的眼眶不由得湿润了。

翻身醒来,发现枕巾湿了,我又做梦了,梦到母亲了。不知是什么原因,近年来我经常梦到母亲,每次都是自己深夜回家,母亲提着那盏大红灯笼,站在村口等我。我想,是不是我的灵魂在我睡着的时候游离出去,回家探母了?还是我有什么伤痛需要回家告诉母亲了?抑或是母亲在天有灵,对儿子的身心健康有了牵挂?俗话说:"儿行千里母担忧。"是不是该回家去看看母亲了?尽管母亲离开我们已有二十四年,我也要回去跪在母亲坟前,向她老人家倾诉衷肠。

这些梦里的情景,是那样清晰。其实,这并非虚无缥缈的梦境,而是我少年生活的真实投影。记得上中学的时候,每天半夜鸡叫,母亲起床为

18

我做饭，然后一手提着灯笼，一手拄着拐棍，送我上学。在我越过故乡的小河，翻过那段危险山路的时候，正好赶上黎明前的黑暗，母亲担心我的安全，坚持要去送我。学校下晚自习后，我还要走十余里山路回家，母亲又提着那盏灯笼站在村口等我。

上大学的时候，母亲天天为我牵肠挂肚。在我生病住院那段日子，母亲昼夜难眠，望眼欲穿。听姐姐说，母亲得知我快要回来了，每天夜晚都会站在村口，提着那盏大红灯笼等我回家，一等就是半夜。由于日夜焦虑，又感风寒，母亲撑不住了，病倒了。虽然她老人家卧病在床，但心一直操在我的身上，每天晚上总会不厌其烦地对姐姐说，去看看吧，是不是强娃回来了。我回家那天，母亲一把搂住我，放声大哭："儿啊！你总算回来了！"然后睁大眼睛望着我，从前望到后，从头望到脚。接下来用手在我的全身上下摸索，特别是在我手术伤口部位摸了又摸，热泪在我的胸前滴落。哭过之后，母亲强撑病体，翻身下床，拄着拐杖，来到厨房，为我烙煎饼，打鸡蛋，一下子精神了许多。

步入社会后，由于自己年轻气盛，不谙世事，思想单纯，经验不足，遭遇了许多挫折，弄得焦头烂额，遍体鳞伤，好像一只迷路的羔羊，是那样无奈、无助、苦闷与彷徨。这时，母亲来信让我回去，我相信"心灵感应"之说，可能是母亲感知了儿子的痛楚，呼唤我回家疗伤。回到久别的老家，看到故乡的土地，故乡的山水，故乡的亲人，我的心里一下子敞亮了许多。投身故乡的怀抱，依偎母亲的身边，仰望头上的蓝天，我的心灵得到抚慰，思想得到洗涤，人格得到升华，从而走出迷茫，重新鼓起了生活的勇气。

"娘在，家就在"。母亲在的时候，逢年过节要回家，单位休假要回家，事业不顺要回家，心情郁闷要回家，走投无路要回家。无论社会多么复杂，心绪多么繁乱，前途多么渺茫，回到家里，待在娘的身边，我的心情马上就会平静下来。最近老是梦到回家，梦到母亲，梦到那盏大红灯

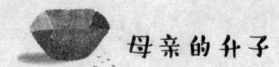 母亲的升子

笼，我想可能是自己太累了，身心疲惫了，需要回家调养了；或者是自己有了困惑，有了难言之隐，需要对母亲诉说了。世事喧嚣，人心浮躁，难免让人感觉心累。庆幸的是，我们在这样的时候可以回家，有家的感觉真好！有娘的感觉更好！即便是只能看到娘的坟头，也好！

(原载于2018年7月20日《安康日报》文化周末)

怀念岳父

结婚的时候，我在小河区公所上班，妻子要在安康江北租房居住。听说房子租好了，岳父前来探望。小小的一间屋子，仅有一张破床铺和一口旧箱子，放着我们的棉被和衣物。我有点不好意思，对岳父说，现在简单些，以后会好的。岳父微笑着点了点头。

过了二十多天，岳父又来了，为我们送来铺板、衣柜、方桌、木椅等日用家具。这些东西都是岳父和内弟紧赶慢赶，昼夜加班，抢时间做出来的，上面的油漆还没有完全晾干。岳父会木匠手艺，这些家具做工精细，造型优美，我用手摸来摸去，心里乐滋滋的。岳父家住在瀛湖，到安康有四五十公里的路程，他将家具做好后，装上车先拉到城里，然后又用架子车分几趟拉到我住的地方（因为我租住的房子与公路有段距离，过不了大车），真是费尽了周折。看到岳父和内弟全身灰土，满头大汗，我感到了丝丝温暖流进心田。

我调到县委宣传部工作后，妻子也从安康来到旬阳，住在老城。后来我办公的地方搬到莲花池的新县委大楼，居住的地方仍在老城的龚家梁。记得有年冬季某个晚上，寒风刺骨，雪花飞舞，我正在老城的家里烤火，突然接到一个电话，是农工部小胡打来的，说是我的岳父来了，跑到了莲花池的新县委大楼。

我急忙出门，叫了一辆三轮车，来到莲花池，四处寻找岳父，却不见

母亲的升子

人影。岳父没有手机,我只有再给小胡打电话,询问岳父具体在什么地点。小胡说,他给岳父挡了一辆三轮车,让司机拉到老城去了。我反身赶回老城,在衙门口遇见岳父,只见他身上落满雪花,口鼻直冒热气,肩上扛着大篾笼,里面装满鲜猪肉,有十多条子。我接过篾笼,沉得拿不住,赶紧放在地上。岳父说:"昨天刚杀了年猪,今天就坐火车从瀛湖到安康,再换车从安康到旬阳,在出站口遇上三轮车,我让司机拉到县委,没想到拉错了地方。"我说:"办公在新县委大楼,居住还在老县委的衙门口,是我过去没有给您说清楚。"岳父又说:"小胡这小伙子好,今天幸亏遇到他。"回到家里,妻子炒菜做饭。我陪岳父喝酒,边喝边聊,虽然天气寒冷,心里却暖融融的,我感觉他是世界上最好的岳父。

由于我青少年时代家庭贫困,加之十六岁丧父,二十余岁丧母,在人生的航船上饱经风吹雨打,时常感到孤独无助。自从有了岳父、岳母,我仿佛找到了人生的港湾和精神的依托。两位老人将我视为亲生儿子,关心照顾,百般呵护,使我感受到了家庭的温暖和亲情的滋润。我十分珍惜这份关爱情怀,进而转化为前进的动力,爱岗敬业,勤奋工作,想通过自身的不断努力,取得组织的肯定和社会的认可,并逐步改善工作环境,走出家庭生活的困境。

有次岳父又来做客,看到我的荣誉证书放得满屋都是,杂乱无章,默默记在心里。回去后,他就开始选择木料,锯成木板,刀削斧凿,长短组合,钉锤敲打,制作了一口精致的小木箱。我到瀛湖岳父家里,发现他正在用砂纸打磨那口箱子,于是问他给谁做的。他说:"给你做的,那些荣誉证书需要装进箱子,便于保管,翻取方便。"我说这次回去就将箱子带走。岳父说打磨抛光之后,还要上漆,等到完全做好后给我送去。自从有了这口箱子,我的那些荣誉证书终于找到了归宿,家里一下子整齐了,我的心里也敞亮多了。

岳父发现我爱养花,就将瀛湖老家栀子花的枝条压在土里,等到生根发芽长大,再将枝条从主干剪下,移栽到花盆里,让我带回旬阳。岳父家建有柑橘园,每年霜降过后,他都要把那些最大最好的橘子、柑子和柚子,选出来装进袋子,从一百多公里外的瀛湖,换乘几次车辆,送到旬阳。岳母去世之后,我们将岳父接到旬阳居住,每年秋播之际,岳父总是急得想要回去,说要在房前屋后的园子种菜。我说人老了,需要休养,不能劳累。但是岳父坚持己见,说自己有地,种些蔬菜并不费力,再说孩子们回家过年吃起来方便,不用花钱再买。我们拗不过他,于是送他回去。

几年前,岳父离开人世,我顿感失落,心中痛苦万分,仿佛自己又成了迷路的羔羊,看不清回家的方向。人往往就是这样,老人健在的时候,我们似乎看不见他们对儿女的爱心和苦心;当老人离去之后,我们才深深感受到他们对儿女的千好万好。现在岳父不在了,我很怀念他,尤其是那些过往的亲情片段,时常浮现眼前,令人感动,使人落泪。岳父、岳母在的时候,多好啊!那时,我们的生活是多么温馨啊!

(原载于 2019 年 10 月 19 日 "旬河浪花" 微信公众号)

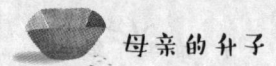 母亲的抄子

难忘的夜晚

　　那是一个美丽的夜晚,美得令人心醉。二十六年了,我心中时常浮现那夜的图景,它是那样清晰,那样神奇,那样令人回味。

　　故事发生在公元 1992 年的春季,大学毕业前我们要去实习。班上同学分为两组。我随团的南线考察组共计二十一人,考察的地方是南京、无锡、苏州、杭州和上海。

　　从苏州到杭州,我们选择的交通工具是客船,出发的时间是晚上,行走的路线是京杭大运河航道。

　　很小的时候,我就知道了京杭大运河:它是世界上最长的古代运河,北起北京,南到杭州,流经天津、河北、山东、江苏和浙江,沟通海河、黄河、淮河、长江和钱塘江五大水系,全长 1794 千米,是中国南北交通大动脉。

　　上船落座后,我的心情激动不已。这就是向往已久的大运河吗?我们真的是乘坐运河客船到杭州去吗?我迫不及待地登上甲板。虽然夜幕降临,两岸的景物朦朦胧胧,但京杭大运河的壮美我是切身感受到了的。那坚固的长堤,那宽阔的河面,那汹涌的河水,那起伏的巨浪,都是那样令人震撼。我想:隋炀帝虽然是暴君,修筑大运河主要目的是为了游乐,但从这项工程本身的角度来讲,它对带动南北社会经济发展具有重要作用。此时此刻,我的心里燃烧着一团火,因为更好的喜事在等着我。

同学走上甲板，说下面准备好了，仪式快要开始了。我走进船舱，里面灯火辉煌，船头的大红喜字和桌子上的糖果露出了笑脸，同学们及其他游客满面红光，兴奋异常。主持人戚老师发表了热情洋溢的讲话，宣布今天是攀强和小花喜结良缘的大喜日子，船舱里不时爆发出雷鸣般的掌声。同学们精心设计的游戏逐项进行，有的容易过关，有的难度较大。看到我俩的窘态，船上的游客大笑不止。不知是谁，突然提议让我们唱首歌。同学们都知道我五音不全，这是有意作难，看我的笑话。幸好小花能唱，一曲《在希望的田野上》，在大运河上飘荡，歌声悠扬，总算救了场。仪式结束，我俩逐一发放糖果，不论熟人、生人，人人有份，整个客船里，祝福声声，喜气洋洋。

　　夜深了，同学们打起了瞌睡，我却依然处在兴奋状态，热血沸腾，激动难抑，于是再次走上甲板，站在船头眺望。夜空漆黑，万物寂静，只听见船只破水之声，只能看到船头泛起的浪花，还有运河两岸闪烁的夜灯，别有一番意境。我不知道客船仍在苏州，还是已进入杭州地界。俗话讲"上有天堂，下有苏杭"。我想大运河两岸风景肯定很美，可是在夜幕下怎么也看不清楚。我在心里嘀咕：我们的带队老师，为什么不买白天的船票，偏偏选择夜晚？可能是为了省钱吧。

　　我站在甲板时间久了，身上感到了一丝丝寒意，雨丝亲吻了脸颊，凉飕飕，湿漉漉，难道下雨了？我不知这是夜露，还是细雨，或者是兼而有之。我转身准备下舱，猛然看到了身后的奇观，只见大运河上飘摇着无数神灯，形成曲线，排成长串，首尾相连，看得见头，看不见尾，好似漫游运河的一条巨龙。后边究竟有多少船只呢？是几十艘，还是几百艘？估计谁也说不清楚。我一下子来了精神，背向船头，面朝船尾，站在船舷，极目遥望：那火龙，摇头摆尾，身子一会儿向左弯曲，一会儿向右弯曲；那灯影，投射水中，发出微光，随波晃动，光影柔美。我惊叹，原来大运河的夜色是如此神秘，如此扣人心弦啊！

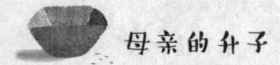 母亲的升子

  回到船舱，小花打着瞌睡，我悄悄坐到她的身旁，轻轻依偎着她。我仔细端详着小花：长长的辫子，弯弯的眉毛，圆圆的脸蛋，浅浅的微笑，多美啊！我觉得自己是世界上最幸福的人。从此，我有了人生的伴侣和生活的依靠。我在心中暗暗发誓：今生今世，一定要竭尽全力，关爱她，呵护她，让她快乐，让她幸福。此时的我，年轻有为，励志进取。几年的大学生活，成绩优异，出类拔萃，马上就要毕业了。今后我将迎来更大的机会，走进北京，继续深造，去追求我人生的梦想与辉煌。现在摆在我面前的，是憧憬，是理想，是希望！

  可惜的是，人生曲折，岁月无情。后来，我既没有去北京，也没有让她过上好日子。不是我粗心大意，也不是我没有努力，而是人生的事情往往由不得自己。多年来，生活艰辛，事业受阻。我俩在人生的航船上，风雨飘摇，受尽煎熬，渐渐变老。想起曾经的浪漫，想起那个夜晚，我留下深深的怀念，徒增对现实的无奈和感叹！现在，我们都已年过半百，孩子也已长大成人。我们所能做的，就是珍惜自己的生命，珍惜当下的生活，用一颗感恩的心，安静的心，知足的心，释然的心，慈爱的心，面对世俗，终生相伴，开心过好每一天，让自己幸福，给别人欢乐，以不负流年。

（原载于 2019 年 3 月 2 日正义与法制网）

陪伴就是幸福

人生唯有经历过分离之苦，才能体会到相聚之甜。我在20世纪80年代末和90年代初的那些年，是深切感受到了分离之苦的。当时我工作的小河区，地处旬阳最北端，接壤镇安。我记得，那时从小河发往县城的班车每天仅有一趟，时间是清晨六点，如果要去安康，必须在县城中转，交通极不方便。

妻子租房居住在安康，就近在一家企业上班。等到女儿出生后，她就在城里带着孩子，殷切盼望我能常回家看看。可是除了春节之外，一年到头我也难得回去两三次，一是路途遥远，没有假期；二是单位发不下工资，没有路费；三是工作任务繁重，无法抽身。女儿学会说话的时候，只有一岁多吧，我曾回去过一次。只见她站得远远的，怯生生地望着我，不愿到我身边来，更不想让我抱她。到了晚上，我困乏极了，想早点休息。妻子说，再等会儿，等把女儿哄睡着了，我们再睡吧。但是，女儿睁着圆溜溜的两只眼睛望着我，丝毫没有睡觉的意思。妻子哄她说："柳儿，快睡吧，半夜了，再不睡觉，野狗就要来了。"没想到女儿竟然说："叔叔没走，我不睡觉。"妻子笑着说："那是爸爸，不是叔叔。"原来是我长期没有和女儿相处，她不认识我了。等到女儿和我混熟了，在我要走的时候，她又不让我走了。只见她在妈妈怀里扭动着身子，伸出两条小臂膀，哭闹着说："爸爸不走！爸爸不走！"那时，我的心里依依不舍，多想留在女儿

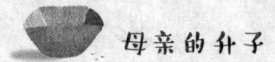 母亲的扑子

身边陪她啊！

女儿两岁多的时候，这年区公所六个多月发不出工资，财政陷入困境。自从春节返回单位后，我半年多没有回家了。那天，我正在某个乡村清收合同款，村干部跑得满头大汗前来找我，说区上捎信让我赶快回去，有急事。我急忙下山，回到单位已是晚上了。区长说，你的爱人来了，抱着孩子。我见到母女俩，内心愧疚得说不出话来。在区上工作的时候，我们的住宿条件是比较简单的"宿办合一"，就是一间房子，中间用墙隔开，里间作为卧室，外间作为办公室。我们一家三口就挤在我的办公室兼卧室里。为了节省费用，妻子自己买菜做饭，油烟呛得人睁不开眼，加之自己刚步入社会，工作不顺，心中郁闷，时常拿娘儿俩撒气。由于女儿太小，不服水土，她生病了。我们急忙抱着她去打针，不料一针下去，女儿身子软了，晕厥了。我们着急了，想尽一切办法赶到县城。医生问，在小河打的是什么针？我们说是青霉素。医生问打了多少？我说两支。医生说，真是胡闹！这么小的孩子，每次打半支就够了，怎么能一次打那么多呢？幸亏治疗及时，女儿的病不久就好了。

经历这件事后，妻子带着女儿又回到了安康。以后的日子，一家人又分居两地，离多聚少。我听说，女儿小时候经常生病，遇到头疼脑热，不管天晴下雨，也不管白天黑夜，妻子急得抱起女儿就往医院跑。扎针的时候，女儿摇头晃脑，四肢乱动，大声哭叫，一会儿喊着："我是健康的！我不打针！"一会儿喊着："爸爸呀！爸爸呀！你快来呀！"医生笑着说："爸爸来了也不行，打完针就好了，听话的孩子，才有人喜欢！"我想，处在那种情况下的妻子和女儿，是多么希望我能陪在身边，搭把手，帮个忙，给予心灵的安慰和家庭的温暖啊！可是，就连这点起码的要求，也成了奢望和梦想。

基层的工作非常辛苦，我常年上山下乡，走村入户，日晒雨淋，饥肠辘辘。有时感到苦闷，自叹命不如人。但我转念一想，作为一个农民的儿

子,能够跳出"农门",有份工作,已经很不错了,还有什么抱怨的呢?我非常珍惜这份工作,克服重重困难,经常加班加点,坚持伏案写作,靠勤奋和努力干出优异成绩,成为全区干部学习的榜样。

  工作之余,不论是在农户家里,还是在单位的办公室里,我都会想念妻子和女儿。我觉得,只要能和家人待在一起,经常陪伴在她们身边,这大概是世上最幸福的事情了。所幸的是,在女儿三岁多的时候,因我具有写作特长,被组织调到了县委宣传部工作。这时妻子带着女儿也来了。单位除了给我安排办公室之外,又给我调剂了一间房子作为卧室,我们终于在县城安家了,住在了一起。我更加珍惜这次来之不易的工作调动和家人团聚的机会,努力工作,发奋写作,写出了许多优秀稿件,推出了不少先进典型,以回报组织的提携之恩,以及单位领导的知遇之恩。八小时之外,我尽量多抽时间陪伴妻子和女儿,享受到了生活的极大乐趣。由于我的父母早逝,在这篇文章中没有涉及这方面的内容。其实,我们除了陪伴另一半和孩子之外,还应该多抽出时间陪伴父母。因为父母的晚年比较孤独,更需要子女的陪伴啊!

(原载于2019年9月10日安康党风廉政网)

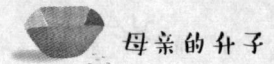 母亲的补子

我的女儿

一

女儿是上帝送来的天使,从她呱呱坠地之日起,我就做了父亲。可我似乎没有准备好,稀里糊涂,还缺乏做父亲的那种意识。

睁开眼睛看世界,女儿显得很胆怯,时刻不愿离开娘怀,抱起就睡,放下就哭。特别是到了晚上,不住地"吵夜"。每当此时,我会寻找各种借口不想沾手,这就苦了孩子她娘。

稍大些,女儿会说话会走路了,越来越可爱,活像一个小精灵。按理说,我应该喜欢她,但我没有产生喜欢的感觉,好像自己还是个孩子,随意而任性。

那时,我在乡下工作,孩子和她娘住在安康,相处的时间不多。正好县上让我参加《安康日报》通讯员培训班,一家人方才有机会相聚几天。下课后,我把报纸带回家,给娘儿俩看我发表的文章。不知什么时候,女儿来了灵感,找出彩笔,将报头和文章标题勾画得五颜六色,俨然成为彩版。

女儿太高兴了,看着自己的"杰作",笑出声来,那是多么美妙的创意啊!她将报纸拿来,摇动着我的手臂说:"爸爸,你看,你看,美不美。"我生气了,认为她损坏了我的"收藏",举手要打她,女儿吓哭了。在她心里肯定觉得爸爸很粗暴,讨厌爸爸。

吃饭的时候，女儿低着头，不说话。我偷看她，发现她竟然斜着眼睛瞪我，我生气地说："这孩子对我没感情，吃饭还要瞪我。"妻子说："不要在吃饭的时候嚷孩子，影响食欲。"

我不知道女儿在哪儿找到的粉笔，将屋子水泥地面当成画板，画满了各种各样的图案，有动物、花草、瓜果等。女儿劲头十足，作画一丝不苟，累得满头大汗，画好了就在那里欣赏，发出天真烂漫的笑声，那是她的劳动成果啊！妻子回来发现她弄脏了地面，大加斥责，拿起拖把来回几下就把她的图画清除了。女儿伤心落泪了，她肯定觉得我们不懂艺术，没有品位。

有次从乡下回家，我带着剪贴本。这是我人生的第一册剪贴本，里面粘贴的是我参加工作以来发表在各种报刊上的文章，虽然都是些"豆腐块"，但我很珍惜它。那天晚上，我翻着本子阅读，女儿站在旁边。第二天早上起床，我去拿本子，看到里面的文章都进行了勾画，涂上了色彩，不少地方还配上了"插图"。我气愤至极，大发脾气，并将本子烧掉了。女儿吓得直打哆嗦。

回忆这些往事的时候，我忍不住就想发笑，那是多么美好的时光啊！可是，当时的我们并不知道。女儿肯定看不懂大人，为什么大人不浪漫，没有想象力，尽干些泯灭孩子天性的事情呢？作为父母，我们也不懂孩子，为什么看不出女儿动手动脑画画，那是孩子的兴趣啊！至今我还在后悔，为什么当时就没想到保护和培养孩子的兴趣呢？为什么在女儿上学以后没有给孩子报个美术兴趣班呢？

二

女儿三岁多，我从乡下调到县委部门工作，先在宣传部，后到组织部，再回到宣传部。娘儿俩也从安康搬到旬阳老城县委大院居住，一家人

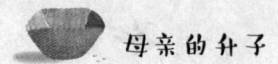 母亲的扑子

总算团聚了，这时女儿也上学前班了。我记得女儿的小学和初中阶段，我们都住在那里。

当时，我刚调到县城，工作很忙，加之想尽快干出成绩，好出人头地。于是白天下乡采访，晚上经常加班，把家当成旅店。妻子也因生活所迫，在远离县城的一家公司谋生，时常把孩子一个人丢在家里。

有天回家不见了女儿，我着急了，找遍楼上楼下，又到街上寻找，终于在东门外汉江码头入口的街角处发现了女儿。还没等我开口，女儿猛然朝前面的大街飞奔过去，边跑边喊："妈妈！妈妈！"原来孩子看见妈妈骑自行车从街对面过来了。这时，大街上车水马龙，危险极了。我急忙跟了过去，妻子也刹住车子。街上其他车辆也停下来，人们站住观望。我一把拉住女儿，大声吼叫："你干什么？不要命了！"女儿说："我找妈妈！"我告诫女儿以后不要乱跑，街上不安全。

这天回家，又不见了女儿。我急忙下楼，准备到街上寻找。这次女儿还算听话，没有跑远。只见她坐在县委老家属楼门口暴露在外的铁水管上。我摸了摸，水管冰冷，好像女儿那时穿的还是破裆裤。我问女儿坐在这儿干什么。她说："你不让我到街上去，我就在这儿等妈妈。"我对女儿说："听话的孩子是不乱跑的，以后就在家里等妈妈。"女儿确实很听话，从此再也没有一个人随便乱跑了。

我在旬阳报社当记者的时候，辛苦不是问题，经常出错才是最大的问题。虽然很仔细，但我还是经常把领导的排序或者名字搞错，整得人心烦意乱。回到家里，我想清静一下，却发现女儿开始变得"没大没小"，经常和我"打闹"，开着这样那样的"玩笑"，我感到十分恼火。

回家的时候，只要听见我的脚步声，女儿就会悄悄藏在门背后，双手顶住门板。明明插进钥匙，扭开了锁，可我就是掀不开门。我使劲推，她使劲顶，然后猛然松手，险些将我跌倒。进到屋里，却不见人影，原来她在和我捉迷藏。不是藏到柜子里，就是藏在阳台，有时藏在墙角，有时藏

在床下，有几次还把自己蒙在被子里。其中有次由于过度紧张，从床上滚到地下，额头碰了个大包，疼得她哇哇乱叫。

我读书，或者写作，怕人干扰，女儿却要和我耍闹。她不是把我的头发扎成"羊角"，就是在我的脸庞贴上"贴画"，再就是投掷玩具"打我"。我一直认为，我是父亲，是长辈，孩子这样无理取闹，不成体统，于是经常发作，对其严加"管教"，心情不好的时候，还会出手打她。

记得有天我在单位遇了点麻烦，回家一直绷着脸，看着孩子不顺眼。偏偏在这个时候，女儿又想和我闹着玩。当时是冬季，屋里放着一个没有架子的火盆，盆里装满炭火。女儿伸手过来扎我的头发，我把她的手打了一下。她又伸手过来，不料踩翻了火盆，炭火落到了地上。我发火了，一把揪住女儿，按翻在地，脱掉衣裤，打她的屁股。妻子拉起女儿说："你下手太重了，看把孩子打成啥样子了！"看着留在女儿屁股上的五条血红指印，我惊呆了！我什么时间竟然练成了"铁砂掌"？我真后悔！那五条指印，五天后才完全消失。我心痛了五天。不！直到现在还在心痛！

自从这次打了女儿之后，我开始反思了：好动是孩子的天性，她小小年纪，正是需要玩耍的时候，可是没人陪她。长期以来，我们把她一个人关在家里，多么孤单啊！她是多么需要有个玩伴啊！然而，她的妈妈忙忙碌碌，她的爸爸亦是如此。这能怪孩子吗？作为父母，应该多抽点时间陪陪孩子，充当女儿的玩伴。要知道，这才是人生最快乐、最有意义的事情啊！以后的日子，我再也没有打过女儿，经常和她"打闹嬉戏"，父女之间慢慢建立了感情，家庭生活也开始温馨和谐起来。

三

女儿的高中和大学阶段，住在学校，离我们较远，见面的机会少了。人往往就是这样，眼前的幸福不懂得珍惜，过往的时光才知道美好。女儿不在身边

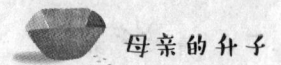 母亲的升子

的时候，我突然产生了做父亲的意识，而且这种意识越来越强烈。

我时常想念女儿，担心她是否吃得饱、穿得暖，会不会受人欺负，生活能不能自理，环境能不能适应，特别想在身边陪她，和她交流。然而，现在女儿长大了，有了自己的想法和世界，不愿和大人相处与交流了。

高考在即，女儿着急，这是学习压力太大的缘故。这时急需为孩子减压，让她保持良好的心态。可是，我们仍然按照"中国式家长"的习惯做法，望子成龙，望女成凤，净做些火上浇油的事情。女儿无奈了，无语了，消瘦了，心乱了，父女之间的交流越来越困难。

有个周末，我上安康去看女儿，索性啥也不说，静静地待在学校陪她。女儿很懂事，她知道我很想和她交流，就是不了解她的想法，不知道从何说起，反而安慰起我来了。临走时，女儿将她高中阶段的日记本递给我，说："爸爸，回去看看，都写在这上面了。"

回家后，一口气看完女儿的日记，我的心灵震撼了！我原以为自己了解女儿，其实我根本不了解她。回想起自己多年来对女儿的教育，多数是南辕北辙，思路错位。女儿是勤奋的，好强的，上进的，始终在激烈竞争的学习环境中奋力拼搏，苦苦挣扎，已经超负荷了，身体透支了。而我们家长都做了些什么？不是帮忙，而是添乱；不是释放，而是施压。这样下去，孩子怎么能受得了呢？

再去看女儿的时候，我轻松了，女儿也轻松了，我们之间的交流畅通了。在以后的日子里，女儿时常会将心里话告诉我。我也会认真倾听，有时还会发表自己的一些见解，相互讨论。

女儿上大学后，我们见面的机会更少了，多数是通过电话进行沟通。有时是我给她打电话询问学习、生活情况；有时是她主动给我打电话，讲述她的所见所闻，以及对一些社会现象的看法。

信息化时代，不与时俱进就会被社会淘汰，在微信上遇到不懂的问题，我也会随时向女儿请教。比如：看到微信上出现"你肿么了""你造

吗""我也是醉了"等语句，我就打电话问女儿是什么意思。她笑着说，这是网络流行语，意思是"你怎么了""你知道吗""我无语了"等。这拉近了我们之间的距离。

有次我到西安去看女儿，正好她打电话来说，想报个课外活动班，征求我的意见。我"旧病复发"，一口回绝说："你现在的主要任务是学习，其他与学习无关的事情尽量不要搞。"到宾馆住下不久，女儿过来了。我看到她无精打采，心情不好，估计是因为报班的事。吃饭时，我对女儿说，如果认为有必要，也可以考虑报名。女儿说："以前我只顾学习，参加社会活动少，上大学了，应该多参加社会活动，弥补这方面的不足。"我想了想，觉得她说得对，转而支持她，女儿脸上露出了笑容。

家长和孩子难以沟通，这是通病。问题不在孩子，而在家长。如果我们不是居高临下，以"家长"自居，一切替孩子"着想"，一切为孩子"安排"，而是以平等的姿态倾听孩子的心声，尊重孩子的意见，让孩子的事情最终由他们自己来决定，还有什么解决不了的矛盾和问题呢？

（原载于2018年6月21日中国作家网）

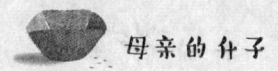 母亲的朴子

回女儿的信

你给我的邮箱发来《写给父母的一封信》。我读后心灵极度震撼,思想一时转不过来弯子。

起初我们感到委屈。因为二十一年来,我们一心操在你的身上,时刻在为你的衣食住行奔忙,为你的头疼脑热担忧,为你付出的太多太多,难道这些还会有错吗?

后来我们又感到欣慰。因为你能把内心的真实想法告诉我们,说明你对父母十分信任。同时,也充分证明你已长大成人,希望独立自主决定人生,这是值得肯定的事情,不能不令人高兴。这种心与心的沟通和交流,不仅拉近了父母和孩子之间的距离,而且给父母提供了深刻反思自己的机会,真的要十分感谢你!

独立生活和自由飞翔,这可能是每个孩子发自心灵深处的呼唤,你也多次对我说过这样的话题。可惜的是,我们缺乏换位思考,没有考虑到你的想法和感受,始终认为你是母翼下的一只小鸟,凡事依然大包大揽,不能放手。

我依稀记得那天晚上,你说第二天上课要用计算器,我急忙跑到街上去买。当时好多商店已经关门,我就挨家挨户寻找,最后终于找到一家尚未关门的商店买到计算器,已是晚上10点多了。尽管那晚寒风刺骨,我全身冻得瑟瑟发抖,但是内心感觉热乎乎的。在日常生活中,我们就是这

样，除了学习之外啥都不让你做。凡是你需要的东西，大到衣服、书包，小到铅笔、胶水，都是我们替你买好，从来没有给你提供过独立办事的机会，以至于长大后你感到在独立生活方面差距较大。这些都是我们没有让你亲自实践锻炼造成的结果。高中时，你曾说想要独立生活，当时我却不以为然；大三时，有天你打来电话，说想要买锅学习做饭，本来这是好事，我们却认为做饭耽搁时间未能同意。现在回想起这些事情，我们觉得溺爱其实是一种伤害，包办未必就是好事，内心常常懊悔不已。

多少年来，我们一直看重的是学习成绩，整天把你关在屋里学习，没有给你提供接触社会和与人交往的机会，更没有为你提供外出参观旅游开阔眼界的条件。后来，你感到了这些方面的差距，也想努力去尝试，作为父母应当大力支持和积极鼓励。可是，我们竟然没有这样做。去年暑假，你提出要去饭店端盘，本来这是一次良好的社会实践机会，我却害怕影响学习而不予支持。前不久你又想去参加新彼岸职前培训，这对改变你目前的人际交往和社会经验不足的现状很有帮助，我却担心影响考研而明确反对。现在回想起这些事情，是我们泯灭了你的兴趣，挫伤了你的积极性，束缚了你想搏击长空的翅膀。

在人生道路的选择上，我们几次都没有尊重你的意愿。记得高考成绩公布后，你觉得没有达到理想大学的录取分数线想复读，我们当时坚决不同意。上大三了你想考研，在考外校和考本校的问题上，你想考外校，我们坚持让你考本校。我们存在这种保守思想，是怕你有所闪失。但是，行与不行是试出来的，不让去试，怎能断定孩子就不行呢？我们谈到这些事情，内心总会感到内疚并深深地自责。

以往已成过去，未来还需面对。作为父母，我们已经深刻认识到以往家庭教育中存在的不少问题，明白了其中的许多道理。我们已经知道哪些是孩子可以做的，哪些是父母应该做的。在你今后的人生中，我们定会不断吸取过去的经验教训，支持你的独立生活，尊重你的自主选择，做好你

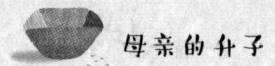 母亲的饼子

的坚强后盾。

另外，我们也衷心地希望你能够尽快摆脱过去的阴影，坚定理想信念，保持良好心态，快快乐乐生活，奋勇顽强拼搏，用追求奋斗的脚步和持之以恒的精神走出自己的道路，开创精彩的人生！

（原载于2014年5月10日作者新浪博客）

女儿的礼物

女儿的假期,不论是暑假还是寒假,都是我最幸福的日子。

我盼望学校放假,经常扳着指头算来算去。眼看假期来临,我就越来越高兴。

高兴的原因,一则可以天天见到女儿,心里感觉温馨和踏实;二则可以阅读女儿带回来的书籍,使我的生活过得更有意义。

虽然女儿是我的晚辈,但她思想的前卫和接受新事物的能力,比我超出很多,尤其是对读书的见解,常常令人惊讶。因此,我们交流得很是融洽。

我的业余爱好是阅读和写作,女儿对我的爱好十分支持和关注。她经常提醒我,要阅读经典,阅读名著。这样就时时在和大家交流,将对我的写作大有帮助。

女儿也爱读书,她只读经典名著和我的文章,从中进行比较,发现我的差距和薄弱环节,然后为我借回她自认为能够对我有所帮助的书籍。

假期阅读女儿带回来的书籍,我很是专注和投入。那些书都是些好书,是我平时根本无法找到的。我很珍惜,读得也很仔细,时间也抓得很紧,因为开学后女儿就会将书带走。

天性使然,或者是写作的需要,我喜爱阅读文史哲方面的书籍。女儿每次带回的书籍,不是中外文学名著,就是历史人物传记,或者就是哲学

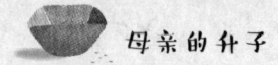

方面的书籍。

最让我记忆犹新的是，她在中学时期为我借的《茶花女》《巴黎圣母院》《悲惨世界》等文学名著，以及最近在西安电子科技大学为我借的《诺贝尔文学奖获奖作品全集》《最美的散文》等，这些书读起来让人激动不已，使我从中感悟出了不少东西。

女儿经常为我买书。记得有次我对女儿说，我比较喜欢历史，中国历史书籍读得不少了，外国历史知之甚少。女儿就及时在西安为我买回美国人著的《全球通史》上下册，使我眼界大开。我常常为书中的语言赞叹不已，也为古代中国文明和近代西方文明陷入沉思。

还记得有次我对女儿说，十年前我读过《中国文学史》，但那套书太早了，不知是否有新编写的《中国文学史》。女儿去北京参加竞赛活动，忙里偷闲去了书店，发现了中国人民大学出版社新出的《中国文学史》上下册，立即给我买了回来。

不少名家向我建议，说要增强文章的哲理性，不读哲学书籍不行。我将这些建议告诉女儿，她非常赞同。有天女儿从学校打电话来，说她查阅了资料，建议我先读冯友兰著的《中国哲学简史》，然后再读《欧洲哲学史》，由内向外，由浅入深，会有收获的。我觉得名家和女儿说得很对，于是让妻子在网上将这两本书买回来，认真研读。

女儿的假期，是我阅读的花季。因为此时不仅有女儿带回的名著，还有女儿在我身边陪读，最美妙的是父女之间边读书、边交流，人间的天伦之乐莫过于此啊！

（原载于2016年6月4日中国散文网）

女儿的假期

熟悉的人都知道，我不喜欢夏季，原因是我害怕吹空调。那篇《难熬的夏季》，写出了我对夏季的无奈。可是，我又渴望夏季，每到学校快放暑假的时候，我每天都在期待，盼着女儿早点回来。自从女儿读研以后，学习任务越来越重，假期待在家里的时间越来越短，每次仅有一周左右的时间。今年夏季，我在心里早早盘算，等她回家，不如请假好好陪她。

7月27日是周六，我在家里读书，突然看到女儿发来的微信，说她今天坐火车回家，中午1点到达旬阳北站。我高兴坏了，女儿终于回来了，一家三口又要团聚了。她妈妈急着上街买菜，我则急着出去洗车，然后心情愉快地前往车站接她。在出站口见到女儿，心里有说不出的高兴，只顾傻笑，女儿也笑得像春天里的桃花。晚饭是她妈妈精心准备的，都是好菜好饭。饭后我们穿过老城，来到汉江岸边，散步漫谈，直到很晚。

原想请假陪伴女儿，无奈单位有事不能脱身，于是充分利用下班和周末的时间，尽量待在女儿身边。女儿知道我爱读书，过去不论寒假还是暑假，都会给我带些书籍回来。女儿很会买书，她挑选的书都是好书，我非常喜欢。后来家里书柜装满了，其他拐角也都塞满了书。女儿建议我看电子书，起初不太习惯，后来看得多了，慢慢地就习惯了。与纸质书相比，电子书有两个优点：一是省钱，一本纸质书的价钱，往往能买五六本电子书；二是方便，轻巧不占地方，随身携带，随时翻看，节约零碎时间。今年女儿给我买了一批电子书，有《傲慢与偏见》《了不起的盖茨比》《太阳照常升起》《茵梦湖》《名利场》《约翰·克里斯朵夫》等，我很快读完了。这次女儿回校前，又给我买了几本电子书，有《挪威的森林》《艾玛》《野性的呼唤》《人生的枷锁》《理智与情感》等。女儿在家的那段日子，我读书，她也读书，边读边交流，其乐融融。

除了睡觉、吃饭、阅读，女儿每天都会陪我们到河堤散步。过去，女儿好静不好动，我们饭后散步的时候，她一般不愿意出去。近年来，女儿改变了，她要主动和我们一起散步。女儿的加入，增添了散步的乐趣。我们不光是脚在走路，嘴还在不停地说话，不时还开些玩笑。遇到熟人，相互招呼，询问情况，心情舒畅。每天，妻子都会忙前忙后，买菜做饭，调剂伙食，尽量让女儿吃得高兴。遇到周末，我们一家三口也去下馆子，吃鱿鱼干锅虾，吃火锅，还去看电影。比如，《鼠胆英雄》《烈火英雄》，都很精彩。二哥有病住院，女儿主动提出要去医院看望，这体现出女儿对亲人的关爱，我感到很欣慰。这几年，二哥年龄大了，身体不行了，吃不下饭，人也消瘦多了。女儿时常对我说，要注意身体，少伏案，多锻炼，还给我买了艾灸，治疗胃寒。逛大街，过马路，女儿时常提醒她妈妈，小心车辆，注意红灯，并拉着妈妈的手，细心照顾。记得女儿小时候，每次都是妈妈护她，现在她却护着妈妈。这些细节，我看在眼里，喜在心头。

时间过得真快，转眼间一周匆匆过去。8月5日，女儿对我说，她想回学校去。我沉默了一会儿，问她能否再待几天。女儿说："你们单位不是很忙吗？我回学校也有事情。"看到我不想让她离开的神情，女儿说："好吧，那就再待三天，陪妈妈过完生日，我就要回到学校去。"8月6日，女儿对我说："爸爸，你明天中午最好回家来，我们去买花和蛋糕，给妈妈好好过个生日。"我说："好呀！明天下午我们到南方五楼吃火锅，晚上看电影。"嘴上虽然这么说，心里还是有疑虑，因为妻子性格朴实，生活简单，这样做她不一定会喜欢。这时，我猛然想到春节期间的那场辩论。在大姨姐家里，妻子家族十几人分成两个阵营：男方和女方。只听女方有人说："自从结婚后，他就没有给我送过礼物，就连一束花也没有送过。"男方有人抢着说："我把一切都给你了，就连工资也上交了，想要啥自己就买啥，有必要再给你买礼物吗？"双方七嘴八舌，争论不休，各持己见。后来，他们都来问我："二姨夫是个文化人。你说，男的应该不应该给女的送礼物？"小姨妹也加入辩论的行列，让我给他们评评理。我为难了，不知如何回答。因为我从来没有给妻子买过什么礼物，就连过生日也没有买过。回家后，我无意间读了《麦琪的礼物》，深受感动，终于找到了答案。我高兴地对妻子说，婚后的男子应该给女子送礼物，并把这个想法转告亲朋。

8月7日是个值得纪念的日子，这天正好是农历七月初七，是一个神奇而美妙的节日——"七夕节"，妻子的生日正好就在这一天。我采纳了女儿的建议，中午下班快步回家，带女儿上街，寻找花店，买了六枝大玫瑰花，一束小玫瑰花，还买了蛋糕，预订了晚上的电影票。下午妻子回来，发现了家里的变化，脸上露出了微笑。这天的火锅吃得很香，电影也很好看。同时，妻子还收到侄女送来的鲜花。晚上女儿打开微信，说幺姨也收到了鲜花。没想到幺姨夫也学会了浪漫，这是多大的进步呀！

8月8日，女儿要回学校，我原本想开车送她，但是这天要开展人大代表重点项目视察。我作为办公室主任，不好张口请假，只有让女儿自己坐车前往旬阳北站。在美豪酒店，安排参加视察人员早餐后，我转来转去，心神不定，最后下定决心给领导请假去送女儿。我开车回到烟草公司家属楼，打电话让女儿下来，将她送到旬阳北站。火车马上要开过来了，检票口开始检票进站，女儿向我招手示意，转身匆匆走上月台。望着女儿渐渐远去的背影，我心潮起伏，思绪万千。我多么想和女儿永远待在一起呀！可是，女儿有她自己的天空要去翱翔，做父母的又怎能束缚女儿的翅

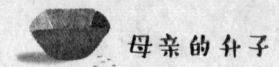 母亲的朴子

膀呢？回顾她在家里的这些日子，我们是多么温馨，多么幸福啊！生活中的点点滴滴，十来天经历的许多往事，无不弥漫着人生的乐趣和诗意，值得慢慢回味。

（原载于2019年8月27日安康党风廉政网）

第二辑

乡愁

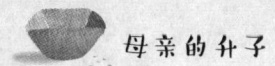
母亲的扑子

村里的老油坊

老家所在的村子盛产油桐。每到冬去春来，油桐花开，漫山遍野，花白一片，煞是好看。这时，我们会把油桐树上嫩绿的枝条用小刀切下来，掐头去尾，截取中间笔直的小段，轻轻揉搓，抽出内芯，留下空皮，做成笛子，吹出各种悦耳动听的声音。我们还会把油桐树叶摘下来，两两相交，装上黄土，用小棍"缝合"，制成"手榴弹"，玩儿童"打仗"的游戏。等到果实成熟采收之后，我们又去收集散落在地上的桐籽和树叶，将桐籽卖给油坊补贴家用，将树叶背回家中倒在猪圈和牛圈沤粪。

油桐籽收获季节是老油坊最忙的时候，收购和晾晒油桐籽往往要两三个月。每天院坝铺着许多席子，席上摊着刚刚剥皮的桐籽。屋子一角的碾盘，石基上横放着石盘，石盘上横放着石碾，那头黄牛罩着蒙眼，天天围着碾盘转圈，将晒干的桐籽碾碎。那边的炒锅，大火燃烧，热气腾腾，大叔抄起那把大铁铲，不停地在锅里翻转，炒着那些碾碎的桐籽。还有一些大叔，放好铁圈，铺上草垛，将炒好的桐籽包成油饼，一块紧挨着一块，立放在榨油的空槽里，直到装满压实为止。两根圆木，每根的一端装有铁头，其中的一根扎进油槽，铁头向外；另一根圆木用两根套绳悬在半空，铁头向里；五个大叔，一边两人前后推送圆木，一人控制铁头将铁头对准，不停地来回撞击，声声巨响，硬是将油脂挤压出来，流入油槽底部的油桶，令人惊奇和震撼！

卖油的时候，村上选出许多精壮劳力，背上油篓，走在山间小路上，形成长长的队列，十分壮观。他们要把桐油背到吕河粮管所去交售，每次来回需要一天时间。那时，旬阳的桐油颇有名气，量大质优，出口国外，成为山里人的主要经济来源。记得小时候，我家的日用主要靠卖桐籽周济，我的学费也要靠捡拾桐籽凑齐。

不知怎的，也不知在什么时候，村里的老油坊突然消失了，漫山遍野的油桐树也没有了。一种失落感顿时涌上心头，挥之不去。后来听村里人说，由于旬阳桐油"掺杂使假"，在出口时质量出了问题，国外不要了，自己砸了自己的招牌，断了自己的财路。还听人说，农村实行生产责任制后，山林分到各家各户，无数油桐树都被毁掉了，老油坊无法再办下去，就当作住房卖给了私人。

关于旬阳的油桐，我是知道的，过去确实是当地的主导产业，气候不小，农民也曾得到过许多实惠。自从这一产业衰败之后，尽管地方政府想了不少办法试图恢复，但是再也没有振兴起来。究其原因，有市场的影响，也有管理的问题，但在商品交易中失信于人，恐怕还是一个致命的因素。

每次回家，我都会在老油坊四周徘徊，触景生情，感慨万千。它勾起了我对往事的回忆，加深了我对人生的理解，诠释了"诚信"二字的真正价值和深刻含义。

（原载于2015年11月15日澳门《华侨报》，2016年11月17日《安康日报》转载）

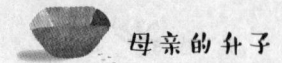 母亲的补子

故乡的打麦场

  打麦场建在村子中心，可能是方便周围麦捆搬运的原因吧。场子里边是村部的仓库，外边是一面斜坡，脱粒后的麦秸就堆放在斜坡上。

  记得那是大集体时代，每当听到鸟叫"算黄算割"的时候，村民们就要开始收割了。他们先是将麦田里的麦子用镰刀割倒，再是用麦秸扭成的"绳子"将麦穗扎成小捆，然后用草绳将若干小捆绑成大捆背到打麦场。

  真是收获的季节，只见打麦场的四周被一层层的麦捆围得水泄不通，那壮观的场面让人不由得不激动。麦子再多，场子的中心必须留出一方空地，那是安放柴油机和脱粒机的地方。一旦机器开动，那就是昼夜作业，硬是要将场子的所有麦捆打完方才休息。

  脱粒后的麦秸，被村上的妇女们一抱抱丢向场旁的那面斜坡上，越堆越多，越积越厚，形成小山。甘肃天水麦积山，可能是受到这种麦垛的启发而命名的吧。

  进入秋季，玉米收获期到了。村民们要在打麦场将收回的玉米棒子剥掉外壳，然后由村上分给各家各户，一分就是半夜，甚至是通宵。每到这样的晚上，乡村的山野繁星点点。那不是天上的星星，那是地上的神灯。它们照耀着村民们脚下的路，好将那一笼笼收获背回家。

  隆冬季节，打麦场也没闲着。村民们都要聚集到村部的仓库，将仓库的那些玉米棒子进行手工脱粒。村上预留的东西总是那么多，那么好，楼

上楼下，地上墙上，柜里柜外，全部是黄澄澄的玉米棒子，又大又长，仿佛进入金色世界，令人眼花缭乱。据村干部讲，先公后私是基本原则。这些留着的，不是种子，就是公粮，或者是储备粮，必须是上好的。

村里大人们在村部剥玉米，孩子们就在仓库和打麦场玩耍。玩着玩着，聪明的孩子们终于发现了一处游乐园，那就是场旁的"麦积山"。由于经过了夏季的暴晒，秋季的沉淀，麦垛越晒越干，越压越实，风刮不走，雨下不进，俨然成为一座可以遮风挡雨的草屋。孩子们就在麦垛的下面挖坑、打洞、修地道，玩捉迷藏、打仗的游戏。外面寒风刺骨，洞里温暖如春，藏在里面好像钻进了被窝，舒服极了。

又是一个冬季的夜晚，大人们去剥玉米，孩子们去玩耍。夜深人静的时候，村干部宣布放工，大人带着各自的孩子离去。这时，突然听见一连串撕心裂肺的叫喊声："小雪！小雪！小雪……"这声音划破寂静的夜空，在大地上回响，令人毛骨悚然。原来是小雪失踪了，爸妈找不到她了。

村里人素有互助意识，一家有难，八方支援。大家打着马灯，齐聚打麦场，分头寻找。

大约一个时辰，大家在打麦场会合，毫无所获。于是，再次分头寻找。找的时间长了，大家纷纷议论开了。有人说，好像有个扛麻袋的人从村前走过，小雪是不是被人贩子给弄走了？梁姨（小雪的奶奶）吓得流出眼泪。还有人说，看见有一条狗从打麦场走过，现在回想起来，那不是狗，是一条狼，小雪是不是被狼叼走了？燕姐（小雪的妈妈）哇的一声放声大哭。又有人说，看见两个人偷偷跑到河边，回来的只有一个人，小雪是不是掉到河里去了？梁哥（小雪的爸爸）也忍不住哭出声来。

天快亮了，人还是没有找到。有个"小机灵"飞奔而去，不一会儿工夫，又飞奔而来，上气不接下气地说："找到了！找到了！""在哪里找到的？"这是大人的声音。"在洞里找到的！"这是孩子的声音。"狼洞里吗？"大人问。"不是，草洞里！"说完，孩子在前边飞跑，大人在后边紧

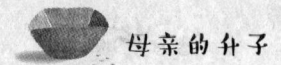 母亲的升子

随。我们三下五除二拨开洞口的麦草,迫不及待地钻进洞里,小雪睡得正香。这时,天已大亮。

(原载于2016年第9期《散文选刊》下半月,2019年9月1日澳门《华侨报》转载)

家乡的柿子树

在我童年的记忆里，家乡吕河盛产柿子，山坡、沟边、地头，随处可见柿子树。每年秋季霜降前后，火红的柿子挂满枝头，山乡遍野"红灯"高挂，赏心悦目，景色迷人。

吕河的柿子是出了名的，与久负盛名的油桐、龙须草并称"旬阳三大宝"。吕河的柿子酒也是远近闻名。当然，还有吕河的柿饼，等等。

老家院坝东头就有一棵柿子树，粗壮无比，枝叶繁茂，竟将邻居张家的房子荫庇其下。如果我们需要上树，先得爬上张家的偏厦，然后轻踏房顶的石板，借力攀缘到树上。

我家柿子树上结出的红柿子，味道极美，主要是糖分多，润滑清爽，香甜可口。母亲从不急于采收，让柿子挂在树上，慢慢变红变软，随时采摘，供我们食用。

这就出现了问题。上树就得上房，上房就得踩踏石板。记得有次我不小心将一块石板踏破，两家孩子闹出了矛盾。幸亏母亲和张家大舅（他把母亲叫姐，我就称他大舅，并无亲戚关系）都是通情达理之人，平时关系融洽，才避免了事态扩大。

每到柿子快红的时候，我天天在树下盯梢，看到有熟透了的，立即上房爬树采摘，有时是天天上房。母亲经常劝我，不要上房，以免踩坏石板。但我总是不听劝阻，我行我素。

母亲的升子

这年,母亲宣布:任何人都不许上房,等柿子变黄后一次性采收。只见我家老宅的楼板上,房檐下的竹竿上,门前的榆树枝丫上,到处悬挂的是黄柿子、红柿子、柿饼和柿子皮。这些东西一旦搁放成熟,我们就开始享用,往往要从头年的秋冬吃到来年的春季。

柿子的成熟自有规律,时间前后不一,并不像母亲想象的那样整齐。同一棵树上,不是要黄全黄,要红全红,而是红黄绿交杂。柿子都变黄时,总有一些先红的,禁不住美味诱惑的我又偷偷上房。

第二年,母亲又宣布:今年的柿子不等变黄全部采收,用来烧酒。于是我们拿着竹竿,将那些长大的青柿子全部打落下来,背回家里,堆满屋子,然后切碎,装进木筲,烧成柿子酒。从那年开始,我家就有了好多坛坛罐罐,里面装的全是柿子酒,喝不完就送人。

自从母亲做出烧酒的决定以后,两家的孩子再也没有发生过冲突。邻里关系更加融洽,经常互帮互助,亲密无间。

母亲病危时,棺木没有置办,我很着急。我找到张家大舅,因为他是当地有名的木匠。他对我说,当务之急是先买木料,并告诉我谁家存有能做整副棺材的原木。

买回木料之后,大舅带着木工器具前来,昼夜加班赶做棺材。这期间我和大舅有机会深入交流。他说,来姐(母亲姓来)贤惠善良,乐于助人。在他刚成家立业的时候,生活艰难,房子紧张,于是来姐主动把柿子树旁的那块地方让给他们,盖成偏厦,当作厨房。来姐的好处,他终生难忘。

棺材做好了,我给大舅工钱,他坚持不收,说来姐对他太好了,权当帮忙。我考虑大舅是吃这碗饭的人,不给心里过意不去,一定要给,于是大舅象征性地收了点手工费。

去年冬季,我回到老家,猛然发现柿子树不见了,树下的石板房也不见了,感到了一种说不出来的空寂情绪。家里人对我说,柿子树枯死了,大舅在其他地方盖了新房，就及时将偏厦拆除，还了那块地方。

我站在院坝东头，凝望着柿子树和石板房曾经所在的位置出神，仿佛它们还在那里，母亲和大舅也在身旁。

（原载于 2017 年 12 月 15 日《文化艺术报》，2017 年 12 月 19 日《安康日报》转载）

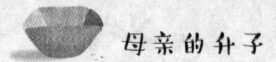 母亲的升子

告别老屋

老屋明天就要拆了,从此我将与老屋告别。

拆除老屋,是为了建新屋。因为老屋实在是老得不能再老了,如果再不拆除的话,说不定某日它就会自己趴下。

老屋是否拆除,新屋是否重建,我思考了好多年。亲朋好友劝我:"你有工作,住在城里多好。再在农村拆房建房,用处不大。"

他们说的不无道理。现在农民纷纷进城,土地荒芜了,农村衰败了,可能是回不去了,就是勉强回去,是否还有意义呢?

自从1983年考学出来后,我就离开了老家,转眼三十多年过去了。这期间,父亲、母亲、大哥先后去世,埋在老家的黄土地里。二哥年近六十,我也快到五十岁的年纪了。每年春节和清明,我都要回去为已故的亲人上坟,同时看看乡亲。不知为什么,年龄越大,越想回家。人们说,这叫乡愁,我想可能是吧。

我曾经产生过这样的想法,把老家的旧房拆掉,盖点新房,逢年过节回乡祭祖的时候,也有个落脚的地方。可是由于手头拮据,加之只是一个想法而已,始终未做最后决定。

我有天突然看到一条微信,是原《安康日报》总编倪嘉老师作的一首诗。大意是他退休后随孩子住在北京,遇到风沙、雾霾天气,得用口罩遮住嘴巴,失去了在老家自在呼吸的畅快,觉得晚年回到家乡定居最好。无

独有偶，著名作家和谷先生退休后，离开西安，回到老家，返归田园，著书立说。他觉得，城市的喧嚣远远没有乡村的自然清静好。出于对文人的崇敬，也出于自己心灵的寄托，我对他们的选择十分欣赏。

我所生活的小城，山清水秀，风情万种，尤其是"天然太极城"的美景，更加增添了小城的神奇和魅力。我常想，生活在这样的地方简直是人生的最大享受，觉得晚年回不回老家无所谓了。

可是，慢慢地小城变了，我的想法也变了。不知为什么，这里的人们发展意识那么强烈，只要有一点空地，都要在那里建房。明明是山水城市不宜兴建高楼，然而这里高楼林立，房满为患。多美的汉江！多好的旬河啊！如果在老城的汉江和新城的旬河边上建起碧绿的环城公园，那该多好！可是，一座座楼房出现在河堤旁，水看不见了，绿看不见了，蓝天白云也成了"一线天"。

村里人常说，我们村子出了两个"人物"，一个考学当了干部，一个务工当了老板。长辈们常鼓励年轻人向两人学习，跳出"农门"。那天，我们两个"人物"聚到一起，他说："我想在老家盖房，晚年回去居住。"我问为什么，他说："我从学校毕业就出来打工，当建筑公司项目部经理多年，盖了一辈子房。你看，现在的县城满眼都是房子，住在那里好像住进鸟笼子，会把人憋出病来，哪有老家山水田园开阔自由啊！"我觉得他说的是心里话。

经过深思熟虑，我决定晚年还是回到老家去住。在那里耕种，在那里植树，在那里养花，在那里读书，在那里创作，给荒芜的农村留下一丝生机。

告别老屋，是为了回到老家，毕竟那里有我心灵的归依和人生的牵挂。

（原载于2015年11月29日作者新浪博客）

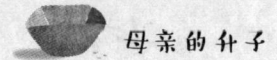
母亲的担子

记忆中的大河洲

我在旬阳老城生活了十三年,心中留下的记忆并不多。但老城河街前面的大河洲,以及洲里边的套河,至今使我记忆犹新。

旬阳老城又称"葫芦岛"。据《旬阳县志》记载,"金线吊葫芦"为旬阳八景之一,因其三面环水,一面傍山,形似"葫芦"而得名。

我家住在老城县委家属楼顶层临江的那套房子里,几乎是山城的制高点。葫芦岛的全景我是看不到的,正所谓"不识庐山真面目,只缘身在此山中"。不过没关系,居高临下,大河洲与套河则尽收眼底。每到下班后或周末,我都会在阳台放一把藤椅,泡一杯热茶,捧一本新书,尽情陶醉在阅读与赏景的幸福之中。

坐在阳台向南眺望,蓝天白云下巴山如黛,山下的村子不知叫什么名字,只听山城人称之为大河南。村前的大河,就是人们熟知的汉江,自西向东顺流而下,与那条绕城而过的旬河在城东交汇,围成一处绵软的沙洲,呈现在山城河街对面,宽阔无垠,这就是闻名已久的旬阳大河洲。由于天长日久,河水冲刷,沙砾堆积,河床升高,上游的江水在山城入口的地方分岔,一股流水弯向老城河街方向游走,形成套河。

汉江、旬河、套河、大河洲,构成葫芦岛前一幅美丽图画,美轮美奂,令人神往。在三河围成的这块沙洲上,你会看到水鸟漫步、黄牛饮水、浣女捶衣、船帆摆渡的生动场面。眼前的情景,使我不由得想到"关关雎鸠,在河之洲。窈窕淑女,君子好逑"这样的诗句。《诗经》中描绘的这幅图景，难道不是大河洲上正在发生的故事吗？

　　大河洲不仅是生灵的天堂，而且是山城人精神的寄托。夏天的夜晚，人们带着小凳，摇着蒲扇，搭着毛巾，扛着凉席，成群结队来到河边。亲近着河水，感受着河风，全身飘过丝丝凉意，人人觉得神清气爽。冬天的白日，太阳出来的时候，人们扶老携幼，走出户外，来到大河洲上沐浴阳光。还有那些家庭妇女，手臂挽着笼系，来到河里漂洗，将那花花绿绿的床单布衣、晾晒于沙滩干净的青石上。

　　女儿上小学了，夏日的每个周末，她都要求我们带着她到大河洲去玩耍。我们就给她买来游泳衣，游泳圈，教她在河里游泳。看着孩子那股高兴劲儿，我们也高兴得合不拢嘴。水小的时候，套河最浅的地方支有列石，我们可以踩着列石过河。水大的时候，我们就脱掉鞋袜，挽起裤腿过河。涨水的时候，我们则要坐船过河。

　　大河洲上的沙石很多，当时山城人建房，就在洲上取沙。一场大水过后，沙砾又堆积如山了，真是取之不尽用之不竭。在山城上渡口的地方，淤积的泥沙肥力很壮，生长的柳树又粗又高，连成一片，人称"柳树林"，也是县城一处较有名气的地方，我们经常到那里去休闲散步。

　　后来我不在老城住了，也很少到老城去了。不知道哪一年，也不知是哪一月，更不知是哪一天，老城汉江边的大河洲不见了，套河也没有了，它们被开发了。多少次，我独自来到老城，想重温过去那些美好的记忆，想找回以往那些愉悦的感觉。可是，我听到的是沙石的倾诉，河水的呻吟。触景生情，除了无语还是无语，除了忧愁还是忧愁，唯有无限感怀留在心头。

　　现在的人们容易遗忘，我写下上述这段文字，并不是无中生有，也不是突发奇想。我只是告诉人们，那里的大河洲与套河，确实曾经有过，留给人们对往事的一点遐想。

（原载于 2016 年 12 月 5 日《陕西工人报》）

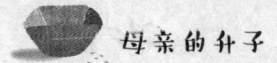 母亲的升子

衙门口记事

一

旬阳老城，人称"葫芦岛"，也叫"阴鱼岛"。称"葫芦岛"，主要是它三面环水，一面傍山，形似葫芦，为旬阳八景之一。叫"阴鱼岛"，主要是旬阳县城，汉水南流，旬河北绕，阴阳回旋，形似"太极"，老城地处太极之阴，故名"阴鱼岛"。

岛上有古县衙，位于老城制高点，衙门口因此得名。中华人民共和国成立后，县委、县政府仍旧设在老县衙，虽然衙门不复存在，但衙门口的地名却沿用下来。在我的记忆中，衙门口是个神秘的地方，少年时代仅仅路过一次，曾做短暂停留，并未进去看个究竟。

没想到后来我有幸调到县委部门工作，在衙门口一住就是好多年。其间，我在这里工作与生活，见证了老城昔日的繁荣和衙门口历史的变迁，留下了许多的人生记忆。

二

记得我踏进衙门口的时间是1995年，由于爱好写作，被组织从小河区委调到旬阳报社工作。办公室就在县委办公楼的三楼，宿舍在四楼，简陋而又方便。

报社工作繁忙，编辑部的同事既是记者，又是编辑；既要采访，又要编稿。社长对我寄予厚望，刚上班就让我负责《旬阳报》二版和四版的编辑工作。一版和三版仍由报社资深记者王贤胥负责。

文字工作丝毫不敢马虎。面对上手编辑的第一期报纸，我如临大敌，文章改了又改，稿子抄了又抄。在清样校对环节，一般只需三校，我却反复校对了五次，就是这样，还是把县上领导的排名搞错了。社长是个严厉的人，嚷起人来不留情面。只见他唾沫星子乱飞，手指一会儿指着我的眼睛，一会儿戳向桌上的报纸，眼看报纸被他戳破，我吓得全身哆嗦。

这天正好是周末，晚上社长招呼报社同事到他家里吃饭。我在那里如坐针毡，一言不发，以免再惹社长生气。不料社长突然停止划拳，盯着我发白的脸，声色俱厉地说道："你那几根山羊胡子并不美观，留在嘴上实在难看，晚上回去把它刮了，仪表和办报一样，要注意形象。"

我从社长家里出来，回到宿舍，先是刮了胡子，再是洗了把脸，然后坐在桌前独自反省。不一会儿，贤胥前来看我，说社长就是那种脾气，别往心里去，办报是个细致活，以后注意就是了。还说，他明天陪我出去转转，熟悉一下周围的环境。

三

贤胥带我在老城转了整整一天，该看的地方都看了。衙门口外有一条大街叫府民街，与下面的中街、河街一起构成山城的主骨架。这三条街均为东西走向，每隔一段就被南北走向的小巷连接。县直单位和山城居民就都挤在这座小岛上，车水马龙，人如潮涌，好不热闹。

贯通三条大街直达衙门口的那条街巷叫"好汉坡"。从河街踏步而上，经过中街，再到府民街，清一色的石条铺路，坡度极陡，台阶众多，如果想一口气攀登到顶，没有一把力气是不行的，因此被人称为"好汉坡"。

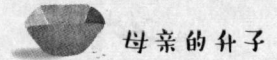母亲的升子

这条路是河街到衙门口的捷径，一般是年轻人爱走，老年人只能望而生畏。

从衙门口向西走过府民街，依次是中医院、镇政府、西城门、鹰嘴崖、六家巷、洞儿碥、西炮台、黄坡岭等。从衙门口往东走过府民街，依次是文化馆、图书馆、汉剧团、粮食局、影剧院、国税局、城建局等。衙门口外是文庙、博物馆和看守所。衙门口内就是县委、县政府机关了。我点的这些，仅仅是衙门口周围的部分单位和景点，犬牙交错的古民居并未包括在内。

四

我在那里工作的时候，古县衙的风貌基本保存完好，好像只有县委机关和公安局的两座办公楼是现代建筑，其他房子几乎都是古建筑。古县衙的总体布局为连体四合院结构，我大概数了数，前后左右共有五座四合院。

推开衙门口那两扇大门入内，第一座四合院有门房、看守所、岗哨楼和县委家属楼；第二座四合院有公安局、消防中队和武警中队；第三座四合院有机关工委、总工会、妇联会、团县委等群团单位；第四座四合院有县委办、组织部、宣传部、档案局等县委机关办公区；第五座四合院是法院、检察院和县政府办公的地方。每个院子之间都有通道相连，通道两边和楼上都是房子，分别有人居住或办公。

这些四合院四周都是房子，中间围成小院，自成单元，精致美观。四合院的房子多为两层，青砖灰瓦，斜坡屋顶，板楼木窗，雕梁画栋。保存最为完整的是群团单位那座四合院，木板楼、回廊、扶梯、板壁墙、木格窗，仿佛在向人们诉说昔日的传奇与辉煌。搭在一楼与二楼之间的木梯，扶手粗大，横板宽厚，坚固结实，经久耐用。我爱到这座院子，因为这里

多为妇女和年轻人,气氛活跃,富有生机,更重要的是,我喜欢这样的阁楼。无数次,我不由自主踏上木梯,一步一步向上攀爬,并在木板楼上来回走动。那种由于木板受到挤压发出的咯吱咯吱的声响,与老家木板楼的声音一模一样,熟悉而又好听,使人一下子就有了好心情。

在这些四合院内,办公与居家混杂,干部与家属同住,既是办公区,又是生活区,一边是笔墨纸砚,另一边是锅碗瓢盆,男男女女,老老少少,进进出出,说说笑笑。县委机关办公区的那座四合院最大,有宿舍、办公楼、厕所、车库、水房和县委机关食堂。每到开饭的时候,我们排着长队站在窗口打饭,那时好像不分大小灶,县上领导和一般干部经常混在一起打饭和就餐。水房一边的那排水龙头是开水,另一边那排是凉水,洗碗、洗衣、洗菜、打水都在那里,虽然显得拥挤,但富有生活气息。

五

那时,县委机关大院上班纪律严明,干部作风过硬,不用按指纹,不用明察暗访,大家自觉干活,晚上经常加班。我和友群、贤胥、炳智、连新白天采访,夜间写稿。报纸办得越来越好,对外宣传有声有色,经常受到领导表扬。我在报社只干了一年,就被调整到县委宣传部办公室,一年之后,又被调到县委组织部工作。

县委组织部也在三楼办公,我是从左到右换了个位置而已。组织部的干部作风更为严谨,上班时间很少有人走动,平时大家都在埋头工作,根本没有时间闲谈。那时的令书、继盈、孝放、同仪、令平都是单位里的精英,不仅能写,还很能说,他们手把手地教我学到了不少东西。

八小时之外,县委机关大院又是另一番情景。有些坐在办公室里看电视;有些聚在一起下象棋,有些围成一圈打扑克;有些跑到中队去打球;

有些聚到朋友家里去喝酒；有些邀在一起去跳舞。令我记忆深刻的有两项活动。一是打扑克。每天晚饭后，都有人聚在县委大院打扑克。他们打得很投入，有时竟然争得面红耳赤。记得有位县委书记也爱打牌，打着打着就生气了，劈头盖脸指教对方，真是性情中人，很有意思。二是跳舞。那时，县上刚刚兴起跳舞，每天晚饭后，那些机关里的年轻人就会相邀前去舞厅，最红火的是梦幻歌舞厅，还有工业局楼上的那个歌舞厅，想不起名字了。我记得，所有舞厅场场爆满，欣明和陈恪成为舞星。

六

组织部领导对我特别关照，让我搬到衙门口县委家属楼的五楼，那是一套五十平方米的房子，光线很好，居高临下，可以俯瞰全城。站在阳台向南眺望，老城、旬河、汉江、大河洲、大河南、王家山，尽收眼底。我买来一把藤椅，栽植几盆花草，将阳台简单进行了装点。每到下班后或者周末，我都会泡一杯热茶，手捧一本书，搬来那把藤椅，坐在阳台读书、赏花、观景，自得其乐。

每逢夏季周末，我们一家三口，往往约上邻居，带着凉席和浴盆，从好汉坡一路直下，穿过河街，来到大河洲的汉江边纳凉或洗澡。那里水很清，沙很软，河滩上的石头很干净。在这片乐园，我们随时遇到熟人或同事，围在一起闲谝，享受属于自己的心灵空间。闲来无事，我们还到西城门、黄坡岭、文庙，去看那里的青石街、老房子、古炮台、木板墙、小阁楼，以及博物馆里陈列的历史文物。

后来，政府迁走了，县委也迁走了，机关单位陆续都走了，菜湾热闹起来，老城却冷清了。人们往往都有喜新厌旧的坏毛病，我也不例外。搬到新城居住之后，尽管老城近在咫尺，我却多年不曾过去看看。直到有一天，我无意间发现，老县衙被拆除了，那些四合院都不见了，要寻找当年的记忆,哪儿还有可供参考的蛛丝马迹?每当看到老城,每次走到衙门口,我都会深感无奈,摇头叹息。那些古老的东西,丢掉了实在可惜!

(原载于 2017 年 10 月 13 日中国作家网)

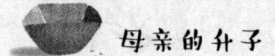 母亲的升子

油菜黄稻谷香

　　故乡的小河流经村前那个地方，形成一处开阔的河湾，河湾里有一片上百亩的稻田。稻田的北边是小河，水清见石，波光粼粼；南边是堰渠，流水奔涌，鱼儿游弋。

　　每到开春季节，田里的油菜苗由小到大，由低到高，茁壮成长，覆盖成片，那绿油油的样子煞是喜人。要不了多久，油菜开始拔节开花，遍地金黄，引来无数蜂蝶飞舞，嗡嗡作响。村上的人们这个时节是闲不住的，他们纷纷前来观赏。那些红男绿女，有的来到河边洗衣，有的跑到渠里逮鱼，有的凑到一起嬉戏，所有人就像这些油菜花儿一样，笑得灿烂极了。

　　花黄虽好，但是蜜蜂经常蜇人，还有堰渠里生有那种叫作蚂蟥的水生动物，实在令人生厌。你看它短小的只有一两厘米，肉乎乎的没有骨头，缩头缩脑，别别扭扭。只要看到它那动作，就会使人极不舒服。别看它毫不起眼，整起人来却十分凶残。只要它粘上人体，就会咬伤皮肤吸血，令人感到惊恐。那天，我一不注意，它就爬到我的腿上，吸附到皮肤里，我发现它后大喊大叫。在渠边放牛的姨夫听到叫声跑来。他说，蚂蟥最害怕的东西是烟屎（烟焦油），再厉害的蚂蟥碰到烟屎，就会化成黄水，边说边用小棍在他那旱烟袋锅子里挖出一坨烟屎，涂在蚂蟥钻进去的地方。说来真是灵验，一挤就挤出一摊黄水，伤口也不疼了。此乃一物降一物，大自然就是这么神奇。

花期过后，油菜开始结籽。等到籽粒成熟，村民前来采收。接下来就是犁田翻土，耙田整地，放水灌田。同时，还要收集树叶泡在田里以增强土壤肥力。在那些犁田翻土的日子里，我们总是跟在犁田人的后面，等着捕捉从泥沙里被翻出来的黄鳝，常常是大有收获，成为美餐。

到了插秧季节，村民们十几人排成一列，弯腰劳作，边插边退，动作麻利。那些秧苗经过他们的巧手，横行竖列，整齐划一，美如图画。人人喜笑颜开，汗流满面，沉浸在劳动的幸福之中。整个秧田分为若干小块，形似"井田"，大家插完这块插那块，步调一致，进退自如，齐心协力编织着美丽的绿毯。有一种技术含量较高的活计叫"抛秧"。只有村上那些"把式"才能胜任。只见他们将秧苗扎成小把，然后一把一把抛出去，形成一条条抛物线，飞向田里，根下苗上，稳稳当当，扎在水中，活像是在玩杂耍。

水稻的生长期要比油菜长些，"春季油菜夏秋稻，冬季闲田等来年"，说的就是稻子要经历夏秋两个季节。整个夏季，水稻长势旺盛，绿绿葱葱。堰渠流水哗哗，灌入秧田，那些鱼儿争先恐后，随水入田，撒起欢儿，将秧苗碰撞得摇摇晃晃。我们这些孩子经不起美味的诱惑，挽起裤腿下田逮鱼。不一会儿工夫，就将秧苗践踏得东倒西歪，自然要被守田人痛骂一番，随即惊慌失措，拿起捉到的鱼儿抱头鼠窜。

中秋前后，水稻成熟，饱满的谷粒挂满谷穗，垂下了头。微风拂来，层层金浪，瞧上一眼就已醉了。这时就要放水了，让稻田慢慢晾干。收割归仓的时候，抬来板桶，一伙人负责割稻，一伙人负责板稻（双手紧握稻把，死劲将谷穗在板桶内壁摔打，直到谷草分离为止），另一伙人负责捆把（将脱粒后的稻草捆绑成把，储藏起来当作牛饲草）。

有了这块稻田，村上人吃油不用买，吃米不要钱，更重要的是四季田园，风光无限，处处是生机，日日是希望，给我们留下了无数的童年梦想。

母亲的升子

　　岁月不饶人，转眼间年过半百，年少时的那些往事成为遥远的记忆。有天回到老家，我看见稻田上机器轰鸣，尘土飞扬，沙石乱堆，面目全非。我问邻里，说是上游要建工业园区，下游要建污水处理厂，顿时哑口无言，心情沉闷。今后回家，我再也看不见油菜稻谷金黄的乡村美景了。所能见到的，只有那些在城里司空见惯的钢筋水泥混合体。望望路的上面，那个要死不活的皂素厂躺在那里无病呻吟，与这即将建好的污水处理厂遥相呼应，令人瞠目结舌，摇头叹息。有人写过《回不去的故乡》的文章，我原本不以为然，现在看看我的眼前，真有些担心故乡是否还能回得去……

(原载于2016年6月23日澳门《华侨报》)

老家的大槐树

老家厨房是一间茅屋,门前有一盘石磨,被石墙围了起来,围墙外面是一棵槐树。

在我的记忆中,那是一棵洋槐,粗大无比,枝叶繁茂,成为家乡老院的一道风景。

洋槐树是落叶乔木,春季发芽,然后开花,这是我最愉快的时候。那时的农村,家家都要"度春荒",粮食果蔬接济不上,人人被饥饿困扰。恰好槐花解了我们的燃眉之急。

每当我家那棵洋槐开花的时候,一朵朵,一串串,一堆堆,密密麻麻,拥拥挤挤,满树银花,随风飘拂,好看极了。整个庄院都弥漫着沁人心脾的芳香。

母亲用夹杆把那一串串的槐花从树上钩取下来,摘掉多余的叶片和花茎,用清水将花朵洗净,放进调好的面糊里搅拌,然后在油锅里煎炸。一张白嫩嫩、甜丝丝的槐花饼就出锅了,清香可口,十分好吃。母亲还把洗净的槐花,掺上玉米粉,放在铁锅里清蒸,用这种方法做出的槐花饭,我们也会吃上好几碗。树上的槐花太多了,吃不完,母亲就让我们将其全部采摘下来,放在竹席上晾晒,风干,保存起来,作为日常生活中的配菜。

花期过后,槐树的叶子由浅入深,由小到大,由薄变厚,绿绿葱葱,铺天盖地,将磨坊及整座院子的太阳都遮住了。这时春天过去,夏季到

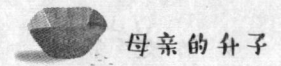母亲的升子

来，小麦收割了，母亲就带着我们到磨坊推磨。

推磨最折磨人了，抱着磨杠，围绕磨盘，就那样一圈一圈地转圈圈。一转就是几个小时，有时要转一整天，有时还要连续转上好几天，转得人腰酸背疼，眼花缭乱，苦不堪言。尤其是推一次磨，管不了多长时间，又要接着推磨，着实令人头疼。

父亲有病，我在姊妹四人中排行最小，推磨的苦差事就落到母亲和哥哥、姐姐头上。看到他们抱着磨杠推磨，我就在槐树下玩耍，幸灾乐祸，有时还搞些恶作剧，惹得他们很生气。但是，谁都不敢动我，因为如果谁把我弄哭了，谁就要挨打。等我长大了，母亲让我也去推磨，我怕累，时常偷偷溜走，逃避到槐树下。我在心里非常感激槐树，在我推磨时，它为我遮阴，在我躲藏时，它为我挡身。

家乡的月夜，朦朦胧胧，寂静无声，只见槐树的影子在院子里微微晃动。就是在这样的晚上，我听到了槐树下的窃窃私语声。我蹑手蹑脚，悄悄地来到树下，看见了两个人的背影，那对男女说的是秘密，不想让家里人听见。随着岁月的增长，槐树下说话的人也在不断变换。等我懂得男女之情的时候，也有村中少女在槐树下等我。不过，那都是过去的事了，不提也罢。槐树真像一位月下老人，在它身旁不知发生了多少美丽的故事。

洋槐上有鸟巢，不知有多少个，因为在院子里蹦蹦跳跳的鸟儿有好多种。比如，麻雀、斑鸠、喜鹊、画眉。农村有种说法，喜鹊是报喜鸟，家有喜事的时候，喜鹊就会叽叽喳喳地叫个不停。我反复验证，确实很准。我记得，亲戚上门的时候，喜鹊在叫；朋友要来的时候，喜鹊在叫；大哥结婚的时候，喜鹊在叫。我还记得，家里晾晒粮食的时候，这些鸟儿非常淘气，趁人不备，前来啄食。你扬手驱赶，它们立即像箭一样飞回树上，反反复复，与人做对。母亲经常让我看席，我被这些鸟儿折腾得够呛。我拿起一根长长的竹竿，准备上树戳掉鸟窝。母亲出来制止说，捣毁鸟窝手会颤抖，将来上学就写不成字了。我心里害怕，于是作罢。

有一段时间，院落的十几个孩子，每人做了一张弓，以槐树为靶子，天天在那里比赛射箭，看谁射得准，射得深。母亲对我们说，树和人一样是有生命和灵性的，千万不能射，射了就会疼，疼了就会哭，哭过后就不开花了，你们也就吃不上槐花饼了。从此以后，我们就不再射箭，如果有谁射了，我就出面阻拦。

参加工作后，我再也没有关注过那棵大槐树，就是偶尔回去了，也对槐树视而不见。直到近些年，眼看年过半百了，我也越来越思念家乡。当我迈着沧桑的脚步回到老家，想站在槐树下回忆童年往事的时候，却突然发现那棵洋槐树已不见了踪影，心中怅然若失。

（原载于2018年第2期《耕耘》杂志）

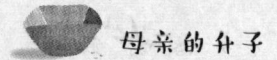 母亲的升子

索索草

　　老家门前的河湾，自然生长着一种野草，春天发芽，夏季开花，三棱形茎秆，韭菜状叶片，点缀在吕河岸边，使空旷的河滩顿生绿意。因为颜色青青，故乡人称其为"回头青"。

　　知道回头青有用，是在上学以后。那天，我路过吕河药材收购站，发现院子堆放的就有回头青。我问收购员，回头青也能卖钱？收购员说，它是中药材，每斤六角钱。

　　时值暑假，每天饭后，我就扛着锄头，提着篮子，到河滩泥沙地里采挖回头青。我每次连根带土挖出一窝，去除无用的叶茎，抖掉根部的泥沙，将那"老爷胡子"一样的根须放在篮子里，然后再去采挖下一窝。当时，尽管我累得汗流浃背，但心里非常高兴。时间到了傍晚，母亲喊我回家吃饭，这才知道天快黑了。我把挖好的一篮子根须，拿到吕河里洗净，甩干，提回家里。

　　每天上午，我按时来到河湾采挖回头青，下午等母亲喊叫了再回家吃饭。我还把洗净的根须放在席子上晾晒，然后用火燎去根上的长须，剩下一颗颗倒卵形的小坚果，那就是药用回头青了。每天挖回来根须一大堆，火燎后却只有一点点。到了晚上，我怀着激动的心情总要把回头青称一称，看看当天又增加了多少，内心始终充满着一种无以言状的幸福感。

　　快开学了，我将整个暑假采挖的回头青拿到吕河药材收购站变卖，一

称，竟然有十五斤，卖了九元钱。这是我人生第一次靠辛勤劳动得到的一笔"大钱"，不仅交了本学期的学杂费，还购买了崭新的文具盒、蓝墨水、橡皮擦、铅笔等。院落里的小伙伴可羡慕了，他们对我说，等到来年暑假，也要和我一块儿去挖回头青。

新的暑假来了，到河湾采挖回头青的人多起来。这不要紧，因为老家门前的河湾很大，有百余亩，就是院子上学的孩子都去挖，一个假期也挖不完。我们在那里比赛，看谁挖得多，挖得快。渴了，大家就跑到河里喝水。累了，大家就坐在沙滩上玩耍。

孩子们往往会就地取材，用回头青的三棱形长茎作为赌具，玩"打赌"的游戏。他们喜欢以村上最美的姑娘为对象，赌她生男还是生女。下好赌注，有人手捏长茎这一头，还有人手捏长茎那一头，同时从两头向中间撕扯。如果长茎中间出现"女"字形，说明生的是女孩；如果长茎中间出现"N"字形，说明生的是男孩。谁输了就要被赢家当马骑，惹得大家大笑起来。

在河边湿地放牛的老爷爷，听到笑声，也赶过来凑热闹。他说，回头青还叫索索草，然后给孩子们讲述了这样一个故事。

从前，有个姑娘叫索索，天生丽质，心地善良。有一年，古砀郡大旱，十月无雨，百草皆枯。索索迫于生计嫁到故黄河边的一个茅庄。不料，这里正闹瘟疫，大人小孩胸闷腹痛。自从索索嫁来以后，丈夫安然无恙，问索索，索索也不知。丈夫隐约感到，索索身上有股香气，断定这是驱疫的奥秘。于是，便让索索外出给众人治病。不几天，全村人就都痊愈了。

庄户人家闲着没事，又扯起索索看病的事来。一传十，十传百，传到索索丈夫耳朵里，竟成这样的话："……索索每到一家，就脱去衣服，让大人小孩围过来闻……"丈夫虽有拯救乡亲之心，但决不容许采用这种方式，于是两人常闹别扭。终于，在一个风雨交加的夜晚，丈夫下毒手把索索害死了。名声不好的女人是不能入棺的。于是,索索被秫秸一捆埋到河边。不几天,就在索索的坟上长出几缕小草,窄窄的叶,挺挺的茎,蜂也围,蝶也绕。有人说:索索风流,死后也招小虫子。丈夫听后,挖地三尺,把尸骨深埋。可过了一段时间,小草又冒出,依然招蜂引蝶。丈夫又去挖、又去埋,可草越挖越多,越埋越旺。于是,人们后悔了:索索死得冤屈,千万不要再挖了,将来万一再闹心口痛,说不定这草能治病……

直到今天,尽管它的药名改叫香附子,可当地人仍叫它索索草。如果要用它理气止痛,必挖出其身,三个根球一个比一个深。

说起来,我和香附子真是有缘。上中专后,有门课程叫"中草药",里面有关于香附子的介绍,我才知道,它是莎草科的多年生草本植物,具有"理气解郁,调经止痛"的药理作用,能够治疗多种病症。

从此,我对香附子更是情有独钟。每次回到老家,我都会到门前河湾转转,看故乡的河水,看岸边的沙滩,看湿地的青草,找找隐藏其中的香附子,仿佛又回到了那遥远的从前。

(原载于2018年第2期《耕耘》杂志,2018年第2期《作家摇篮》杂志转载)

漫步家乡的田野

正月十五元宵节,我和妻子回了趟老家,按照中国传统习俗,去为安眠在家乡黄土地上的亲人"送亮"。陕南民间有种说法:"大年三十的火,正月十五的灯。"虽然亲人生活在另一个世界,但我们也要为他们送去温暖的灯光,照亮他们"夜行"的路。

母亲睡在老屋后,我们先到母亲的坟头。老家是一所大院子,现在还住着八户人家。我刚踏进老宅,就看见四姨坐在房头晒太阳。四姨是我家的邻居,今年七十五岁,满头银丝,眼睛昏花,但她一眼就认出了我。她把我的母亲称为来姐,那时,她们的关系非常密切,相互关照和窃窃私语的情景仿佛就在眼前,使人感怀。

看到我们,四姨站起身来,眼里噙满了泪水,那是她老人家激动了。时至今日,四姨还是把我唤作强娃,母亲过去也是这样叫我。这种久违的呼唤,如缕缕春风,飘向我的心田,使我深深感受到了回家的温暖。打过招呼后,我们在母亲坟前跪了下来,上香,烧纸,送亮,没有放炮,因为走得急促,没有买到鞭炮。我站在母亲坟前,久久不愿离去,总想多待一会儿,我多么想让她再叫我一声"强娃"啊!可是,那声音又在哪里?童年的许多往事涌上心头,眼泪不由自主地滚落下来。我必须马上就走,不然,四姨也会伤心落泪了,我不想让自己的心绪影响了四姨。

路过二哥家,门锁着,村上人说,他到外地打工去了。二哥六十多岁了,还常年四处奔波。大年三十回家时,我曾和他见过一面,人显得苍老

母亲的朴子

多了，神情疲惫。我建议他不要再出去。他说，不出去不行啊！盖房的借款还没有还完，孩子也没有结婚，事情多着呢。童年的几个伙伴看到我，高兴地问这问那，留我在他们家里吃饭。我说，不行啊！上完坟回去还要上班。我问他们今年有何打算，都说等正月十五过后出去打工。

父亲原本埋在老家祖坟，县上修建旬平县际公路时坟被挖塌了，迁到村里的一处高地。在那里可以看到村庄全貌，视野开阔，风景秀丽。父亲是长安人，少年时代到陕南来是形势所迫，身不由己。现在，他离开我们已经三十五年了。

往回走的时候，我们边走边玩。春草的嫩芽和泥土的芳香，伴随着微风迎面扑来，浑身舒坦。地里的嫩草，在阳光的照射下，绿中带着鹅黄，清新惹眼，尤其是夹杂中间的荠荠菜，分外可人。

妻子动心了，不停地赞叹地里的荠荠菜太美了！于是伸手去拔，我也动手拔起来。我们专挑鲜嫩苗壮的拔，没想到一株比一株鲜嫩，不知不觉拔到了地中间。妻子说，拔得够多了，拿不下了。可是，我看到还有那么多更鲜嫩更苗壮的，竟然停不了手，舍不得走。我兴致高涨，心情好极了，又找到了过去在家劳动时的那种美妙感觉。

我们每人抱着一包荠荠菜回去，乡党梁金柱说，再给你们挖些葱带回去。我说家里有葱，不要了。他就去找了个塑料袋，装好荠荠菜。我问他今年是否外出打工，他说，出去不好找活，钱也难要，受人管辖不自由，不如在家盘好土地，做些小生意，日子会过得更好些。

临走前，我又去了大哥的坟头"送亮"，老家祖坟也去了。爷爷奶奶的坟头还记得清楚，辈分再高些的先祖坟头就分不清了，但我都去给他们烧了纸钱，然后匆忙开车回单位。我想，如果正月十五放假，我会在家乡的田野漫游整天，走走乡村的小路，亲亲清澈的河水，闻闻泥土的芳香，会会儿时的伙伴，看看健在的老人，让自己的心灵回归自然。

（原载于2018年3月6日《陕西工人报》）

写春联

在老家，过年贴春联是件大事，谁家都不敢马虎。大年三十，各家各户早早就忙开了，先是把庭院打扫得干干净净，再是把旧春联撕下，用温水洗掉残留，前门、后门、侧门，统统都要清理。然后就是糊上糨糊，把新春联一一贴上去，贴好大门贴小门，有的甚至把猪圈、牛圈、鸡圈也要贴上"六畜兴旺""肥猪满圈""鸡鸭成群"等条幅。接下来燃放鞭炮，开始团年，这是全家最温暖、最幸福的时刻。

那时，农村还没有兴起买春联，主要靠人写。记得小时候，村上会写毛笔字的只有两个人：一个姓张，另一个姓刘。他们在旧社会属于大户人家，进过学堂，教过书，人们称其为"张先生"和"刘先生"，是村里仅有的两个"文化人"。起初，他们两个人都为乡亲们写春联。可是，张先生性子急，爱写错别字。过年写春联是件神圣的事，图个吉利，千万错不得。一旦写错了，很难堪，也很麻烦。张先生索性丢掉毛笔，从此不再写春联了。

这下苦了刘先生。每年寒假，他从学校回家就开始写春联，其他事都做不成了。由于他人和气，写得好，名气大，邻村的人也都找上门来请他写春联。我考上中专那一年，应该是1983年，到了腊月二十九晚上，母亲猛然想起我家的春联还没写，她让我赶快去找刘先生。这年，父亲过世了，母亲压力大，事情多，丢三落四，情有可原。

母亲的斗子

那晚月光很美，我走过寂静的乡村小路来到刘家大院，看见院子坐满了人。钻进屋子，发现屋里也站满了人。刘先生正在挥毫泼墨，奋笔疾书。我悄悄退出来排队，乡亲们与我闲聊。有的说我考上学，为村上争了光。有的问我学的啥，将来能做啥。还有的说考上"秀才"，却不会写字。如果我能写字，刘先生就轻松了。听到这些话，我的脸上火辣辣的，并暗下决心学写毛笔字。

我买了本字帖，先从最基本的"点横竖撇捺"练起，利用课余时间，每天坚持练习一小时。没想到，毛笔字很难写，练了一年时间，竟然写不好字，更不用说写对联了。1984年春节即将来临，我也放假回家，试着学写对联，结果不是字体大小不一，就是行列歪歪扭扭，真是"丑媳妇难见公婆啊"！我决定还是去找刘先生。但母亲鼓励我大胆写，自家看，不怕丑。于是，那年我家的大门、小门、猪圈、牛圈，都贴上了我的"墨宝"。

我又练了一年，字写得有点模样了，放到对联上去也比较顺眼了。我就把桌子搬到院坝去写，并将写好的对联放在院子，用石片压住晾干。张先生走过来，站在那里看了看，点了点头，连说，不错、不错。这时，住在来家垭的七八户人家，都来请我写春联，包括张先生家。第三年后，村子里找我写春联的人越来越多，一写就是好多天。

参加工作后，放假迟，时间紧。我就早早"开工"，摆好桌椅，备好笔墨，来者不拒，笑脸相迎，白天写，晚上写，往往要写到腊月三十上午。这年腊月三十，上午过去了，我还在写，到下午两点了才写完，乡亲们走后，我累得腰酸背疼，饥渴难忍。这时，我感觉到家里冰锅冷灶，空空荡荡，只有老母躺在床上，我猜测嫂子可能生气了，回娘家了，哥哥可能也跟着她去了。

大年初一清早，母亲让我到外婆家去，待了两天，心烦意乱，待不下去，又回家了。姐姐把母亲接走了，哥嫂还没有回来，我决定提前返回单位。农历正月初四这天，我来到县城，店铺没有开门，朋友家开的旅馆接纳了我。我必须在县城住宿一晚，赶正月初五清晨 6 点的早班车到小河，因为当时从县城发往小河的班车每天只有一趟。

太极城的夜晚，灯火通明，夜色斑斓，家家都在过年。但我的心情孤寂到了极点，于是想出去吹吹风，透透气。不料在街头遇见一伙酒疯子，你不惹人，人要惹你，不知为什么，那伙人觉得我不顺眼，寻衅殴打我。如果不是好人相救，并拦住一辆便车将我连夜送到小河，那晚我是否还能走出县城，也未可知。

又是一年春节，我回家时把单位发的红糖、白糖、水果，以及用全年省吃俭用节余的微薄积蓄买的年货，一并打包背回家里。母亲对我说，今年就不写对联了吧，离过年没几天了，帮家里做些活吧。我懂得母亲的意思，我也知道老人家的难处。但是，乡亲们盼着我回来，等着我给他们写春联啊！怎能说不写就不写了呢？加之我常年在外工作，没有给乡亲们做过什么，这是给他们做事的机会呀！我决定春联还是要写，只是改变方式，不在家里写，逐户上门去写。

于是，我带着新买的毛笔，提着大瓶墨水，走进乡亲们的家门。写好一家再到下一家，写完一个院落转到下一个院落。老家吕河的乡亲们朴实厚道，热情好客，不论走到谁家，都会给我端上一碗荷包蛋甜酒，那荷包蛋每碗都有四个，吃一家还可以，吃第二家就有点撑了，吃第三家实在吃不下了。但是，乡亲们的心意都在荷包蛋里，不吃，他们心里过意不去。没办法，我就让他们每次打两个荷包蛋，但是最多只能吃四家，再多又吃不下了。最后我又不得不改变方式，每个院落选定一家集中来写。这样既节省时间，又避免肚皮产生意见。

母亲去世后，我回家少了，加之那时我成了家，有了孩子，过年回去也只是为父母上坟，停留的时间太短，写春联的事情渐渐淡忘了。所幸的是，村上后来又出了会写毛笔字的人，据说，他写得比我好。现在乡村也

母亲的升子

兴起买春联，简单省事，质量又好。曾经为乡亲们写春联的年月已成过往，唯独留下模糊的记忆和乡愁。

（原载于2018年2月13日作者新浪博客）

童年草屋

　　草屋内部设施简陋，进门就是锅灶。后墙旁放着橱柜和案板，墙角蹾着一口大缸，还有一对木桶，扁担靠在旁边。灶台上空悬挂着竹笆，上面晾着被烟熏黑的豆腐干，还有墙上挂着的猪肉，也被烟熏得黝黑，山里人称为腊肉。草屋的门是一块大木扉，上面镶刻有密密麻麻的小字，那是一件文物，可惜当时家里人并不知晓。

　　母亲的大多数时间都在草屋度过。每天早上不等天亮，她就取下扁担，挑起木桶，下到河里挑水，常常需要往返四五次，才能将那大缸装满。母亲一刻也不得闲，不是剁草喂猪，就是洗衣做饭，还要推磨，上坡做活，缝缝补补，忙里忙外。到了晚上，一家人休息了，母亲还要忙到深夜。

　　姐姐稍大些，就给母亲帮忙，上山找猪草，回家剁猪草，到猪圈去喂猪。不知是那猪过于凶恶，还是太饿，姐姐刚把猪草伸向猪槽，手腕就被叼住，当场咬断筋脉，落下终身残疾。母亲后悔不迭，将那猪打得半死，抱住姐姐泪流满面。此后母亲凡事都会亲力亲为，以免姐姐再受伤害。

　　母亲实在太苦太累了，我也想给她帮忙。这天早上，我起得很早，悄悄下到河里，用葫芦瓢将清清的河水一瓢一瓢地舀到桶里，然后挑起满满两桶水往回走。我家住的地方是个小岛，从河里回家全是上坡路，曲里拐弯，坑洼不平，两只水桶不听使唤，左右摇摆，前后碰撞，眼看桶里的水

母亲的扑子

所剩无几,我急得要哭了。偏偏这时候脚下打滑,连人带桶摔倒,腿脚碰伤,桶也滚向河坝。母亲来了,抱起我,心疼坏了,连说:"你还小,这是大人的活,现在干不了,以后不要再干了。"

有天,我上山打猪草回来晚了,路过一处坟墓,心里发毛,不敢过去。我想起村里人时常讲到鬼怪的故事,越想越害怕。蒙蒙的月亮,黑黑的坟头,仿佛鬼影游动,我冷汗淋漓,头发竖立起来,浑身直打哆嗦。我吓坏了,大吼一声,一个箭步跑过坟墓。第二天,我病倒了,发着高烧。母亲很着急,请来村医给我看病,给我服了药。但是母亲还不放心,又从草屋取出大碗,碗里装有清水,把三根竹筷放在碗里直立,边立边拉长声音喊叫:"强娃回来吆!回来吆!"随后又自答:"回来了!回来了!"后来我才知道母亲是在给我"叫魂"。

草屋门前是磨房,其实没有房,只是四周砌着石墙,中间安放一盘石磨,石墙的一边留着豁口,供人出入。记忆中,母亲经常半夜起床推磨,因为父亲有病,帮不上忙,我们兄弟姊妹四人都要上学,只有等到星期天,才能搭把手。每到开饭时间,我们从草屋舀饭出来,各自蹲在磨房四角吃饭,吃完了又到草屋去舀。我吃面不爱喝汤,姐姐曾经说我,却遭到母亲指责,因为我在家中排行最小。看来,父母还是偏向小的,这是家家户户都有的事。

有天,草屋门前来了人,可能是长途跋涉非常饥饿,来到磨房就晕倒了。母亲急忙将其扶起,舀来稀饭喂他。这人慢慢苏醒了,连喝三碗,然后离去。若有乞丐路过,母亲总会从草屋取出吃食施舍,有时还舀饭给吃,以至于我们都不够吃了。大山深处的远房亲戚,祖孙两个哑巴,住在他们那里的敬老院,每年春荒都要前来。母亲总是对他们精心照料,让他们吃饱喝好。那时,我们也是饥肠辘辘,缺吃少喝。某天夜晚,黑狗狂吠,母亲起床了,我们也跟着起床,哥哥抓住了小偷,准备殴打,因为小偷钻进了草屋,偷吃了剩饭,还想拿一块煮熟的腊肉。母亲急忙制止,说这人饿坏了，是可怜人，放他走，并把哥哥夺回的那块腊肉给了人家。

草屋外边的山墙下有三桶蜂箱，蜜蜂嗡嗡地飞来飞去。每到春暖花开时节，蜜蜂更是铺天盖地，在河湾黄灿灿的油菜花上采蜜，那种繁忙的景象，对我们是一种激励和启迪。母亲虽然身在草屋，却能熟悉屋外蜂箱周围发生的异常情况，她说："快去，黄蜂正在欺负蜜蜂。"我们奔出屋外，来到蜂箱下面，看见一只特大黄蜂正在那里张牙舞爪，大小蜜蜂吓得钻进蜂箱，躁动不安，两只威猛的工蜂挡在蜂箱入口，与那凶残的敌人殊死搏斗。我们操起木板，瞄准黄蜂，迅猛打去，将其击落，用脚踩死，解了蜜蜂的燃眉之急。

收获季节到了，母亲将蜂蜜割下来，放在锅里加工提纯，制作蜂蜜和黄蜡，那是家里的喜庆日子。好多的蜂蜜，还有好多黄蜡，母亲将其分成若干份，有些送给四邻，有些拿去变卖，有些留做家用。在我们家，一年四季都能喝到蜂蜜，真是幸福的事情。农闲季节，母亲就开始为我们缝衣服，做布鞋。这时黄蜡派上了用场，针线抹上黄蜡，纳鞋底时就会省力，而且针脚平整，做出的布鞋美观大方。记得母亲的针线活做得精致，远近闻名，村里不少妇女前来请教，顺便赊借黄蜡，每次母亲都会慷慨相送。母亲的口碑极好，村里村外，凡是认识母亲的，无人不说母亲的好处。

我记不清楚了，草屋是在什么时候消失的。是在母亲离开我们之前，还是之后？是在我考学外出之前，还是之后？是自己坍塌了，还是拆除了？反正现在草屋没有了。不过，我在草屋度过的童年，以及发生在草屋里的往事，至今历历在目，并深深铭刻在心里，永远也不会忘记。

（原载于2018年11月30日《安康日报》文化周末）

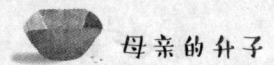 母亲的升子

撞进童年记忆的那条大鱼

有条大鱼，不小心撞进童年的记忆里。随着时间的推移，我对它的印象越来越深，一切都是那样清晰和富有诗意。

那是四十多年前的事了。当时的我大约十岁的年纪，故事就发生在老屋后面的那条小河里。这是一条清澈而美丽的生命之河，因其发源于原平定乡境内，故名平定河。这条小河依着卧牛山，蜿蜒流经我家门前汇入吕河，然后投入汉江的怀抱。

故乡小河里的水很清，可以看见河底的沙石，游动的小鱼，以及爬来爬去的螃蟹。小河两岸有稻田，有菜地，有堰渠，有水磨坊。故乡的人们每天在小河里挑水，洗菜，赶着牛羊饮水。夏天的时候，村里的小孩都会泡在河里洗澡和捉鱼。

故乡小河里的鱼很多，但很小，基本上都是一拃多长的白鲢、鲤鱼、黄辣丁，还有少量的鳊鱼和鲫鱼，可能是因为河水较浅的缘故吧，从未发现过大鱼。我经常在放学后，或者星期天，跑到小河里捉鱼。我的童年处在二十世纪六七十年代，生活极度贫困。每次捉到鱼，母亲都会为我烹制一碗美味可口的鲜鱼汤，以滋补我那因饥饿而瘦弱的身体。

这是一个星期天。午饭后，我和院子里的几个小伙伴，一起到小河里去捉鱼。我们下到河里，先在水磨坊周围捕捉，收效甚微。然后溯河而上，改在秧田湾附近捕捉，还是没有什么收获。这时，太阳越来越晒，有

人不耐烦了，口出怨言，想要回家。有人说，再往上游走走，如果再捉不到鱼，可以到钱姓人家坎下的深水潭里洗个澡。我赞成后者的建议。于是，我们五人继续溯河而上，有收获，但收获不大。我也觉得今天运气不佳，有点邪乎。我们像泄了气的皮球，松松垮垮，边走边玩，来到钱家水潭，懒洋洋地泡在水里。

"妈呀！"有人发出惊叫，一跃跳上岸。其他人不约而同，逃离水潭。遇到什么怪物？我们提出疑问。那个叫平娃的孩子说，看见一个黑乎乎的东西，撞了他一下。我们都紧张了，一字排在岸边看个究竟。水波平静了下来，搅浑的潭水也慢慢变清了。我看清楚了，那是一条大鱼，只见它也受到了惊吓，静悄悄地贴在水潭的石壁处，肚皮紧挨着沙石，沉在水底，一动不动。

其他人也都看清楚了，黑蛋率先跳进水中去捕那条鱼。接着其他人也都争先恐后，纷纷跳进水中，你推我挤，围追堵截，搅成一团。潭里水流翻滚，浪花飞溅，五个赤裸裸的小孩与那条黑脊梁、白肚皮的大鱼就在潭水里拼命纠缠，累得气喘吁吁，人仰马翻，但始终无法捉住那条鱼。有几次大鱼已被孩子们抱起，但尚未挪步就让鱼挣脱。潭水被再次搅浑了，啥也看不到了，于是我们商议上岸休息。

我在想：如此小的一条河流，上下都是浅水区，这条大鱼进不来出不去，它是何时来到水潭？在此待了多长时间？为什么就没有人发现？这时潭水慢慢变清了，我们五人站在潭边观看，可是不见了鱼。几双眼睛都望穿了，也没有发现大鱼的影子。这就奇怪了，难道大鱼具有隐身术？还是兵娃眼尖，他说潭中有个石洞，大鱼可能藏在洞里。于是他找来木棍，插进石洞一阵乱戳，大鱼果真从洞中游出来了。

我们七手八脚，搬来石块，将那洞口堵住，然后开始了第二轮的捕鱼行动。五个孩子各显其能，使尽招数，但是仍然没能将鱼捉住。我立在潭边，静观其变，发现大鱼不停地由洞外向洞口方向冲去。每冲一次，由于

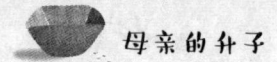 母亲的朴子

撞击到石头,都会发生短时间的昏迷。我有办法了,瞅准它再次冲向洞口的间隙,猛然扑向大鱼,将它压在身底,双臂紧紧将它抱住,飞快冲出水潭。大鱼膘肥体壮,力强劲猛,拼命挣扎,宽大的尾巴左抽右打,要比父亲扇我的耳光还要剧烈,不一会儿,小脸开始红肿,热辣辣地疼痛。无论如何,我毫不松手,越抱越紧,终于将它抱回家里。

父亲说,这是一条鲤鱼,大概七八斤重,在去鳞开膛处理的过程中,由于父亲不小心,将鱼胆弄破了,胆汁污染了鱼肉。母亲将鱼切成五块,进行烹制,并在靠近鱼胆的地方撕下小块鱼肉,让我品尝。我感觉很苦,母亲认为可惜,我也深感遗憾,心里埋怨父亲。到了晚上,那几个孩子来到我家房子墙头,隔着窗户喊我,问鱼做好了没有,好不好吃,我不予理睬。母亲让我把他们叫进屋里,要将鲤鱼分给每人一块。我不答应,父亲也不同意。母亲说,虽然是我捉住了鱼,但是,得益于这些孩子的帮助,鱼不能算作我一个人的。说着母亲把给我品尝过的那个鱼块留下,将其余四块分别给了四个伙伴。我更不高兴了,问母亲为什么不把最苦的鱼块送给别人,非要留给自己。母亲说,给人的东西必须是最好的,宁愿自己吃点亏,也要宽厚待人,这是做人的起码道理。

我的童年经历过许多事情,多数记忆不深,唯独上述这件事情始终难以忘怀,经常浮现于眼前。时至今日,我还牢牢记着母亲对我说过的那句话。为什么故乡的人们对母亲那样尊重和爱戴?我从母亲的言行中找到了答案,并学会了处世和做人。

(原载于2019年第4期《散文选刊》下半月)

老家的石磨

我的家乡吕河，位于汉水流域巴山东部的安康市旬阳县境内，这里山高石头多，出门就爬坡。在二十世纪六七十年代，老家还没有通电的时候，几乎各家各户都有石磨。

这种石磨，多是就地取材，由当地的石匠，选取山上优质的绿豆石，或者石灰岩，精心打造而成。石磨共有两扇，下扇固定于磨盘，上扇覆盖着下扇，围绕磨脐可以转圈，石磨咬合的断面凿有磨齿，粮食由上扇的两个磨眼通过转动缓缓落入磨齿磨碎。

老家的石磨有的露天安放在院坝，有的专门为石磨盖有房子，叫作石磨坊。这是家庭条件较好的人家才有的。我记得最清楚的是，老屋附近的张家石磨坊和孙家石磨坊。我家的石磨，既不是露天放置，也没有专门的房子，只是用石头在石磨四周砌了半人高的围墙，靠院坝的那侧留有豁口，供人出入，也算简陋的石磨坊了。

那时，村里的父老乡亲，除了上坡干活之外，推磨成了主要的劳动项目之一。每到夏收和秋收时节，石磨就开始昼夜不闲了。夏季主要加工的是小麦，秋季主要加工的是玉米。当然，春季和冬季，石磨也不会闲着，主要加工些五谷杂粮，只是没有夏秋繁忙而已。

在我很小的时候，看到母亲和哥哥、姐姐们，抱着磨杠一圈又一圈地转圆圈，觉得既新鲜又好玩。我喜欢看他们推磨，转的时间长了，姐姐就

母亲的扑子

会愁眉苦脸，哥哥也会龇牙咧嘴，看到他们痛苦的样子，我就觉得好笑，常常对他们做鬼脸。我喜欢推磨的主要原因是，看到面粉顺着磨口无声地流下，知道马上就有好吃的了，那是多么大的诱惑啊！

轮到自己推磨的时候，我就有苦难言了。哥哥考上高中以后住到了学校，我也长大了。有天夜晚，我睡得正香，姐姐喊我起床。我说离上学的时间还早，再睡会儿。姐姐说，快起来吧，妈妈和我推了一个多小时了，走不动了。我极不耐烦地起了床，睡眼惺忪，抱着磨杠开始加入推磨的行列。就这样一圈又一圈，围绕磨盘转圈圈。不一会儿，就头晕眼花，四肢乏力，迈不开步子了。这时，我唯一的想法是盼着天亮，逃离磨坊，快去上学。可是，左盼右盼，老天好像有意与我做对似的，迟迟不见天亮。母亲让我歇会儿，我就坐在磨坊打盹，直到姐姐再次叫我，才又抱起磨杠转圈。我觉得推磨是件苦活，太枯燥，太费力，太乏味，从此就不喜欢推磨了。

可是，不推又不行，因为父亲有病，姐姐是女孩，哥哥又不在家，偷懒不成。其实，我们推磨的时间还是很少的，基本是清晨起床搭把手，或者遇到星期天才能帮上忙，平时推磨主要靠母亲。在我童年的记忆里，母亲时刻都没闲过，不是上坡做活，就是挑水、推磨、做饭、洗衣、喂猪、腌菜、缝补衣服，白天忙不完，晚上还要熬半夜。那时推磨的频率是很高的，几乎是月月推，有时还是周周推，虽然每次我都参加，但内心极不情愿。我经常对母亲发牢骚，说我不想推磨。这时，母亲就会耐心劝我，说有东西推是好事，如果没有什么可推的了，那就要饿肚子了。我说，人家推小麦只推三遍，我们为什么要推四五遍呢？推得白面变成了黑面，有什么吃头？母亲说，如果不这样细致，又怎能接得上茬口呢？

那时还是大集体，由于我家兄弟姊妹四人都在读书，父亲常年卧病在床，家中没有劳力，是全村有名的缺粮户。尽管母亲整天上工，日夜忙碌，但是到了收获分配的时候，分到的粮食少得可怜。到了来年春季，我家就会出现青黄不接,村里人称为"闹春荒"。上年分给的粮食吃完了,当年的庄稼还是青苗。于是,母亲带着我们去挖野菜,还把房前屋后榆树上的榆钱,构树上的构絮,槐树上的槐花,红椿树上的椿芽,分别采收下来,拌上玉米粉,放在铁锅里蒸煮,让我们吃这些东西。同时,还吃些自制的腌菜。实在接济不上了,就把尚未成熟的蚕豆角,连同叶子采摘下来蒸煮作为我们的饭食。

现在,人们喜欢吃菜,不喜欢吃饭。可那时我却喜欢吃饭,不喜欢吃菜。因为那些野菜太难吃了,味道苦涩,难以下咽。吃过之后,胃里经常泛酸,极不舒服。于是,我就对母亲说,我不想吃菜了,我们推磨吧,磨些粮食来吃。母亲说,麦子还没成熟,地里的蚕豆角也快吃完了,哪里还有粮食呢?说罢,母亲出门去了,回来的时候肩上扛着布袋,那是她向邻居借来的小麦。我高兴极了,并做好推磨的准备。可是,天公不作美,下起了春雨。无奈,母亲去借孙家磨坊使用。这天,雨一直在下,我们在孙家磨坊推了一天的石磨,我记得这次我们推了六遍,头两遍取了些白面,其余几遍连麦麸子也磨成了黑面。母亲为我们做了面条和馒头,还烙了油饼,不管白面、黑面,我都觉得很香,好吃极了。度过"春荒",接上新麦,我兴奋异常。推磨的时候,我再也不会叫苦叫累了,宁愿一年四季都有粮食供我们推磨。

时过境迁,一晃过去了三十多年,有次回乡,我看到老家围墙内的石磨坊,杂草丛生,野蒿长得一人多高,石磨还在那里孤寂地躺着,很是荒凉。陪伴它的,还有母亲的坟墓,故乡的土地,以及屋后的古树。此情此景,勾起了我对往事的无限回忆。我想:尽管老家的石磨完成了它的使命,退出了生活的舞台,但它却是那个时代的历史见证,承载着家乡人民勤劳坚忍的精神,值得我们永远怀念和留恋。

(原载于2019年第4期《汉江文艺》杂志)

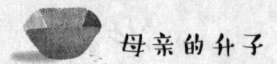 母亲的升子

草鞋的记忆

陕南秦巴山中盛产一种野草，细如线，长如鞭，一丛丛长在山坡上，既像少女的披肩发，又似龙王爷的胡须，自然生长，随风飘拂，当地人称为龙须草。这种野草用途广泛，不仅能编织草绳、草袋、草垫，而且可以打草鞋，所以家乡人将其列为旬阳三件宝"油桐、柿子、龙须草"之一，载入《旬阳县志》。

我的童年，记忆犹新的是，每年村里人都会上山拔草，挂在房前屋后晾干，然后利用阴雨天坐在家里打草鞋。那时，家家户户都有打草鞋的器具"草鞋耙子"，村中的男男女女基本上都会打草鞋。他们编织的草鞋，除供自己家里人穿之外，还送到供销社去卖，挣些零用钱。

山里人的生活很是清苦，尤其是在那个贫困的年代。布鞋只能是逢年过节和走亲访友时穿穿。大人们平时上坡干活一律穿草鞋，我们这些孩子上学、放牛、割草、砍柴，穿的都是草鞋。一双布鞋至少能穿一年，而一双草鞋穿一周就烂了。如果遇到连雨天，或者在河里放排，终日泡在水里，两三天就穿烂了。尽管如此，穿草鞋也有许多优点。一是不花钱。二是很轻便。三是不怕水。遇到过河或者下雨天，不用脱脚换鞋。四是可以防滑。在山坡路上，或者泥泞路上行走，鞋底扒坡，不会打滑。正因为草鞋比布鞋有诸多优点，所以，山里人穿草鞋跋山涉水，如履平地。

我在村小学读书的时候，早上出门还是晴天，坐到教室就下起大雨。

放学后我们在泥光路滑的山道上行走，高一脚低一脚，深一脚浅一脚，草鞋沾满泥水，越走越重。姐姐担心弄坏草鞋，将其从脚上脱下来，打着赤脚行走。我也学习她的样子，脱下草鞋。赤脚走路，利索倒是利索，脚板可受不了，不时被路上的石子硌得难受，一不小心，还被隐藏地下的石碴划破一个口子，钻心地疼痛。回到家里，母亲为我端来洗脚水，在伤口处抹上药。翌日上学，泥路还没有晾干，母亲和姐姐让我穿着草鞋上学。

有次，我随哥哥去放排，也就是到坝河上游的山里砍柴，然后把一捆捆的木柴扛下山，用铁丝和木棒串联成排，人站立排上，用竹篙点拨方向，从上游沿河道漂流而下。早上离家时，哥哥脚上穿着一双旧草鞋，母亲又在他的腰带拴上一双新草鞋，说放排最伤草鞋了，以防万一。我们进山砍柴，大约有十几捆，固定好，开始放排。我原以为放排很轻松，没想到，这是一桩硬扎活，一会儿往左拨，一会儿往右拨，一会儿要跳下水中用肩推，遇到险滩，人还要拽着绳子在岸上跑。还没有到家，哥哥的草鞋有两只耳子磨断了，我让他换上新草鞋。他说，先不换，用绳子将断口处绑住继续穿。直到那双旧草鞋完全破损穿不成了，才换上新草鞋。回家后，哥哥脱下那双湿淋淋的新草鞋，放在院坝的台阶上晾晒，说还能再穿两三天。

在狮子崖放牛那次，我发现陡石岩上生有一长串龙须草，茂盛而葱茏，高兴极了，我想把它们都拔下来，提回家让母亲打草鞋。于是，我顺着石崖一角向上攀爬，好不容易爬到了草窝，歇了一口气，然后开始拔草。只听嗡的一声，一群胡蜂犹如离弦之箭向我飞来。我吓坏了，拔腿就跑，可是人怎能跑得过胡蜂，它们将我团团围住，有两只凶猛的胡蜂还在我的头上蜇了两下，疼得我大声呼叫。只听山上有人大喊："不要跑，静静地趴下！"我马上照做了。等了一会儿，那些胡蜂在空中转了几圈飞走了。我抬起头来，这才发现石崖凹处有一个篮球大的圆包，那就是蜂巢。好险啊！刚才山上喊话的人走到我的面前，原来是在山上拔草的哥哥。他

母亲的补子

说，遇到胡蜂不能跑。你跑得快，它追得快，只有悄悄趴在草丛里不动，过一会儿，它就飞回去了。他还说，胡蜂筑巢一般都在山崖的石槽、石缝和石窟里，这些地方千万要注意。

考上初中以后，我住到学校，草鞋换成了布鞋。参加工作以后，我住到单位，布鞋换成了皮鞋。后来，我又喜欢上了运动鞋。不管脚上穿的是哪种鞋，我都像童年时代珍惜草鞋那样珍惜它们，知道今日的生活来之不易。其实，回到农村，参加劳动，任何鞋子都不如草鞋。我怀念草鞋，怀念脚穿草鞋的童年岁月。

（原载于2019年10月28日中国作家网）

乡村木匠

陕南秦巴山区，不乏能工巧匠。那种身板硬朗，手提工具箱，被人邀请，走村串户，靠精湛的手艺，常年与木头打交道的人，就是乡村木匠。

山里人一生与木头结下不解之缘。家中所用，比如门窗、桌椅、床铺、箱柜、木筲、水桶、案板、农具等，都是以木头为原料，经过木匠的巧手制作出来的。一位好的木匠，其实就是一位艺术家。那些普普通通的木头，在他们的精雕细琢下，栩栩如生，经济实用，俨然成为各种工艺品。

木匠既指人，也指一种职业。在我们那里的农村，不论是木匠本人，还是木匠职业，都是很吃香的，受人尊敬，令人羡慕。只要谁家遇到大事，比如，盖房、婚嫁、制作棺木、添置家具，都会去请木匠。接受邀请之后，木匠就开始精心准备了，他会将斧头、锛子、刨子、锯子、凿子、钻头、直尺、卷尺、墨盒等器具，收拾整齐，擦拭干净，放进工具箱，插上木盖，带着徒弟出发了。

木匠来了，主人总是乐呵呵的，敬奉有加，发烟，端茶，上酒，上菜，热情款待。木匠做工，根据主家活路多少，有时只住几天，有时需住几周，有时要住几月。不论时间长短，主人每天好酒好肉招待，丝毫不敢马虎。因为木匠所做的这些东西，不论是房屋装修，还是棺木寿材，抑或是女儿的嫁妆，都是主家的"百年大计"，不仅要好，还要图个吉利。

母亲的钵子

我们村子就有一位木匠，姓张，因为他把我的母亲叫姐，我就叫他大舅。其实，只是这样称呼而已，并无亲戚关系。他的徒弟就是他的大儿子。他的师父姓王，住在另外一个村子，是方圆几十里的名师，年龄很大，我也认识他。大舅父子人品好，手艺更好。记得童年我在家乡时，他们常年被人邀请，有时一年半载也不回家，活路一件接着一件，一年四季都忙不完。大舅出师多年了，念念不忘师父，每年春节都要去给师父拜年。我喜欢大舅父子，觉得他们是村里最有本事的人。每次外出归来，大舅都会到我家坐坐，讲那些各地的见闻，常常讲到深夜，让我听得如痴如醉。

记得那是二十世纪九十年代初期的事情，我从学校毕业参加工作不久，有天收到老家发来的电报："母亲病危速回。"我急忙向单位领导请假，坐班车先到县城，再换车回家。看到母亲重病在床，头发斑白，眼眶深陷，骨瘦如柴，奄奄一息，我难以自禁，泪如泉涌。大舅来了，让我抓紧制作棺材，不然就来不及了。我收住眼泪，想了想，着了慌，由于家境清贫，没有提前为母亲做好棺材，就连原木也没有买下，怎么办呢？大舅对我说："本村孙家有十二根原木，请我去做棺材，还没有做，你去买下来。"我连夜赶到孙家，说明情况，孙家大哥很是慷慨，让我赶快找人搬走原木，其他的事情以后再说。

当晚，那十二根原木齐刷刷地放在了老家院坝，大舅左看右看，还用手指在原木上比画，并不停地点头。看到他那专注的样子，我知道那具棺材的结构已在他的大脑中形成了。翌日不等天亮，大舅父子来了，他们脚手不闲，支马扎，量尺寸，刨树皮，画墨线，锯木头，一会儿镎，一会儿刨，一会儿钻，累得满头大汗。我站在旁边帮不上忙，就捡拾落地的刨花点燃烧水，为他们泡茶，还请姐姐为他们做饭。大舅说："不用做饭了，住得近，每天回家吃饭。你常年在外，做饭不方便。"为了赶时间，每天大舅来得很早，走得很晚。几天下来，他累坏了，腰部开始疼痛，毕竟那时大舅已是五十多岁的人了，何况木工活很重、很辛苦。

大舅父子日夜加班，终于在母亲病逝前夕，做好了棺材。我去感谢大舅，付给工钱，但他无论如何都不愿收钱，说母亲人好，待他亲如兄弟，权当帮忙。我感动了，心里有千言万语，此时竟然说不出一句话来。

以后的岁月，我回家少了，住在县城的家属楼里，再也没有请过木匠制作家具。如果需用家具，我们就在城里的家具店买。我曾经买过衣柜、书柜、桌椅等，虽然好看，但不经用，要不了几年，衣柜就会变形，书柜就被压弯，桌椅也会松动。这时，我自然想到大舅，想到乡村木匠，想到他们亲手制作的家具，是那么精美，那么结实，那么富有人情味，使用它们的时候，浑身都会感到温暖。

（原载于 2019 年 4 月 22 日作者新浪博客）

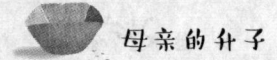 母亲的升子

乡村露天电影

有天在街上遇见县文化馆退休干部张老师,他一把拉住我,聊起我的老家来如数家珍,比我还要熟悉。我感到惊讶,问他为什么对我的老家如此知根知底。他说,二十世纪六七十年代,他在我的家乡昌河区文化站工作,经常到我们村子放电影。

说起放电影,一下子拉近了我们之间的距离,话匣子都打开了,越说越激动,越说话越长。那时,我是个小孩子,张老师已经是大人了。我记得,每次村里放电影,不是在大队部的院坝,就是在村里的老油坊。这些地方宽阔平坦,能容纳几百人,甚至上千人。

由于当时农村文化生活落后,没有电视,更没有电脑和手机,只有广播和电影。广播只能听,电影既能听又能看,还有精彩的画面,所以,看电影就成为村里男女老少最大的精神享受。电影队下乡的消息传播得很快。早上耨草的时候,有人就说,昨天晚上在红旗大队放映的片子,有《南征北战》和《奇袭白虎团》,加演的是《毛主席会见尼克松》。整个白天,大家干活都心不在焉,谝的都是电影的事。尤其是年轻人的心早就跑到大队部前的院坝了。晚上没等队长喊放工,年轻人撂下锄头就跑,回家狼吞虎咽、草率敷衍地吃晚饭,刚刚吃了半碗,隔壁的兰香就来喊,急得就去捞了一根镐把子。狗娃子最洋活,拿的是手电,大家都羡慕不已。一路上,大家都争着抢着拿狗娃子的手电满山架岭地乱照,狗娃子心疼得不

得了，又不好说。到了大队部，队上的几个人正在帮忙栽杆子，扯电线，安装发电机，老张（其实，张放映员只有二十多岁）正在队长家喝酒。看来，要等电影开映还得一会儿，一帮红男绿女就坐在麦垛子上打扑克加打情骂俏。天黑下来，人全来齐了，不仅有本村人，还有许多外村人，黑压压一片，将整个院坝围得水泄不通，前边的坐着，后边的站着，再后边的垫着石头站着。那些来迟了的，让小孩骑到脖子上看，有些大点的小孩，干脆爬上树，双腿夹住树枝丫伸长脖子看。

好不容易老张喝完了酒，红着脸，迈着八字步出来了。大家赶忙收起扑克牌，抢占有利地势，准备享受文化大餐的时候，生产队长趁酒疯抢先拿起话筒，从国际、国内形势讲到农业学大寨，从春耕、春播讲到阶级斗争，啰啰唆唆。大家的心都快急炸了。最后，还是老张有权威，夺过话筒，说队长，我们放映吧。结果放的就是《毛主席会见尼克松》，这片子大家都看了四五遍了，于是大家又胡闹起来，你掐一下我，我摸一下你。不知道闹了多长时间，银幕上终于出现光芒四射的五角星，大家才终于安静下来。

一般情况下，每场放映两三部影片。每部时间大约一个半小时，有些大片时间可能超过两小时。电影散场了，大人大呼小叫地找自家的娃子。娃们最爱看电影，但大多数都不能坚持到最后，等到放第二部片子的时候，便东倒一个，西卧一个，进入甜美的梦乡，害得大人到处寻找。大家还要到处找火种，好点镐把子，点火把，有的手电叫人偷了，有的把火把弄丢了，有的娃子把鞋弄丢了，便破口大骂，整个院坝吵成一窝蜂。

放映结束，一般都到半夜了，村上还要招待放映员。每次招待的地点都会放在我家，因为母亲做得一手好茶饭。陕南人好客，招待客人的饭菜丝毫不敢马虎。我估计，张老师在我家吃过不少饭，所以认识我，但我却不认识他。我只记得，每次放电影时，我只关心电影，不关心他；每次在我家吃饭时，我只关心他吃剩下的饭菜，想沾点光，也不关心他。所以，

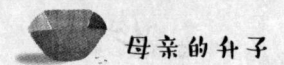 母亲的什子

关于他年轻时候的模样，没有留下什么印象。

那时候乡村放电影，由放映员带着设备，这村放完到那村，巡回放映。上映的影片，有时村与村之间有所区别，有时基本上是相同的片子。不管是新片还是旧片，我们都会没远没近地撵着去看。遇到那些路途遥远的村子，没等天黑就出发，看完回家已经天亮。有些片子，看了一遍又一遍，总是百看不厌。现在，我还能记得当时看过的不少影片。比如，《地道战》《地雷战》《英雄儿女》《白毛女》《铁道游击队》《平原作战》《东进序曲》《小兵张嘎》《闪闪的红星》等。乡村有些大户，日子过得好些，他们在家有红白喜事的时候，也会私人花钱放一场电影，一下子集聚好多人气，把事过得漂漂亮亮。

不论是哪个村，放一场电影就像过一场大事，同时，也是一次交流的好机会。亲朋好友见面，总有唠不完的家常话。孩子们在一起玩耍，一会儿笑着，一会儿闹着，总有扯不完的纠纷事。青年男女相遇，羞羞答答，青春萌动，不知不觉生发爱情的种子。人的性格各有不同，有的内向，有的外向；有的沉默寡言，有的热情健谈。这些都会在看电影时淋漓尽致地表现出来。同村好友B君就是一位热情健谈的人。有一次，我们村子放完电影，翌日牌楼村接着放映。尽管是同一部片子，他约我去看，我欣然同意。我们来得很早，抢占了前边的地盘，坐在银幕前面的平地上。身后是个斜坡，坐着一层又一层的人。B君边看，边给旁边的人讲解，越讲情绪越激动。因为他头天看过，知道故事情节。他讲得高兴，身后有人却不高兴了，提出抗议。B君性情刚烈，和身后那人发生了口角。我怕事态扩大，劝解双方。过了一会儿，B君忍耐不住，又开始讲解，身后那人让他闭嘴，两人剑拔弩张，互不相让。我看再这样下去，电影看不成事小，发生冲突事大，最好的办法是尽快离开现场，是为上策。我突然对B君说，我的肚子疼痛，想要回家。B君无奈，只好跟着我离开那里。一路无话，只听他自言自语：如果不是你肚子疼，我非教训他不可。

看露天电影成了我们那一代人的集体记忆，培养了那一代人的革命英雄主义精神，都想参军打仗当英雄。到了二十世纪九十年代初期，有了电视，大家又挤到有电视的人家看《武松》，看《白娘子传奇》，看《渴望》。这又成了那一代人的集体记忆。再下来是跑到乡上看录像，现在这一代人的集体记忆是玩手机、玩微信。一代人有一代人的记忆，一代人有一代人的乐趣。

（原载于 2019 年 6 月 30 日"旬河浪花"微信公众号）

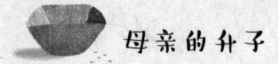 母亲的扑子

麦收时节

　　立夏过后，气温升高。家乡田野上的小麦长势喜人，沉甸甸的麦穗颗粒饱满，在烈日的暴晒下由青变黄，很快成熟，微风吹过，掀起层层麦浪。这是庄稼人心中最幸福的时光。

　　陕南有种"杏黄麦熟"的说法，意思是杏子泛黄的时候，麦子就要熟了。还有一种鸟，当它在家乡麦田的上空飞翔，口里唱着"算黄算割"的时候，麦子也就熟了。每当望见杏黄和听到"算黄算割"的鸟叫，庄稼人就会心潮澎湃，满怀希望，准备收获了。

　　这时，家家户户开始忙碌。他们会支起磨刀石，将墙上悬挂的镰刀取下来，磨得锋利无比，以备割麦之用。他们会将屋里的草绳取出来，放在水里浸泡后晾干，以备捆麦之用。他们也会将屋里的背笼拿出来修补，拭去上面的灰尘，以备背麦之用。他们还会将打麦场上的杂草清理干净，将那些凹凸不平的地方碾轧平整，以备碾场、打麦之用。

　　一切准备停当后，就可以考虑收割了。村里那些父辈，背着双手，踱着方步，在各自的麦田里转悠，看麦子的成色，并揪下最黄的麦穗放在手心揉搓，吹飞麦糠，清数麦粒，根据抽样，估计田亩的产量。看到他们脸上露出的微笑，就知道又是一个丰收年。

　　开镰收割了。这天，全家男女老少不等天亮就要起床，吃饱早饭，来到麦田，一字摆开阵势，左手撸住麦秆，右手握紧镰刀，一镰接着一镰收

割。同时扎把成捆，竖立田里。到了午饭时间，才能稍作休息。只见乡村田野，烈日当空，人头攒动，那些收割后的空地，麦捆星罗棋布，好像列阵操练的队伍；那些尚未收割的麦田，热浪翻滚，麦穗晃动，好一幅"三夏大忙"图！到了下午，人们分组作业了，有的继续割麦，有的拾捡散落田里的麦穗，那些精壮劳力开始背麦。他们将草绳铺在地上，绳上摆放麦捆，一般要放够十几捆，用草绳勒紧，绑成大捆，再用背笼将麦捆背到打麦场。当天收割的麦子，当天必须背完。

晚上收工，劳累一天的人们下到河里。男人们来到村前的吕河，那是巴山深处的一条大河；女人们前往村后的平定河，那是发源于原平定乡境内的一条小河。不管男人还是女人，他们都会脱去衣服，扑向河里，清洗汗污，撩水嬉戏，笑声弥漫夜空。一天的困顿和疲劳，随着碧波荡漾的河水漂流而去。回到家里，端起大碗，狼吞虎咽，吃饱喝足，倒头就睡，鼾声如雷。

麦收时节，最怕下雨。偏偏在这个时候，老天喜欢变脸，刚才还是烈日炎炎，转瞬就会乌云滚滚，电闪雷鸣，大雨倾盆。这时，全家大大小小都会冒雨飞奔打麦场，将那一捆捆的麦子抢到屋里。实在抢不完了，就拉起篷布遮盖，用石头压住篷布四角。夏季的雨一般都是白雨，来得快，去得也快，如此则对麦子没有多大影响。可是，有年夏季竟然下起连阴雨，一连下了好多天，大人们愁眉苦脸，反复言语，坏了，坏了，麦子全窝坏了。等到天晴，屋里和屋外篷布下的麦子全都生了芽。那一年，我们就吃芽子麦，这种麦子做出的馒头或者面条，进嘴就会黏牙，实在不好吃。

所以农人称麦收时节为"龙口夺食"。黄一块就抢割一块，并要及时脱粒。只有颗粒归仓，他们才会放心。早些时候，山村农户主要用连枷进行脱粒。后来，村子有了柴油机和脱粒机，就以院落为单位组织联合脱粒。一旦开机，机器轰鸣，昼夜不停，异常繁忙，所有参加人员都要各司其职，各负其责，流水线作业。同时，还要用风车将麦糠与麦粒进行分

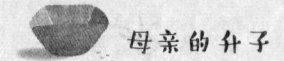 母亲的升子

离,并把大堆的新麦装进口袋,一袋袋地扛回家里。

收获结束,各家各户首先会用新麦酿制一种叫"醪糟"的麦酒。这种麦酒既有麦香,又有酒味,香甜可口。先做出来的,都会主动送给左邻右舍尝鲜。后做出来的还会在酒里加进荷包蛋,送给邻居作为答谢。接着开始推磨,磨取白花花的麦面,蒸馒头,做面条。吃着这些靠辛勤劳动换来的美食,那种喜悦幸福的滋味,只有亲身参与其中的劳动人民,才有更为深切的感受。俗话说"一方水土养一方人"。同样是家乡的那片土地,同样是家乡的父老乡亲,过去人们总是吃不饱、穿不暖。改革开放后,农村实行了生产责任制,家乡的土地焕发了生机,家乡的人民激发了活力。他们起早贪黑,在山村的黄土地上辛勤耕耘,度过了一个又一个麦收时节,迎来了一个又一个丰收年,日子越过越香甜!

(原载于2019年5月8日作者新浪博客)

即将消失的村落

发源于秦岭南麓的这条小溪,水不大,但清澈见底,水质甘甜。高耸入云的南羊山,竟被这柔情的涓涓细流一分两半,西边为城关镇庙河村,东边为构元镇林相村。我们的汽车逆溪流方向而上,在土路上颠簸行进,道路两旁杂草丛生,荆棘遍地,那些露头的枝叶摇摆着伸向车窗,不由得使人频频躲闪。

汽车将要向西拐弯上山的时候,遇到一户人家,于是我们下车询问。男主人告诉我们:这条河流叫丁家河,过去丁姓人家居多。他家也姓丁,地处庙河村十一组。他说,这个组山大人稀,交通闭塞,土地瘠薄,条件太差。全组十四户人家,年轻人基本都在外地打工。不少户也都搬走了,剩下的仅有五六户了。我们站在山下仰望山上,奇峰林立,云天相接,漫山遍野森林覆盖,莽莽苍苍,看不到人家,一种空旷荒凉的感觉袭向心头。

我们继续沿着那条土路上山,想去寻找留守的那几户人家,看看他们生活的样子。看来这条土路好久没有车辆开过了,路旁的野树、野草疯狂地伸到路中间来了,有时把路面都遮掩了,坐在车上真有点提心吊胆。我们就这样在山路上盘旋,反复环绕着S线。由于前不久下了场连阴雨,路上出现塌方,车子在半山腰被拦住了,于是我们弃车登山。走不多久,我们就气喘吁吁,浑身冒汗,于是走走停停,边走边看,也没有发现房子。

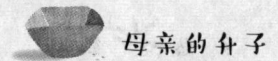母亲的升子

我甚是纳闷：那些农户藏到哪里去了呢？

快要翻过山梁的时候，发现了一个院落，四周有些坡地。我们穿过地头，走进院子，看到坎上、坎下不少土墙瓦房，大多关门上锁，锈迹斑斑，房前屋后衰败萧条，院坝石坎绿苔覆盖。一位四五十岁年纪的女人从那间开着门的屋子里走出来，和我们搭讪。我原以为这个院子就是庙河村十一组另外的那几户人家。不料女主人说，这里是庙河村六组。她告诉我们，这个院落共有六户人家，其中有三户搬走了，还有三户没有搬走的，男的全部外出打工去了，只有三个女人在家留守。偌大的深山野岭，方圆十几里，仅仅住着几个柔弱的女人，安全问题令人担忧。问她们是否感到害怕，那女人说："怎能不怕呢，每到夜晚，狂风呼啸，野猪嚎叫，吓得人心里发毛，我们把门窗关严，门闩拴紧，还是放心不下，找来几根木杠将门顶牢，才敢睡觉。"听了她的讲述，我对这些女人顿生怜悯之心，觉得她们实在是太苦了。

下山途中，我们始终在搜寻十一组的那几户人家。走到一处深沟前，发现一棵横卧的古树，粗大无比，树根长在沟的这边，树干伸向沟的那边，形成一座天然的独木桥。站在上面俯瞰，下面野藤缠绕，大雾弥漫，一看就是万丈深渊。这时，我们发现沟那边的密林深处，隐隐约约有座房子。我们小心翼翼地走过沟去，绕过这家后墙，来到前面的院坝，突然发现山下有处凹槽地带，石坎梯田，高低错落，山间分布着十几座房子，原来十一组的那些住户就隐藏在这个地方。我们前去查看，连走几户，都是"铁将军把门"，不见人影。本来想去逐户探访，但是害怕延误了返程时间，于是，我们离开了这孤寂的山村和沉闷的房子。

最近一段时间，我走了不少这样的村落。比如，陈家坪、胡家庄、李家坪等。这些村庄院落，地处偏僻，人烟稀少，情形与庙河村的这两个组大同小异。我在心中产生疑问，这些人的祖先为什么会不远万里跑到秦巴山区的荒山野岭定居呢？经过多方了解，原来他们的先辈多数为湖广移

民，迁移的时间大约在明清时期，距今不过两三百年的历史。为什么要长途迁徙呢？主要是为了躲避灾荒和战乱，也与当时朝廷的移民政策有关。我分析，他们当时可能由于形势所迫，不得不背井离乡，克服千难万险，来到陕南，钻进大山，想找一处"与世隔绝"的地方，远离凡尘，力求自保。可以想象他们刚来的时候，掘井取水，埋锅做饭，搭建房屋，开垦土地，圈养牲口，发展生产，曾一度呈现出繁荣兴旺的景象。可是，随着岁月的流逝，一代代繁衍生息，人口越来越多，资源越来越少，一方水土养活不了一方人了，于是慢慢出现衰败局面。

穷则思变，祖祖辈辈生活于斯的人们，虽然面朝黄土背朝天，日出而作，日落而息，自力更生，艰苦创业，靠勤劳和智慧谋求生存，但是由于受自然环境的限制，始终无法摆脱贫穷落后的面貌。面对山外日新月异的发展变化和社会文明的高度进步，大山深处新生代的年轻人坐不住了，他们纷纷走出大山，走进城市，融入社会大发展的洪流，靠打工改变命运。他们不少人在城里买了房，安了家，不想返回山里去了。想当年，他们的先辈走进大山，那是为了逃难，是时代的悲剧；现如今，这些后辈走出大山，则是为了改变命运，实现超越，共享社会文明的成果，这是时代发展的历史必然，更是一种追求和进步。与他们的先辈们相比，虽然具有同样的精神和勇气，但是性质却截然不同，意义也不能同日而语。

回过头来再看看山里那些破败的村落，它们的命运又将如何？那些房子多数是几十年，乃至上百年的老房子，里面住的大多是老人。出外务工的那些年轻人，随着环境的变化和形势的发展，回家定居的可能性越来越小。如果要在这些地方修路、建房，改善人居环境，战线长，成本大，得不偿失。关键的问题是，这些地方已经没有多少人了，再去投入大量资金搞建设，意义不大。三十年后，五十年后，或者更长一点时间，这些村落将会慢慢地从人们的眼前消失，这些地方会回归到过去那种没有人烟、森

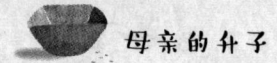 母亲的朴子

林蔽日、流水潺潺、白云蓝天的自然山水，供飞禽吟唱，让走兽漫舞，成为曾经生活于此的人们心中永久的乡愁和记忆。

（原载于2019年9月28日"旬河浪花"微信公众号）

第三辑

往事

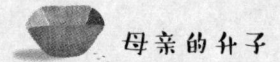
母亲的扦子

广元行记——参加"第五届中国西部散文家论坛"有感

广元,那是我仰慕已久的地方,多次想去都未成行,这次终于如愿以偿。

那天,收到陕西省散文学会的通知,确定我作为陕西代表团成员,参加在四川广元举办的第五届中国西部散文家论坛,并在会上做学术交流发言,心情异常激动。

这是一次难得的机会,不论是学习交流提高自己,还是感受广元的厚重文化,我都倍加珍惜。我向陕西省散文学会会长陈长吟老师电话咨询,他说:"你还是说说新乡土散文吧。"这是我在第四届中国西部散文家论坛上曾经说过的话题,这次旧话重提,我深深理解陈老师的良苦用心,他是在培养和引导我的散文思路和创作风格。

2015年5月24日,我6点就已起床,赶到西安与陈长吟老师见面,他带领陕西代表团丁晨、孙天才、郭志梅、段路晨、温洁和我等七名成员,沿西汉高速前往广元。

下榻凤台宾馆已是晚上8点,草草用过晚餐,我们就迫不及待地沿着河岸参观。广元的夜景很美!凤台宾馆位于南河岸边,河水环绕,形似小岛,环境幽雅,精致微妙。滨河路与宾馆之间有一座小桥连接,桥上建有门楼,上书"女皇故里"四个大字。不难想象,这里就是女皇武则天的故乡。散步滨河路上,霓虹灯影,柳絮飘荡,楼台亭阁,影影绰绰,水在城中,城在水中,相濡相融,美不胜收。这样的地方,养育出武则天这样的绝世美女，那是自然而然的事了。

回到宾馆接近10点，我急忙浏览各种会议材料，越看越激动不已。这次会议规模之大，规格之高，人员之多，筹备之精细，接待之周到，不由得让我对四川人的办事风格由衷地赞叹。

5月25日上午首先举行论坛开幕式。广元市委书记马华致辞，中国散文学会常务副会长红孩、四川省散文学会会长卢子贵等领导分别讲话，四川省委宣传部、四川省作家协会、广元市委、市人大常委会、市政府、市政协、市委宣传部领导出席会议。由此可见，主办方对这次散文盛会的重视程度。

接下来交流发言。上午的论坛由中国散文学会常务副秘书长张立华主持并点评，四川省散文学会副会长、广元市散文学会会长童戈、重庆市散文学会副会长刘德丰、四川省散文学会副会长武松乔、新疆乌鲁木齐市作协主席熊红久、广元市评论家协会副主席何国辉、黑龙江绥化市公安作协主席韩秀媛、四川省散文学会副会长陈霁、山东省散文学会副会长王展、四川省广元市散文学会青川分会副会长邱正耘等人在论坛上发言，我作为陕西省散文学会太极城散文分会会长也在论坛上做了发言。

下午的论坛由四川省散文学会常务副会长张人士主持、陕西省散文学会会长陈长吟点评，陕西省散文学会段路晨、四川省散文学会副会长乔德春、青海省散文学会副会长辛茜、河北省散文学会副会长张华北、四川省广元市散文学会旺苍分会顾问王勇、山西省散文学会副会长谭曙方、四川省广元市评论家协会唐映凡等七人先后发言。

认真聆听各位散文家的发言，犹如春雨滋润心田，神清气爽，情趣盎然，常常使人产生一种醍醐灌顶、茅塞顿开之感。武松乔的"求真与纪实"，熊红久的"慢工出细活"，韩秀媛的"悲悯情怀"，邱正耘的"在场在心在己"，乔德春的"散文要有担当"，辛茜的"关注散文创作的新变化"，唐映凡的"散文的人间情怀美"等。这些观点，都是那样入耳入心，给人启示，发人深省。可以说，听了这些发言，我深受教益，感到不虚

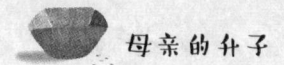 母亲的补子

此行。

我的发言题目是"新乡土散文的三性",文中的语言很粗糙,观点很肤浅。在上台的前后,我一直心有余悸,不够大胆,加之我不擅长普通话,更是言辞拘谨,不能放开。即便这样,张立华秘书长在点评时,对我提出的新乡土散文要坚持"真实性、现实性和思想性的有机统一",突出"留住乡愁,回归乡土"的思想主题,给予充分肯定,令人深受鼓舞。

论坛之外的交流更是自由而热烈,四川省散文学会会长卢子贵鼓励我说:"你的发言很好,新乡土散文的路子走对了。"重庆市散文学会会长邢秀玲对我说:"你提出留住乡愁的观点不错,好好写。"重庆市散文学会副会长刘德丰的文章不仅多而且好,我在中国散文网上经常读他的文章。这天,他主动找到我,与我交流散文创作的体会。广元市散文学会常务副会长杨正平是我的老朋友了。论坛期间,他多次与我交流,给我提供了很多方便。从他身上,我看到了四川人的热情好客和诚恳大方。还有剑阁县作协主席蒲剑、利州区散文分会会长严映明、昭化区作协主席肖永乐、廊坊市散文学会理事胡芳芳等,都与我进行了深入交流,建立了深厚的友谊,这些都令我兴奋不已。论坛期间,广元日报、广元电视台、昭化电视台等对我进行采访和报道,对他们的关注和厚爱,我表示真诚的感谢!

这次论坛还有另外三个收获:一是聆听了中国散文学会常务副会长红孩,副会长肖复兴、韩小蕙的讲座,对我们今后的散文创作指明了方向;二是得到一套四川省散文名家自选集和当地散文家的许多散文集,具有很强的学习借鉴作用;三是参加了"剑门蜀道行"笔会,感受了皇泽寺、千佛崖、明月峡、昭化古城、翠云廊、剑门关等文化古迹的风采。这些感受和想法我会在另外一篇文章里记述,因为我在接受记者采访时说过,"要写一篇关于广元与三国文化方面的文章"。一定要兑现诺言。

(原载于2015年6月6日中国散文网)

漫步西安环城公园的日子

公元 1990 年 9 月，我考上陕西青年管理干部学院。这所具有俄罗斯建筑风格的大学的北边不远就是含光门，由此可以进入西安环城公园。

入校不久，我在篮球场上被意外撞倒，伤及内脏，做了手术。那时，我身体虚弱，心情抑郁，摆在我面前的最大问题是如何尽快恢复身体。

有天饭后，我不知不觉来到含光门外，看到雄伟壮观的古城墙，以及围墙环绕的护城河，还有夹在河、墙中间的环城公园，心情一下子好了许多。

步入园内，绿树成林，碧草如茵，花鸟相随，人们三三两两，或走走停停，或坐地休息，或悠悠漫步，或翩翩起舞。这种人与自然和谐相处的美景，不由得令人心情激动。

回到宿舍，我翻开日记本，开始拟订计划，准备每天早晨起床到环城公园锻炼，如此长期坚持，或许身体能够恢复，精神能够振作。

翌日清晨 6 点半，我就起床了，一个人悄悄走出校园，来到含光门前，走进环城公园。走不多远，我就气喘吁吁，走不动了，伤口剧烈疼痛，于是我就在到达的地方做了记号，然后原路返回学校。

第三天清晨 6 点半，我准时起床，继续沿着昨天的路径往前行走，走到留下记号的地方伤口开始疼痛，实在是走不动了。我想，千万不能放弃，必须往前走，哪怕比昨天多走几步也是一个大的进步。于是，我稍微停息片刻，继续朝前走去，直至再次走不动了的时候，才在那里做了记

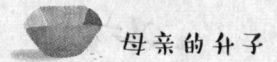母亲的升子

号,然后原路返回学校。

之后的日子,我坚持每天比头天多走一段距离,就这样走了三个多月时间,竟然能够绕城一圈,伤口也不再疼痛,别提有多高兴了。

随着身体的恢复,精神的好转,我开始变走路为跑步了。每天早上,我还是坚持6点半起床,沿着环城公园小跑。后来,我不仅坚持晨练,而且晚饭之后坚持到环城公园散步。再后来,我还利用课余时间,拿着书本来到环城公园静静地阅读,这里完全成了我心灵的乐园。

我的身体和精神恢复得那么快,除此之外还有另外一个原因,那就是老师和同学们的关怀。记得当时学校免去了我的学杂费,并为我单设了病灶,同学们也轮流进行护理,为我补习、洗衣、打饭,同时还发出"一人有难,大家相帮"的倡议书,为我募捐了一笔救助款。记得有天,我在环城公园看书忘记了时间,同学们焦急万分,四处寻找,最后找到了我看书的地方,着实令我感动不已。

两年时间很快过去了,要离开了,我舍不得西安环城公园,也舍不得亲如兄弟姐妹的同学们。离校的前一天,我约了最要好的同学陪我在西安环城公园转了一天。我要感谢祖先为后人留下了这份宝贵的文化遗产,每当看到它,我就感到兴奋和自豪。在即将离去的时候,我想看清这里的一砖一瓦,我想记住这里的一草一木,我还想站在护城河边思幽怀古,追忆流年。

在西安那两年,我一直保持着在环城公园早晨锻炼和晚饭后散步的习惯。现在我所定居的小城,北有旬河,南有汉江,我多么希望这里能像西安那样,在老城和新城的江河岸边,建起美丽的河堤公园,作为人们心灵休憩的地方。可是,看着看着,这种希望渐渐成为泡影。我不由得更加怀念西安环城公园,毕竟那是我曾经寄托过希望和梦想的地方。

(原载于2015年10月28日作者新浪博客)

乌手指的小姑娘

那是我还在安康农校读书的时候，毕业实习，我被安排到地区种猪场，因为我学的专业是牧医（畜牧兽医）。

这个种猪场面积很大，既养猪又养鸡。我进门的时候，首先看到的是那一排排的猪舍和鸡舍，还有一个在院子玩耍的小姑娘。

那个小姑娘身穿粉红色的连衣裙，头上两条小辫梳得很整齐很好看，面容姣好，聪明伶俐，十分可爱，但是她右手的一根乌手指却格外引人注目。她说场长不在，技术员也不在，只有她的妈妈在场，她的妈妈是这里的饲养员，边说边把我领到她妈妈的宿舍。

孩子妈妈十分热情。她说，场长和技术员交代过了，随即将我带到临时给我安排的办公室。然后，又带我参观猪舍、鸡舍、仓库、饲料间、水房、食堂、厕所，等等。

种猪场人员不多，但分工明确，我的分工是技术员助理，主要任务是协助技术员研究饲料配方、配制饲料、疫病防治，等等。饲养员的工作主要是拉运饲料、投放饲料、圈舍清扫，等等。相比之下，饲养员的任务更重，工作更辛苦。

每天饲养员工作的时候，小姑娘就跟在妈妈的身后，帮这帮那，问这问那，活像一个小精灵。她妈妈忙完了，她就来到我的办公室，说要给我帮忙，叔叔长、叔叔短地叫个不停。往往在这个时候，她妈妈就会提醒：

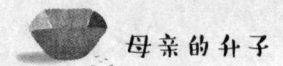

母亲的升子

"英子,不要干扰叔叔工作哦。"我忙笑着说:"没事没事,英子给我帮忙呢。"

这天,英子又来到了我的办公室。我问她几岁了,她说九岁了。我问她咋不上学呢,她说妈妈说不能上学。我问她想不想上学,她说想得很。出于好奇,我把她的右手翻开看了又看,那个大拇指颜色乌青,长得很大,好像比同龄孩子的手指大出两三倍。我问她这是咋了,她只是不住地摇头,然后低下头不再说话。

有天,英子在外面玩耍,我来到饲养员宿舍,问英子乌手指的原因。她妈妈黯然神伤,说英子得了白血病。医生说,最多还有半年的生命期了。我的心头猛然一惊,多好的姑娘啊!病魔为什么这样残酷?非要摧残孩子幼小的生命?她妈妈说,现在唯一能做的,就是让她每天活得快乐,过得幸福,其他还有什么办法呢?

知道了英子的疾病,我的心情异常沉重,我多想为她做点什么,可是思前想后乱无头绪。当我正在办公室发呆的时候,英子活蹦乱跳地跑来,笑得像一朵花,只见她上气不接下气地说:"叔叔,了不起啊!你研究的配合饲料,母鸡的产蛋量翻了一番!"我激动地问:"是真的吗?"她说:"是真的,刚才妈妈收蛋的时候,是我帮她数的,技术员张叔叔还夸奖你呢!"真是功夫不负有心人,课堂的理论用于实践,发挥出如此的威力,科学这东西不服不行啊!

出于高兴,也是出于怜悯之心,我偷偷地给了英子五元钱,让她买些好吃的东西。不一会儿工夫,英子来了,她说:"妈妈不让拿叔叔的钱,无功不受禄,谢谢叔叔的好意!"我沉默了。第二天,我给英子买了点东西,好说歹说,英子就是不要。她说如果拿了别人的东西,妈妈会不高兴的。我拉着英子来到她妈妈的面前,说:"让孩子收下吧,这是我的一点心意。"英子双眼望着妈妈,我也用乞求的目光望着她。英子妈妈笑了笑说:"收下吧,谢谢叔叔!"英子高兴地接过东西,连说:"谢谢叔叔!谢谢叔叔!"多好的家教啊!多懂事的姑娘啊!我打心里不由得对她们母女肃然起敬!

  毕业实习结束了,我也要走了。种猪场的场长、技术员、饲养员,还有英子,都对我依依不舍。场长说:"你的实习很有成效,用你研究的配方制作的配合饲料,猪吃了长膘,鸡吃了高产,希望你毕业后能来种猪场工作。"我当时的心情也是难舍难分,念及与他们的深厚感情,我的双眼模糊了。

  后来,我没有去种猪场工作,原因很多,但最主要的原因是英子。因为她带着欢乐的笑声走了,我怕触景生情,刺痛我那敏感的神经,撩起那段痛楚的记忆。

(原载于2018年6月29日中国作家网)

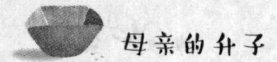 母亲的升子

区公所往事

半夜翻门

区公所是过去的名词。由于陕南山大人稀、居住分散,便在县和乡之间设区公所,作为县的派出机构。一个区公所管辖五至十个乡镇不等,后来在机构改革时区公所被撤销而不复存在。

我从学校毕业参加工作的第一站就被分配到小河区公所。这里和商州的镇安县接壤,是旬阳县通往西安的北方门户,可以说是高山中的高山、后山中的后山了。

初来乍到,人人都是生面孔,一切都显得那样陌生。我心想,如果能遇到一个熟人,那该多好啊。说曹操,曹操就到了。这天,我在区公所大门口就遇到了一个熟人。他叫李猛,是我初中时代的学长,卫校毕业后早我一年分配到小河区卫生院工作。

晚饭后闲来无事,我悄悄出了区公所的院子,走过乾佑河上的那座大桥,再走过公馆河上的那座小桥,踏上石板路砖瓦房的小河老街,不一会儿就到了小河区卫生院。老乡见老乡,两眼泪汪汪,我们彼此激动,无话不谈,谈着谈着就谈到了深夜12点。

回到区公所门口,我傻眼了,铁门紧锁,院子一团漆黑,咋办呢?想喊又不敢喊,担心惊动领导受到责罚。想翻门进去,但是看到铁门很高,门顶都是尖锐的三角铁,好似红缨枪的枪尖,我心虚了,害怕稍不注意会被弄伤。我在门外转来转去,心里着急,没有办法。最后还是下定决心,

冒险翻门进去。我双脚踩实下边的铁栏杆,双手抓紧上边的铁栏杆,不停地换手换脚,向上攀爬,慢慢地大汗淋漓,气喘吁吁。我咬紧牙关,继续吃力地攀爬,好不容易爬到门顶。稍稍休息后侧身,先将一只脚跨过三角铁,正准备动另一只脚时,突然听到一声吼叫:"谁?干啥?"随着吼声,一道强烈的手电光射向我的眼睛,我被惊得差点掉了下去。幸亏那时我很年轻,手脚麻利,牢牢抓住铁栏杆不放,方才稳住身子,只听铁门被我摇动得"咣当当"直响。"还不下去!你不要命了!"那人继续在吼我。我返回站到门外,他开了门。他是区公所文书,头发花白,是个老头。他说:"区公所每天11点锁门,你不知道?回去写好检讨,明天交给书记。"

  人都有上进心,尤其是我刚参加工作,更想尽快树立良好形象,给领导和同志们留下一个好印象,这下可砸锅了,我感到很伤心。我埋怨老文书太认真,为什么就不能放过我呢?我还抱怨区公所管理太苛刻,为什么11点要锁门?我还责怪区公所制度太严厉,犯了这点错误,为什么还要写检讨?但是有怨气也罢,有委屈也罢,检讨不写是不行的。那晚,我写了改,改了写,折腾得一夜没睡。有一阵子还流下几滴眼泪,那是伤心得想不开的时候。

  第二天早上8点上班,我把检讨拿给老文书看了看,他又批评了一番,然后让我把检讨交给书记承认错误。书记年轻,个子不高,但很严厉,他说:"你是干部了,干部就要有干部的样子,半夜翻门是小偷干的事情,不是干部干的事情!你要好好反省反省,下不为例。"

  当时我不以为意,觉得文书和书记都是小题大做,翻一次门并不是什么大事。不过以后我引以为戒了,再也没有翻过门。再后来,我也当上领导了,觉得责任大了,对干部要求也很严格,方才知道区公所那时对干部从严要求是对的,是关心干部和爱护干部,没有规矩不成方圆嘛!

中秋炸鱼

  我是1987年农历七月十五到小河区公所上班的,受"半夜翻门"事

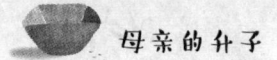 母亲的扑子

件的影响,每天都提心吊胆,小心谨慎,害怕再犯错误。

好不容易等到农历八月十五,由于这是中国人的传统节日,区上领导决定放半天假(那时中秋节放假制度还未出台),我高兴坏了。

吃过早饭(那时区上实行两餐制,早饭上午10点,晚饭下午4点),我到农技站去玩。站上干部都是安康农校的校友,大家商议利用放假的半天时间到乾佑河去炸鱼。

我们将炸药包成若干拳头大小的疙瘩,插上雷管和导火索,一行十几人出发了。来到两河关(乾佑河与仁河在这里交汇,地势险要,易守难攻,自古为兵家必争之地,故称两河关),因两水相交,形成巨大的回旋和深潭,成为鱼儿的天堂。

学长小全和小李一人准备点火,一人准备投掷,其他人则脱得一丝不挂,跃跃欲试。只听一声震天巨响,水浪冲天,水面漂起白鳞一片,银光闪闪,我们"扑通、扑通"跳入水中。我从小在吕河岸边长大,水性极好,犹如浪里白条,大展神威,竟然成为那帮人中的英雄,捞到的鱼儿不仅多,而且大,颇有成就感。

放了十几炮后,收获巨大,我们准备收工回家。一路上,人人兴奋,谈天说地,笑声翻飞,我更是收不住话匣子,把童年在吕河摸鱼的往事无限放大,校友们出于高兴,句句当真,并不认为是在吹牛。

回到农技站,有的刮鳞,有的开膛,有的买菜,有的烧水,有的操刀,有的掌勺,忙得不亦乐乎,我则要回去换衣服。

一进区公所大门,就看见那些老干部,手里端着茶缸,站在楼前的走廊,冲着我微笑,威严的区委书记正在院子中央,也露出了少有的笑容。看来大家心情不错,毕竟是过节嘛,过节真好!

我走到书记跟前停了下来,书记脸上笑成了一朵花儿,我也笑得合不拢嘴。"小赵今天好高兴哦!"书记对我说话了。"当然高兴了,今天过节嘛!"我的心里乐滋滋的。"今天到哪儿玩去了?"书记问。"去炸鱼了。"

我回答。"捞到鱼了吗?"书记又问。"捞到了好多好多的鱼,我从小在河边长大,水性好得很,那些鱼数我捞得多,那条最大的,大概有五六斤,就是我捞的。"我高兴得不得了,话也越来越多,总想一口气给他说个彻底。"鱼吃到嘴了吗?"书记好像越来越感兴趣。"还没有呢,他们正在做,我回来换衣服,然后再去,今天不但要吃鱼,而且要喝酒,晚上还要吃月饼赏月呢。"我回答道。

"你知道鱼是水产吗?"书记脸上突然晴转阴。"我知道。"我的心咯噔了一下。"我们国家有一部《水产保护法》,你知道吗?"书记语气加重了。"我知道。"我的心一下子阴沉下来,快要下雨了。"既然知道鱼是水产,也知道有《水产保护法》,那你为什么还去炸鱼呢?"书记开始质问了。"我,我,我……"我说不出话来了。"作为区公所干部去炸鱼,不成体统,影响极坏,要认真反思,好好检讨!"书记在吼我了。我再也不敢出声了,吓得直打哆嗦,头脑嗡嗡直响,书记后来批评的话语一句也没听进去。

我不知道自己是怎样走回办公室的,只知道衣服没换就呆坐在椅子上流泪,下午饭也没有吃,农技站小胡打电话来也没有接,晚上也没有睡,因为头脑清醒后就开始写检讨了,写了改,改了写,就这样直到深夜……

时隔这么多年,我时不时地想起这事,觉得那时自己过于年轻,做事只凭一时的冲动,根本不考虑前因后果,假如有了现在的成熟,凡事"三思而后行",炸鱼犯错的事或许可以避免。

偷摘苹果

区公所大院靠乾佑河那边有一排瓦房。瓦房前面有两棵苹果树,好像兄弟俩那样,比赛疯长,树冠葱茏,树根粗壮,既能遮阴,又可观赏,俨然院中一景。

苹果成熟了,区公所三十余名干部,每人可以分得满满一洗脸盆苹果。那两棵苹果树结出的苹果,个大身圆,青白透红,分外香甜,再吃也

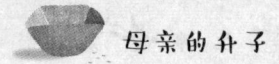
母亲的片子

不能解馋。

区公所院子有两个孩子，一大一小，大的刚上初中，小的还在上小学，他们是书记的儿子。我参加工作的时候刚二十岁出头，比他俩大不了多少。由于区上干部均是长者，一有时间我就和他俩一起玩耍。

这年苹果花开得格外繁茂，花谢之后密密麻麻的小苹果露出枝头，煞是喜人。不论是上学还是放学，兄弟俩总要到苹果树下转悠，闲来无事，我也爱在苹果树下闲逛，我们都在盼着小小的苹果快快长大。

盼着盼着，小苹果长成了大苹果，眼看快要收获了。有天早晨起床，我猛然发现树下有些落叶，肯定是有人偷摘了苹果，那么到底是谁呢？

这天晚上，区公所每间房子都熄了灯，干部和家属们都休息了，我却一直没有睡，我在等待机会。

晚上11点多，学校下晚自习后，我听到苹果树上传来的摇晃声。我蹑手蹑脚地来到树下。原来兄弟俩正在树上偷摘苹果，同时他们俩也发现了我。只见他俩下得树来，笑呵呵地送给我一些苹果，不停地请求让我保密。

第二天晚上下晚自习后，他们又上了苹果树，不巧有个干部起夜解手，我急忙来到树下提供信息，他俩贴紧树身屏住呼吸，我也躲在暗处悄无声息。幸好那个干部没有发觉，回家睡觉去了。他们从树上下来，又送给了我一些苹果。

每当他们上树偷摘苹果的时候，不是有人没睡，就是有人起夜，非常危险，极不安全。我们三人聚在一起商量，还是小的聪明，他让我做卧底，负责侦探，如果院子所有的电灯熄灭了，区公所干部都睡了，由我在铁门的横栏上放一块石头，作为记号；如果区上干部没有睡，或者有人闲转，则不放石头。

我们有了自己的暗号，省事多了，他俩也屡屡得手，收获也越来越多。每天早上，我总是第一个起床，把院子打扫得干干净净，以免留下残枝败叶，被人发现。

可是，纸毕竟是包不住火的，眼看树上的苹果越来越少，区上干部很是纳闷。书记说，今年的苹果结得很少，看来人均分不到多少了。文书说，不对呀，今年苹果花开得那样繁，开始时苹果结得那样多，难道是挂不住果，自然脱落了？打字员说，如果是脱落了，那也有落下的苹果呀！怎么从来没有见着？聊着聊着，文书起了疑心，他开始在心中盘算了。

又是一天晚上，我看到区上干部都休息了，灯也都熄灭了，就在大铁门上放了一块石头。兄弟俩兴高采烈，像猴子一样敏捷地攀爬上树。突然不知从哪里窜出一个人来，把兄弟俩逮个正着。我看清了，那是区公所的老文书。我被这突如其来的变故吓坏了，急忙跑回自己房间钻进被窝，蒙住脑袋，生怕被人拽走。

翌日早餐，我低着头，大气不敢出。饭后，文书说，我们到书记办公室去趟吧。我知道自己已经卷进去了，这下完了。

书记和文书盯着我："说吧，他俩已经招了，就看你老实不老实。"事已至此，我也没有必要掖着捂着，就一五一十说了事情的整个经过。书记和文书，你一言，我一语，轮番轰炸，言辞激烈。我被吓得魂飞魄散，战战兢兢，嘴上不停地检讨："对不起，我错了，今后保证痛改前非，永不再犯。"

事后回想起来，真是好笑，那时的我已是国家干部，却依然把自己当作孩子，干些偷鸡摸狗的勾当，实属不该。

朦胧情感

那是我步入社会之初经历的一段往事。当时我刚二十出头。

有天清晨，我意外发现一束山桃花"跑"进办公室来，嫩得喜人，红得可爱，那含苞待放的样子，活像一个十七八岁的小姑娘。这时，我突然意识到春天来了，甭提有多高兴了。

自去年夏季来到小河区这个地方，我就被弄得有点晕头转向。由于刚

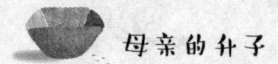 母亲的扑子

　　从学校毕业参加工作,一切都得从头学起,手忙脚乱,竟没有感觉出季节的变换。

　　这是谁送来的山桃花呢?想想我在小河并没有熟人,区公所的同事也都是中老年人,没有这样浪漫,加之几个同学都是男生,我实在是想不出来。

　　夏季的某天,我突然发现办公桌上又"飞"来两穗烤玉米,黄亮亮,鲜嫩嫩,香气扑鼻。不管三七二十一,啃了再说。那种鲜嫩、香甜的滋味,真是美极了。

　　秋季到了,我的办公桌上又陆续"飞"来板栗、核桃……

　　纸是包不住火的,要想人不知,除非己莫为。这个送东西的人终于被区公所的同事们发现了。那天,他们乐坏了,问我烤玉米香不香?板栗甜不甜?核桃好吃不好吃?我有点丈二和尚摸不着头脑,总想问出个究竟。经过我的再三追问,他们说到了某个人。

　　我气愤了,怎么将我和那个人联系到一起呢?这不是侮辱人格吗?我一下子感到无地自容,心情郁闷到了极点。

　　这里须要交代一下:在区公所大院围墙外面是一块河滩地,再往前就是小河,在小河与大院中间的空地里住着一户人家,他们说的那个人,就是这户人家的女儿。

　　这户人家住的是土坯墙、石板房,破败不堪,与相邻的区公所大楼相比,形成极大反差。区上常有人说,这样的房子和区公所挤在一起,有伤大雅,岂不知区公所是从小河对岸的老街迁过来的新户,人家才是这里的老户呢。

　　这户人家女人是个聋哑人,男人半聋半哑,话说不清楚,当地人称作"半语子"。夫妻两人生有一个女儿,会说话,但长得不漂亮,穿着也很破旧。可以这样说吧,她是比普通女子还普通的那种人。

　　以往街上行人遇到他们,不是斜视,就是漠视,基本不会正眼相看;如果

谈论他们，不是鄙夷，就是嘲笑，把他们当作取乐的材料。现在，同事们却要把这家人和我联系到一起，拿我开涮，取笑我，我感到很委屈，很无奈。

无奈，这个女子送我那些东西却是事实，说不清，推不掉。我细想了一下，其实这个女子关注我很久了，区公所大院围墙外有一块黑板，闲置很久了，我的到来使它一下子焕发了光彩，我不仅在上边写字，还在那里画画。我发现她经常站在黑板下仔细观看，笑容满面。还有，旬阳广播经常播放我写小河的新闻稿，区上人听，她也经常站在桥头的大喇叭下认真倾听。我们经常组队到中学的球场上打篮球，她也常常藏在人堆里鼓掌和呐喊。

不论怎样，我觉得这是一件很恼火的事情，怪这个女子多事，怪区公所同志嚼舌。我找到一个朋友，让他暗中帮忙，劝说女子不要再送东西，避免人家再说闲话。没想到女子那样单纯和听话，以后再也没有送过东西，再也没有主动和我说过话。

后来，我心中生了一个"疙瘩"，到底是什么疙瘩，我也说不清楚，总感觉别别扭扭，不是滋味，心里老不踏实。

其实，这样的心理感受还是与这件事情有关。虽然都已过去多年了，但是内心仍在纠结。就说这家人吧，尽管贫穷和弱势，可是人家起早贪黑在土地里劳作，自食其力，顽强生活，靠勤劳的双手养家糊口，并没有给社会增添任何负担，仅凭这一点，就应该受到同情和尊敬！何况，他们和我们，人格平等，尊严同在，我们没有理由在骨子里瞧不起人家，从而嘲笑他们，歧视他们，不愿与他们为伍。

作为一名普通女子，她看到区上来了一个年轻人，给沉闷许久的山区带来文化生机与活力，感到高兴，从内心深处发出由衷的欣赏，这有什么错呢？倒是自己自作多情，思想狭隘，胡思乱想，将十分简单的问题搞得过于复杂，至今内心仍然自责不已。

（原载于2015年9月29日作者新浪博客）

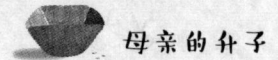 母亲的朴子

教师节，我去看恩师

每年春节，我都要去看恩师。今年决定提前到教师节去看她。我觉得，在这个节日去她家更有意义，当然春节期间还是要去的，那是后话。

恩师姓高，退休前在吕河初中任教，带的是几何课，是我初二时的班主任。在我的记忆中，恩师除了对教学一丝不苟外，更重要的是，她对学生充满爱心。

我依稀记得上中学时的情景。恩师对我有批评，有表扬，但更多的是关爱。那时生活困难，我经常没有衣穿，尤其到了寒冬腊月，冻得瑟瑟发抖，恩师回家取来自家孩子的衣服让我穿上。由于无钱缴粮上伙，我时常饿肚子，恩师给我端来热腾腾的烩面片。作业本用完了的时候，无钱买新的，恩师给我拿来新的作业本……

见到恩师，她很高兴，她已七十六岁的年纪了，我们一谈就是个把小时，讲的全是关于我的事情。时间回到安康农校毕业实习时，我的处女作《耕牛误食青冈树叶会中毒》发表，恩师欣喜异常，从学校将那期《安康日报》找来，放在枕头下面，反复阅读。得知这件事情，我的心灵受到极大鼓舞，从此写作的热情一发而不可收。

在县委宣传部工作的时候，我的第一本散文集《秦巴放歌》出版，送给恩师一本。她如获至宝，珍爱得要命。她不仅自己阅读，还借给别人阅读，常常给人谈起书中的文章。她说，家属楼上有个女子来借这本书，说

书里有篇关于引导孩子学习的文章，想借鉴引导自家的孩子学习。恩师把书交给女子后，没想到她一手拿着吃的，一手翻开书页，开始阅读。恩师劝阻说，你怎么用脏手翻书呢，这样不是把书污染了吗？女子连连道歉，并放下吃的，洗净双手，方才阅读。说完，恩师从屋里给我拿出一个塑料袋，从塑料袋里取出包装纸，拆开包装纸后露出了那本书，干干净净，平平整整，没有一点折角或者涂抹的地方。

看到恩师这一连串的动作，我的心灵受到震撼，恩师退休十几年了，还是这样热爱知识，尊重文化。她爱书，其实是爱人，她时刻都在爱着她的学生，分享着学生的成功和喜悦。

恩师还谈到关于我最近出版的新乡土散文集《留住乡愁》，以及我加入中国作协的事情。她说，在电视上看到这个消息后，心情激动得不得了，感到很骄傲！

和恩师在一起交谈的还有她的女儿、儿子和我的妻子。恩师对他们说，人生不在乎做多大的官，挣多少的钱，最重要的是做人，只有把人做好了，才能把事情做好，把文章写好，攀强做人诚实、敬业，做事勤奋和坚持，令人欣慰。

从恩师家里出来，言犹未尽，感慨万千。本来去看恩师，应该首先了解恩师的身体、家庭、心情，以及退休后的晚年生活情况。可是，恩师一直把关注点和谈话点放在我的身上，根本没有想到要说说自己。这就是一位优秀人民教师的胸怀：一心想着教书育人，一心爱着她的学生，唯独没有想到她自己。

（原载于2016年10月6日"旬河浪花"微信公众号）

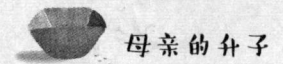
母亲的扑子

商洛培训花絮

终于走出来了,我的身心一下子轻松了许多。说出来不怕别人笑话,我很少出门,陕南三市,除了安康,我连汉中和商洛都没有去过。孤陋寡闻,井底之蛙,大概说的就是我这种人。

正由于此,我很自卑,平时也很少说话,怕说出来的话都是废话。可是这次却躲不过了。陕西中青年作家培训班第一天的座谈会,由省作协文学院院长王维亚主持,他要求人人都要上台"自报家门",演讲三分钟。

轮到我了,硬着头皮上了台。我简单介绍了自己的单位和姓名之后,就没话说了,于是就把旬阳太极城推介给了大家:"旬阳县城,汉水南流,旬河北绕,阴阳回旋,形如太极,被誉为中华太极城,欢迎各位作家前来观光。"

介绍家乡,赞美太极城,这是我每次发言的结束语,没想到这次却引来了后面的笑话。

参加本次培训班,旬阳不止我一人,随后上台的那位说他也是旬阳人,旬阳太极城的美,赵主任介绍过了,在这里就不多说了。

王院长是个很风趣的人,爱调侃,他对"赵主任"的称谓极感兴趣。可能是他觉得在这种场合说出"赵主任"很滑稽。所以他时不时地拿"赵主任"三个字逗乐。他说,文学活动不能搞成"赵主任"的行政会。如果那样,就没意思了。

我大致数了数，王院长在座谈会上提说"赵主任"不下五次，会场氛围是搞活跃了，但我的脸上却是烧乎乎的，觉得不好意思。我这个人本来就是"两面人"，身份极为尴尬。在官场，官员认为我不是官员而是个作家，融不进官员的圈子，所以混得不尽如人意；在文坛，文人认为我不是文人而是个官员，也融不进文人的圈子，所以也没混出什么名堂。

　　就此打住，我要说另一件趣事了。我十分珍惜这次培训机会，出发前两天，想尽量把手头的事情处理完，调理好身体，然后专心学习。但越是担心身体，身体就越是爱出问题。在走访贫困户途中，气候突变，偶感风寒，晚上朋友相约，又去赴宴，喝了几杯。

　　结果一觉醒来，头重脚轻，嗓子沙哑。本想从柞水下高速，抄近路到商洛，不料路遇翻车，等了两个小时。加之原路整修，走走停停，心急火燎，吃汉阴豆腐干，口腔竟然起了血泡。

　　清晨8点半从安康旬阳出发，到达目的地已是下午五六点钟，放下行李，当务之急要去买药。我问商洛市国际会议中心保安，附近有没有药店？保安说不要吃药。我问最近的药店在哪里，保安说吃药不好。我说，我知道吃药不好，但是现在嗓子哑了，说不出话了，急需吃药。保安却说要多喝水，多吃水果，不要吃药。我急了，说现在我不想讨论吃药好不好的问题，我想知道附近哪里有药店。保安还是坚持己见，说最好不要吃药。我无语了，摇着头转身离去，心里说不清这保安是可爱，可笑，还是可气，反正我当时的心情好不到哪里去。

　　上面写的这些都很搞笑，但与培训无关，所幸的是这次培训组织严密，课程设置非常科学，老师讲授十分精彩，那种心灵的触动和收获的惊喜，至今难以忘怀。不论是黄道峻解读《为人民而歌》，红柯讲授《从土地到大地》，还是邢小利阐述《散文的风度》，龙云讲解《民歌与文学艺术》，都讲得深入浅出，妙语连珠，解答了我们在写作中遇到的诸多困惑与问题。

母亲的升子

听了红柯老师的讲座,我懂得了如何从"小我"走向"大我",理解了从"人情"上升到"人性",再上升到"神性",这是写作的三个层次。听了邢小利老师的讲座,我知道了散文品质风度的四大要素——深沉、优雅、幽默、韵味,从而明白了散文的境界与作者的境界合而为一的道理。听了王维亚院长在裴祯祥诗集座谈会上的讲话,我深刻认识到他讲的"如何能够写出好诗,远远不在技巧上,而是在思想性上,要放在对这个时代的审视和思考上"的观点,思路是多么开阔,立意是多么高远。王院长提出"中国当下的诗歌要向人民学习,向经典学习,向外国学习"的要求,不仅适用于诗歌,而且对指导我今后的散文写作帮助很大。

与人交流的过程,就是吸收提高的过程。培训间隙,我认识了汉中的丁小村、商洛的南书堂、延安的惠潮等一大批作家朋友。从他们身上,我学到了不少东西。尤其是与安康的李小洛、王晓云、杨常军进行多次交流,受益匪浅。李小洛是从旬阳走出去的著名诗人,对我特别关心,她对我提出了不少建议,很中肯很管用。比如:从事文学,同时要兼学一至两门其他艺术,有助于文学创作;从事散文写作,应该多读些诗歌,这对增强散文的语言美很有好处。她说的这些方面,正是我所缺少的,需要尽快弥补的。

培训期间,我们还去丹凤县参观了贾平凹文学馆和平凹之家,进行了一次文学洗礼,收获也是满满的!

(原载于2017年5月3日"旬河浪花"微信公众号)

月光下，小河畔，那个夜晚

欣明回来了，我想请他吃饭，这句话说了几年，却始终没有兑现。原因是他每年从北京回来一次，且来去匆匆，每次都是别人捷足先登，这次我决定先请。

说起来，他是我的老师、领导、兄长兼文友。每次见面，我们总有说不完的话题。说着说着，我们就会相视而笑，因为发生在他身上的故事，幽默而好笑。

我认识欣明是在1987年秋季，见面的地点在小河。当时，我刚从安康农校毕业，分配到小河区委任青年干部。那天我正在村上清收合同款，听说县上有个大作家来了，个子很高，长得很帅。我知道是欣明来了。那时，他名气很大，小说发到《延河》《小说月刊》，在县委宣传部任分管文化工作的副部长。

我热爱文学，很想见他，迫不及待地赶回单位已是晚上，却又犹豫不决。既怕打扰人家休息，又怕遭到拒绝，因为我们从未谋面。就这样，我在区公所大院徘徊良久，内心忐忑不安。经过激烈的思想斗争之后，终于下定决心抓住机会前去见他。我打听到与他同来的还有两人，于是到商店买回三罐健力宝和三盒方便面作为见面礼，敲开区公所客房的大门。

简单做了自我介绍之后，欣明从椅子上站起来，和我握手，笑容可掬，并向我介绍了另外两个同事的情况。为了避免影响别人休息，他建议

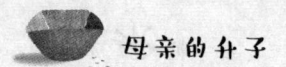 母亲的升子

我们出去走走。我们边走边谈，不知不觉就走到了小河岸边。

夜深人静，小河流水声悦耳动听，月光的银辉洒在河面，波光粼粼，幽静极了。上游某处，隐约看见有人坐在河边私语，那可能是一对恋人正在演绎着青春期的诗情画意。小河大桥及桥上行人的影子投在河岸，被月夜拉得很长很长。身后区公所大楼的夜灯，好似天上的星星，忽明忽暗，与我们做伴。

我和欣明脱掉鞋袜，挽起裤腿，在河边的洗衣石上坐下来，将脚浸泡在河里。清凉的河水、微微的河风，把人撩拨得欲仙欲醉。这样的夜晚，我们敞开心扉，开始了心灵深处的文学互动。

遇到师长，我如饥似渴地把自己写作的欲望、面临的困惑、心中的矛盾，一股脑地倒出来。欣明始终耐心倾听，微笑点头，认真解答，谈得十分融洽。不知不觉到了后半夜，夜露侵袭了身体，我们感到了丝丝凉意，但仍然不愿离去。

时隔三年之后的1990年夏季，我和欣明第二次见面了。我当时参加陕西青年管理干部学院成人高考刚刚结束。欣明说，他也报考了陕西省委党校，如果顺利的话，我们将作为同学在古城西安共度两年时光。我们两人都很兴奋，到时我们可以尽情切磋文学，那是多么美好的事情啊！后来欣明打电话来，说他因两分之差与省委党校失之交臂了，今后只有在地委党校就读了，而我则去了省城。

我和欣明第三次见面是1995年春季，地点还是在小河。这次，欣明带着宣传部小李，说是来对我进行考察，准备把我调到宣传部去工作。晚上，我们又来到小河岸边，在那里谈天，他对我写作上的进步充分肯定，鼓励我要在写作的道路上走下去，持之以恒，必有所成。我听后很感动。这年底，我顺利调到县委宣传部工作，任旬阳报社编辑兼记者，有缘和欣明在一起共事。

在一起待的时间久了，我对欣明了解更多了。他这个人有个性有特

点，尤其让我记忆深刻的是这样几个有趣的故事：

一是他的粉丝很多，特别是女作者尤为众多。经常有女孩在他办公室外排队等候，请他指点写作迷津。也经常有女孩找错地方，跑到我的办公室来，使我不得不一次又一次地将她们引到欣明的办公室去。有女作者围着他，他很高兴，我们也很羡慕。

二是他爱喝啤酒，且酒量不小。我记得每天中午，他从伙房打来饭菜，边吃边喝啤酒，稍不注意就能喝上七瓶。我还发现，他写稿时也喝啤酒，边写边喝，边喝边写，喝着喝着也能喝上七瓶。有饭局时，我们就专为他上啤酒，喝好就得七瓶，有时也喝到八瓶、九瓶，但他并无醉意，只是上厕所的次数增多而已。

三是他号称旬阳"三个第一"，其实说的是他的三大爱好。"旬阳第一笔"，因为他是旬阳报社社长、旬阳作协主席、旬阳小说第一人，"旬阳第一笔"当之无愧。还有"旬阳第一腿"，说他舞跳得好，且跳的是国标，无人能及，听说不少女伴为了争取和他跳舞，经常发生摩擦。还听有人当面说"欣明跳舞两条腿能跳成三条腿"，自然这是在夸张。再就是"旬阳第一球"，这主要是说他乒乓球打得好，经常代表旬阳队到省、市参加比赛，还能拿奖。

欣明是个文化人，见到他我就想笑，因为他很有意思，也很有趣，尤其是我和他在月光下小河畔的那个夜晚，值得怀念，让人留恋。

（原载于2016年6月27日"旬河浪花"微信公众号）

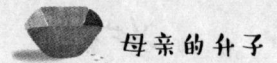 母亲的杵子

井冈山随感

2017年8月28日，我们来到井冈山，入住星期酒店。这次参加江西干部学院培训的旬阳籍学员共有四十人，在山上活动的时间只有四天，其余三天要去萍乡市莲花县。

我们到达井冈山的时间是上午11点，下午3点举行开班式和激情教学，之后三天主要是学院安排的专题讲座、体验式教学、现场教学、互动教学和红色故事会。

江西干部学院位于井冈山市茨坪镇，这里是当年毛主席率领中央红军驻守的地方，山大沟深，景色宜人，森林密布，溪流纵横，随处可见山水田园。茶余饭后，我陪德智主任散步，发现这里气候湿润，空气清新，山势雄伟，街市繁荣。极目四望，映入眼帘的是漫山遍野的竹海。这时我自然想到袁鹰那篇《井冈翠竹》，如果我再绞尽脑汁描写，一切都会显得多余。

这次培训，给我留下深刻记忆的是教学方式的灵活、生动。先说现场教学，这种方法使人产生"身临其境，如见其人"的感觉。当我们来到茨坪镇毛泽东旧居和茅坪八角楼，仿佛看到一代伟人在那极度艰难的岁月，为了探求革命真理而艰苦奋斗和夜灯疾书的身影。睹物生情，我想到了《八角楼的灯光》，还想到了《星星之火，可以燎原》和《井冈山的斗争》。过去我对这些文章粗略看过，但是没有认真研读。这次，我不仅仔

细读了，而且还购买了十卷本的《星火燎原》和《西行漫记》系统阅读，越读越爱不释手。

我们还依次参观了井冈山革命博物馆、井冈山革命烈士陵园、神山村、黄洋界哨口、朱毛红军挑粮小道等景点。每到一处，讲解员都要对我们进行现场教学，然后边走边详细介绍情况。听说中央红军在井冈山革命根据地活动时间为两年零四个月，牺牲的革命烈士多达4.8万人，平均每日牺牲56人，我的心情一下子沉重起来，眼眶湿润了。走在朱毛红军挑粮小道上，我想到了《朱德的扁担》的故事。跨过黄洋界哨口，我想起了毛主席那首《西江月·井冈山》，那隆隆的炮声犹在耳旁回响，红军指战员浴血奋战的壮烈场面仿佛就在眼前。

互动教学和红色故事会，给我留下了刻骨铭心的记忆。他们聘请红军后代授课团参与的"井冈山精神代代传"互动教学、红色故事会"追忆前辈人生坐标"等课程，场场精彩，堂堂生动，事事感人，无不令人震撼，催人泪下。从他们所讲的每个人身上，我们看到了老一辈共产党员的优良传统，真切地感受到了理想信念的力量！

从井冈山回来已有一个星期，几位红军后代讲述的先辈故事至今萦绕耳际，挥之不去，尤其是几件小事令我印象极深。一件是关于曾志儿子石来华一家户口"农转非"的事情。据曾志孙子石草龙讲，中华人民共和国成立后曾志任中组部副部长时，留在井冈山的儿子石来华见到了母亲曾志，想请老人家给地方政府打个招呼，将全家的农村户口转为"商品粮户口"。曾志听后婉转拒绝了儿子的请求，说户口问题国家有政策规定，地方政府没有解决你的户口问题，说明国家有难处，地方政府也有难处，我怎么好意思再给他们出难题呢。后来，井冈山革命博物馆研究室主任李春祥到北京开会，石来华让他见到母亲时再提提户口的事，结果又遭到了曾志的回绝，说共产党员要公私分明，不能用自己的职权谋取私利。看看革命前辈的严于律己，想想现在某些党员的利己行为，真是判若云泥。

母亲的扑子

另外一件小事，是开国中将王辉球之子王涌涛讲述他父亲的故事。中华人民共和国成立后，王辉球将军回乡探亲，当地政府为他安排了一顿便餐招待，饭后老将军要结账，政府接待人员坚决不收。离开家乡时，老将军把饭钱交给县上同志，一再叮咛吃饭必须付钱。后来，县文联主席利用到北京开会的机会去看老将军。没想到，一见面老将军就问："你们把那顿伙食费给我交了没有？"文联主席说："您回家一次不容易，谁还好意思收您老的伙食费呢。"老将军正色道："这可不是小事，我回乡探亲是私事，怎么白吃公家的饭呢，回去马上把伙食费交了！"文联主席立即表示回去马上落实，这时老将军方才露出笑容。听完故事，老将军的风范犹在眼前。

还有《两代雪域军人的西藏情怀》，是由开国中将谭冠三之子谭戎生讲述父亲进军西藏、解放西藏、建设西藏，以及自己继承父辈遗志主动要求进藏工作的故事，真是惊心动魄，处处传奇，整个教室座无虚席，鸦雀无声。尤其是谭冠三将军处变不惊、指挥若定的名将风采，令人敬仰，使人叹服。还有将军农民甘祖昌、全国助人为乐模范龚全珍、20世纪60年代上海知青杨洁如、立志扎根井冈山的80后青年张志敏等人的故事，都是那么扣人心弦，在我们的心里激起层层涟漪。

这次培训，使我们每个人都接受了一次深刻的党性教育和革命传统教育，我的心灵得到洗礼，精神为之振奋！我们将会沿着革命先辈的足迹阔步前行，用我们的实际行动告慰九泉之下的英灵。

（原载于2017年9月10日"旬河浪花"微信公众号）

莲花民宿，将我带回美妙的童年

2017年9月1日，我们来到江西省萍乡市莲花县沿背村。这里是将军农民甘祖昌的故里。按照井冈山干部学院的安排，我们要在此地活动三天。

我和文永明、晏清泉入住的三十号民宿，是一座标准的江西民居，户主谢志飞六十八岁，老伴六十七岁，孩子们都在外地工作，只有老两口在家。

我们的运气真好，这户民宿地处沿背村正中心，门前有河，门后有渠，周围是一望无际的稻田，远处可见隐隐约约的山峦，山头有雾，云天相接，碧空如洗，好似一幅美丽的山水田园风光画。

白天，我们随培训班学员考察甘祖昌故居、龚全珍工作室、莲花一枝枪纪念馆、刘仁堪故居等。晚上在甘祖昌干部学院观看电影《这样一位将军》和采茶戏《并蒂莲花》，聆听甘祖昌外孙女讲述老将军的传奇故事。

民宿女主人谢阿姨慈祥和蔼，干净利落，忙前忙后洗菜做饭，一日三餐都烹制得美味可口。每次饭做好后，她都会来叫我们，然后站在身后看着我们用餐，问盐淡不淡，味道行不行，好像母亲呵护孩子那样，亲切而自然。

初秋天气的江西，显得有点湿热。这天晚饭后，永明要去房后的将军渠洗澡，清泉给他取来香皂，我则给他提着衣服，看着他在堰渠里伸臂蹬

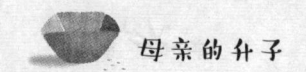

腿，来回游动，激起团团浪花，使我想起童年时兄弟一起下河洗澡的情景，顿时心花怒放，感觉好极了。

茶余饭后，我们三人经常在南溪河边散步，将军渠旁转悠，稻田阡陌里赏景，自由自在，优哉游哉。

民宿门前有一个小院，小院前边有一个平台，我们三人经常带着凳子，登上平台，坐在那里遥望辽阔的稻田风景，看看天空的月亮和星星，交流这次学习培训的心得体会，以及各自的人生感悟。不时听见手机铃声响起，他们二人虽出门在外，却一直都在不停地处理单位里的事情，因为他们都是镇党委书记，工作千头万绪，出来一次确实不易。

小院平台下面有一棵柿子树，枝繁叶茂，扁圆的柿子挂满枝头。柿子树的旁边还有一棵枣树，椭圆的枣子也是挂满枝头。谢老说枣子不甜，柿子快要成熟的时候也被飞鸟吃尽，自己从来没有尝过，准备把树砍掉。永明急忙阻止说，树绝对不能砍，枣树和柿子树为小院增添绿色，带来生机，是这里的风景，吃不到果子是小事，失去了小院的风景是大事。谢老听后连连点头。

我住在民宿二楼的客房里，晚上11点了，我准备休息。这时谢老走来，说他明早6点出发，要到县里去拍电影，当群众演员。并说这部电影主要反映将军农民甘祖昌的传奇人生，为十九大献礼。他说得很激动，人也显得很精神。

夜深人静了，我在睡梦里仿佛听见了悦耳动听的流水声，这声音是那样熟悉，那样清晰。我醒了醒神，方才知道我并没有睡着，似睡非睡。我仔细辨别，这声音来自房子后面的堰渠，与童年老家堰渠的流水声是那样相似。据说，这条渠道是甘祖昌将军回乡后带领群众修建的。这条大渠滋润了方圆上千亩的稻田，被当地百姓亲切地称为"将军渠"。

秋虫的叫声划破了寂静的夜空，起初是一声、两声，我还能分辨出是蛐蛐还是蝉鸣，最后竟然是秋虫团队演奏的大合唱，想分也无法分清了。

我似乎觉得自己睡在故乡老屋的木床上，因为老屋房后有上百亩的稻田，这声音是再熟悉不过的了。白天听讲解员说，这里的红土地不长庄稼，甘将军回乡后带领群众进行土壤改良，使昔日的不毛之地变为今日的百姓粮仓。

我躺在床上，心里踏实，浑身舒服，脑海浮现出白天参观时所见的一幕幕。甘将军因车祸脑部严重损伤，需要疗养，苏联医学专家说他活不过六十岁。但他放弃将军的优越生活，主动要求回乡当农民，带领沿背村群众修水库，修堰渠，修公路，建电站，架桥梁，终日参加劳动，并将自己工资的百分之七十用于家乡基础建设，他竟然奇迹般地活到八十一岁。据甘将军夫人龚全珍讲，甘将军之所以出现奇迹，主要是他活得"简单、真实、快乐"。总结得多好啊！我觉得，还有一种力量在支撑着老将军的生命，那就是他对家乡土地和人民的大爱情怀！

秋虫呢喃还在继续，犬吠也不时响起，我实在是困乏极了，迷迷糊糊地睡了过去……

（原载于2017年9月6日"旬河浪花"微信公众号）

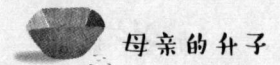 母亲的扑子

难忘的深山夜宴

  翻过一座山又一座山，跨过一道梁又一道梁。我们在深山老林中穿行，汗流浃背，饥渴难忍。我累了，靠在路旁一棵大树下休息。

  早上起床天还没亮，昨晚夜宿的那户老农让我们吃了早饭再走。老张说，今天路程遥远，害怕耽搁时间，所以我们出发时没吃早点。

  刚歇一会儿，老张催我起身，说天黑前必须出山。走到枫坪已是下午，村支书汪武留我们吃饭。老张说，时间不早了，晚上还想返回乡里。于是我们在他家喝点茶水，稍事歇息，继续赶路。

  这是20世纪80年代我的一次下乡经历，时间是春季，地点在仁河口乡境内，任务是检查春耕生产，那时山上没有公路，全靠步行。

  离开枫坪村，我们开始下山，没想到下坡路比上坡路更难走，高一脚，低一脚，关节发酸，腿打弯弯。没办法，我抓住路旁的树梢，边走边停，气喘吁吁。老张走在前边，手里拿着一根木棍，边走边朝山路两旁的荆棘杂草上抽打。我问他不累吗？他说走山路随时会碰上蛇虫，这样做是为了我们的安全着想。

  好不容易走到山下，眼前出现了一条大沟，是由山里的两条小沟汇流而成。不管是大沟还是小沟，里面都有水，因此这里的人们把两条沟流域叫双河，一条沟流域叫段家沟，这是两个不同的村子。

  这时太阳落山了，我们站在双河口犹豫不决。正好沟口有户人家，门

开着。我实在是不想走了,老张也乏了。他说,从这里走出段家沟,还有十里山路,看来我们今天只有在此过夜了。

这户人家的房子十分简陋,两间土坯墙石板房,门前有块院坝,坎下是河沟,房后是大片森林,林里多为桦栗树,另外在房子一侧还有块竹园。虽然到了春天,山里的夜晚还是很冷,屋里墙角有个火炉,有人蹲在炉边烤火。

那人起身招呼,为我们倒水,于是我们也围到火炉边与他闲聊。这人四十多岁,父母早亡,孤身一人,生活困难。我们说还没有吃饭,他显得很难堪,因为家里只有两袋苞谷,两块腊肉,一罐腌菜,再没其他能吃的东西了。

主人出门杀了公鸡,但是没有配菜。这时老张提起篾筐,拉我到山上去。林里到处都是树干、树叶、树皮,还有腐殖质,上面长着很多蘑菇。老张让我帮他采摘,说白色的能吃,红色的有毒,不一会儿,我们就采摘了一大筐。随后,老张又把我带到竹园里,挖了一些竹笋回来,剥掉外壳,白嫩白嫩,清香扑鼻。小溪里螃蟹很多,老张带我去抓了不少。主人感到惊讶,问这些东西也能吃?老张说,他当过兵,在部队是连长,回地方担任区武装部长多年,经常组织民兵操练,宿营时就靠这些山珍野味改善伙食。

老张真不简单,他把蘑菇、竹笋、螃蟹、腊肉、鸡块洗净,然后合理搭配,竹笋配腊肉,蘑菇配鸡块,腌菜配鸡杂,螃蟹配辣椒,亲自掌勺,明火爆炒,四样美味佳肴端上桌子,满屋飘香。我们三人围坐在一起,狼吞虎咽,开怀畅饮。前边忘记介绍了,主家还有一坛甜秆酒,要喝时才想起来,如此美味,假如缺了这坛美酒,那就大煞风景了。这晚,我们吃得淋漓,喝得尽兴。三人之中,老张酒量最大,喝得最多,但没有醉,就是话太多。老张这人就是这样子,每次酒喝多了话就多,谁也拦不住。

主人不停地往火炉里添柴,火很旺,屋里很暖和,我们的脸被火照得

母亲的升子

通红。我们就这样一直在火炉旁坐着，主人丝毫没有招呼我们上床睡觉的意思。我趁出去解手的机会，在屋里转了转，发现只有一张木床，床上铺着棕垫，盖被仅有一床，且破旧不堪。可能老张也揣摩出了这种窘况，他不停地说话，喝水，闲谝，压根不提睡觉的事。

老张说，这个村主要问题是不通公路，如果能从段家沟口修一条路上来，双河村很快就会变样了。到时这里可以发展林果、烟草、食用菌、畜牧养殖等，山里的特产就可以运出去卖钱，老百姓就可以增加收入了。主人听得似懂非懂，不停地点头说："嗯，嗯，是的。"他们俩没有瞌睡，始终在聊天，我则在火炉旁打盹。猛然听到主人发问，这里的蘑菇、竹笋、螃蟹、腊肉、鸡蛋、娃娃鱼真的能卖钱？老张说，肯定了，这些都是好东西。

鸡叫了，夜空伸手不见五指，那是黎明前的黑暗。又坐一会儿，天开始麻麻亮，我们起身告辞，给主人饭钱，他拒不接受。我们沿着沟边的山间小路向沟口方向走去……

后来，听说段家沟通了路，再后来又听说老张已不在人世。尽管时隔三十年了，但深山夜晚的情景时常浮现眼前，不知那户人家是否已将山货拉出去卖钱？日子是否有所好转？

（原载于2018年第10期《散文选刊》下半月）

凡事先检讨自己

早晨散步,在河堤遇见表叔。他老人家已经七十多岁了,弯腰弓背,声音沙哑,神情憔悴,与过去老家那位走路一阵风、说话像雷声的表叔判若两人。打过招呼之后,我朝前走去,将他甩在了后边,因为他人老体衰,走得太慢了。

晨练结束回家,泡杯热茶,开始读书,可是怎么也读不进去,表叔的影子总在眼前晃悠,让人分神。表叔当过多年村干部,为人刚正不阿,处事公道,德高望重。想着想着,猛然想起表叔处理我们童年打架的那件往事,不由得暗暗发笑。

那时,我在老家观音堂小学读书,表弟比我低两个年级。有天下午放学,我们背起书包回家。不知为了什么事由,我和表弟发生了争端,越吵越凶。我的火气上来了,扑上前去就要打他。学校位于山梁,我们住在河边,从山梁到河边都是高低错落的梯田,由于秋收刚过,田里到处都是苞谷茬。受到惊吓的表弟害怕挨打,转身就跑,我使起性子奋力追赶。表弟身轻如燕,健步如飞,在田坎上腾空跳跃,像只兔子。我气得哇哇怪叫,如捕猎的狼狗,疯狂奔扑。表弟的脚被田里的杂草缠住绊倒了,爬起来继续跑;我被绊倒了,爬起来继续追。即使我们的大腿被苞谷茬划出了血口,也全然不顾,拼命追逐。最后,表弟跑不动了,我终于追上了他,狠狠地揍了他。

母亲的扦子

知道自己做了错事，我掸掉身上的泥土，洗净脸上的污垢，偷偷回到家里，规规矩矩，放下书包，吃过晚饭，趴在桌上写作业，尽量不让父亲发现打架留下的蛛丝马迹。不料，表叔带着表弟找上门来了。只听父亲一声断喝："你给我滚出来！"我胆战心惊，心想这下完了，祸闯大了。

出得门来，看见表弟满脸泪痕，站在院坝，提心吊胆，畏畏缩缩。表叔正在对父亲说，表弟性情顽劣，打架惹事，今天专门带他过来给你们道歉。

我听糊涂了，难道表叔不是来找我麻烦的？表弟也听糊涂了，难道父亲前来不是替他撑腰的？表弟感到很委屈，急忙插话申辩道："是他先打我的！"我也毫不示弱，截断表弟的话茬："是他先骂我的！"表叔愤怒了，盯着表弟大声吼叫："跪下！先检讨自己！"父亲也愤怒了，对我大喝："你也跪下！好好检讨自己！"我们两人像泄了气的气球，双双跪在他们面前。

表叔对表弟说："刘赵两家世代友好，亲如一家。在我家困难之际，赵哥与我情同手足，多有帮助，是我们的恩人。你怎么这样不通人情世故，惹是生非，打架斗殴，实不应该，必须道歉。"表弟拉着我的手说："是我先骂你的，对不起！以后再也不骂你了。"

父亲对我说："你表叔为人仗义，多年来关心照顾我们，两家从来没有发生过冲突，难道你就没有看到？你是当哥哥的，应当关心爱护弟弟，怎能动手打他呢？平时给你说的话，全当耳边风了！"听了父亲的话，我感到内疚和汗颜，不等父亲把话说完，我抢先向表弟道歉："是我先打你的，对不起！以后我再也不打你了。"说完，表叔和父亲拉我和表弟起身，言归于好，他们两人也哈哈大笑起来。

这件事情之后，我对表叔肃然起敬！表叔当村干部几十年，处理过那么多棘手之事，人们毫无怨言，这与表叔的大公无私和宽广胸怀分不开，更与表叔为人处世讲究方法分不开。其实，世间的矛盾和纠纷，并没有那么复杂，关键是看怎样认识和处理，只要"凡事先检讨自己"，首先认识自己的缺点，改进自己的言行，修正自己的错误，就没有解不开的疙瘩。

写到这里，我想起"六尺巷"的故事：清朝康熙年间重臣张英，老家人跟邻居为了一道墙发生纠纷，家人千里修书，告诉张英，希望他出面干涉此事。张英收到信件后，认为应该谦让邻里，他给家里的回信中写了四句话："千里来书只为墙，让他三尺又何妨。万里长城今犹在，不见当年秦始皇。"讲的是同样的道理。

（原载于 2018 年 11 月 7 日中国作家网）

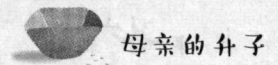 母亲的升子

顽皮的童年

我常想起童年的许多往事,其中有三件事情,虽然记忆深刻,但我从来不去提它,也不去写它,因为这些都是丑事。后来,我慢慢意识到,人没有十全十美,好人也不一定从来没有做过坏事,人生有些残缺,其实也很正常,并无多大影响,写出来也觉无妨。

偷苹果

老家门前有条河流叫吕河,河对岸有个小地方名叫周家湾,湾里靠河边有块泥沙地是集体苹果园。记得我八岁那年,有天院子里的几个伙伴在河里洗澡,时间大概是夏季。

我们看到苹果园里枝繁叶茂,长长的枝条上挂满了苹果,压弯了枝头,绿中泛红,随风摇动,十分诱人。孩子们泡在水里,伸长脖子,睁大双眼,望着果园,人人眼馋。

经不住诱惑,我们这帮小孩边商议边行动,慢慢向河对岸靠近。生长在河边的孩子,天性爱水,个个是浪里白条,水上英雄。有的一个猛子扎下去,看不到人影就爬上了河滩;有的踩水行走,如履平地。不一会儿,我们赤条条、齐刷刷地来到苹果树下,贼眉鼠眼,东张西望,屏息静气,等待时机。

经过细心观察,没有发现异常情况,我们判断园子无人,于是大胆上树采摘。过河前,每人都将上衣放在河边;裤子缠在头上带过河来,裤腿

打结，当作"口袋"。这些农村的孩子，胆大心细，手脚麻利，将那摘下的苹果一个个装进"口袋"，很快就装满了。大家纷纷逃走，这时，我发现树顶有根枝条上的苹果最大最圆，结成一串，想伸手折断连枝带走，不料拉下来却折不断。

突然树下一声断喝："下来！"循声望去，一个大汉四十多岁，体壮腰圆，黑风扫脸，正对我吹胡子瞪眼。我吓坏了，这是看守苹果园的人来了，看来是跑不掉。我急忙向上攀爬，一只大手像老虎钳子一样抓住我的脚踝，把我拽下树来。我甩掉苹果，转身逃跑。一只大手再次抓住我的手腕，捏得生痛，使我不能动弹。我们在那里僵持着，他问我是谁家的孩子，我不予回答。

后来，他松开了我的手，飞快地跑向河边，我知道他要过河拿走我们这帮孩子的衣服。清楚了他的意图，一声口哨响起，孩子们拼命游到对岸，抱起衣服就跑。由于我在园子耽搁太久，加之担惊受怕，游得非常吃力，眼看那人游过河去，在河边来回寻找，我明白了我的衣服已被同伴抢先抱走，于是游向河的下游上岸，避开那人，偷偷逃走。

我先找到伙伴，取回自己的衣服，发现只有上衣和鞋子，没有裤子，原来裤子装了苹果，被看园人夺去了，当时逃得仓促，竟然忘了。无奈，只有穿上鞋子和上衣偷偷溜回家里。纸是包不住火的，我做的丑事被父亲发现了，他愤怒至极，狠狠地打了我。晚上母亲又给我取来一条裤子，坐在床头和我说话。她说，人再穷也不能当贼，偷东西是最不光彩的事情，人生最大的耻辱莫过于偷盗。堂堂正正做人，踏踏实实做事，这才是人的立身之本，以后千万要记住这句话。听了母亲的教导，我很后悔，从此再也没有干过偷鸡摸狗的事情了。

挖陷阱

老家屋后有条小河叫平定河，从卧牛山下一路流来，在牛头所处的地方汇入吕河，其夹角处形成宽阔的沙滩地。我们经常会在那里放牛，因为

母亲的升子

河滩有水草，山上有牧场，牛可以吃草，我们可以玩耍，也可以洗澡，是孩子们的乐园。

记得那年我九岁，有天我们几个伙伴在河滩放牛。需要说明的是，沙地有条小路，上通村落，下连吕河，时常有些山里人背着木柴、猪崽、山货前往吕河集镇变卖。这天有人心血来潮，突发奇想，提议在沙地中央的小路上挖个深坑，捉弄一下过路的行人。

想法刚刚提出，孩子们拍手称赞，说干就干。于是，我们七手八脚，动起手来，泥沙很好开挖，一袋烟工夫就挖好一个半人深的大坑。我们找来竹片，切成短节，两头削尖，插在深坑底部。然后找来牛粪抛撒进去，有的孩子竟然在坑里拉屎，还有的往坑里撒尿。我们笑得前仰后合，说"地雷战"也不过如此。布置好坑里，接着封口，我们找来篾黄，横竖交错架在坑上，形成织网。再在上面铺上油桐树叶，层层相叠。最后在树叶上面铺上薄沙覆盖，用鞋轻轻压些脚印，以假乱真，误导行人。

挖好陷阱，我们四散而逃，躲在各个角落，有的躲进山坳，有的藏在洞里，有的远离沙地。但是，孩子们的眼睛会从四面八方聚焦一个地方，那就是我们刚刚完成的"杰作"。

目标来了，这是一位老实巴交的山里人，个子很高，背着背笼，里面装着一窝猪崽，可能要到吕河街道去卖。眼看他蹚过小河，一步步走来，我们心里紧张极了。只听"哎哟！哎哟！"之声传来，还有猪崽哼哼唧唧的乱叫声。循声望去，猪崽摆脱束缚，四处乱窜，背笼甩在一边，那人爬出洞口，弯腰低头，揉捏伤口。稍作停顿，那人急忙追赶猪崽，将它们一个个抓回来，聚拢一起，拴在一棵油桐树下。然后四处搜寻"作案者"，破口大骂，不堪入耳。

孩子们吓坏了，藏在各处，缩成一团，不敢出声，不敢乱动，害怕被人发现。那个远离沙地的孩子也像兔子一样，眨眼间就跑得不见了人影。那人气急败坏，继续搜寻，不停地漫骂。实在找不着了，他就走进庄院，向家长告了孩子们的状,然后背着猪崽走了。等他离得远了,看不见了,孩子们跑出来,三下五除二将那深坑填平,各自赶着牛羊回家。

我将那头黑犍牛赶进牛圈,挂好牛笼嘴,锁好圈门,悄悄回到家里。晚饭的时候,母亲一言不发,父亲黑着老脸,我知道事情败露了。但是吃饭的时候,他们不会嚷我,因为母亲经常告诫父亲:"雷都不打吃饭人。"意思是不论发生多大的事情,也要让孩子把饭吃好,不能受到干扰。饭后我准备走开,却被父亲叫住了,一阵臭骂,一顿暴打。母亲也一反常态,不加阻拦,哭着说道:"如果不彻底改正错误,尽做坏事,将来就会成为坏人,活在社会上也是害虫一个。"我很伤心,晚上翻来覆去睡不着,就问母亲:"干了坏事一辈子就是坏人了吗?"母亲安慰道:"如果痛改前非,以后再也不做坏事,还会成为一个好人的。"从此我就记住母亲的话,不做坏事,只做好事,争取做一个好人。

说谎话

大概十岁的时候,有天我在村里老油坊门前的院坝玩耍。几个伙伴都在那里,叽叽喳喳,吵闹不休。院坝中央有个石碾,平时主要用于碾轧油料,有时也可碾轧黄豆,由于时值淡季,放在那里闲置不用。有人提议合伙推动石碾,于是我们五六个人,像疯子一样,将那笨重的石碾从院坝这头滚到那头,又从那头滚到这头。有一次稍不留神,竟将石碾推到院坝坎下的菜地里。

下午收工了,村里的大人先后回家吃饭。我看到三爷扛着锄头回来了,后面老远跟着萍姨,手里也拿着农具。等到三爷走远了,萍姨走到跟前,鬼使神差,我说起了谎话。我说:"萍姨,赶快回家,不得了了!"萍姨吃惊地问我:"咋啦?"我说:"三婆在菜地拔草,被石碾砸断了脚腕。"我边说边指向菜地里横卧着的石碾,萍姨那双眼睛睁得好大,望着石碾,一时蒙了。我继续说道:"一伙孩子推动石碾玩耍,不小心将石碾推下菜地,正好砸伤三婆。"萍姨听后,哇的一声,号啕大哭,飞奔回家。

母亲的扑子

萍姨扑进屋子，抱着三婆哭得死去活来，全家人不知发生了什么事情。三爷问："咋啦？你哭什么？"萍姨说："妈妈的脚断了！"三爷生气地说："胡说！你看看她的脚不是好好的吗？"萍姨如梦方醒，搬动了三婆的左脚，又搬动了她的右脚，破涕为笑。

三婆听说我在说谎，觉得这是不可能的事情。事后她对我的母亲说："强娃是村子里最诚实的孩子，怎么说起谎话来了？"三婆还对母亲说："记得有次村上评工分，一桶优质大粪可评上两分工，有人的大粪村上只给评一分，说是有水分，那人死不认账，当时强娃就在旁边玩耍，猛然插话，说他看见那人从小河里挑水倒进自家的粪池，坏了那人的好事。"三婆继续说："强娃老实得连骂人都不会，怎能说谎呢？有次一帮孩子上树偷摘你家的白沙桃，我让他去骂人，你看他，拉长嗓子吼了一句啥话：'是谁——摘了——桃子？拿回家——吃去了吧。'然后羞答答地跑回家里，竟然连一个'偷'字都说不出口。"三婆边说边叹气："唉！这孩子，咋就学会了说谎。"

那天晚上，父亲又打了我。父亲是关中人，火爆脾气，不讲道理，只会打人，但有一条：只要不犯错误，他就从不打人。母亲性格温和，慈祥善良，每次总是苦口婆心，说服教育。这次她对我讲了说谎的危害性，要求我必须认识到自己的错误，改正自己的错误，做一个诚实的人，正直的人，有担当的人。

长大后，我以童年三件丑事为戒，时刻警醒自己，不能偷盗，不能害人，不能说谎。我也时常怀念已故多年的父母，感谢父亲的严厉，感谢母亲的耐心，是他们让我明辨是非，健康成长。我还从这些童年丑事中得到启示：教育孩子，该严要严，该管要管，千万不能迁就和溺爱。

（原载于2018年12月9日"旬河浪花"微信公众号）

迟到的荣誉

2013年4月16日,《陕西日报》公布了2012年度全省通讯报道工作先进集体和优秀通讯员名单,我榜上有名。这是我这一生第一次获此殊荣,也可能是最后一次了,对此我倍感珍贵,因为荣誉的背后记录着我在旬阳县委宣传部十余年间的许多往事。

记得那是2001年的9月,我又从县委组织部调回县委宣传部工作,任县委通讯组组长。此前的1995年至1997年,我曾经在县委宣传部工作过两年多时间。这次工作岗位调整,其主要原因是当年的"汉江污染事件",使旬阳的新闻宣传工作陷入困境,可以说我是临危受命。

面对复杂的工作环境和严峻的新闻宣传形势,我带领县委通讯组一班人同全县通讯员一起努力,呕心沥血,辛勤笔耕,很快扭转了旬阳对外宣传的被动局面。从2001年至2011年的十年间,旬阳每年在《陕西日报》发稿百篇以上,先后在中央、省、市级主流媒体发表头版头条稿件200余篇,先后推出村党支部书记的好榜样陈分新、拾金不昧的好公民龚德银、进城务工的好青年陈明钰、党的优秀宣传员黄世和等轰动陕西、影响全国的重大典型十余个,尤其是旬阳"阳光选人"的做法得到中央领导的批示,在全国推广交流。

作为一名宣传干部,我时刻牢记"责任"二字,始终坚守"奉献"精神,对待工作迎难而上,对待荣誉让给同志。在宣传部的十年间,旬阳连续十年被评为全省通讯报道工作先进集体,县委通讯组先后有十余人次被

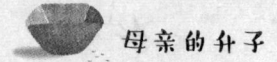 母亲的升子

评为全省优秀通讯员。可以说，旬阳的宣传工作在全省是一流的，获得的荣誉在全省也是最多的，这是大家的成绩，都是大家一起努力的结果。

2011年底，由于我在宣传部待的时间太久，加之年龄偏大，组织准备把我调到县人大常委会工作，我忽然间感到有点失落。我曾经和陕西日报驻安康记者站杨雁斌站长闲聊，杨站长觉得我对宣传工作贡献很大，却连一次省级优秀通讯员都没有当过，感到惋惜。他建议这一年的省级优秀通讯员就直接推荐我算了。我说，申报省级优秀通讯员的名额每年只有一名，在宣传部这么多年，每年我都要求推荐下属，现在要走了，怎能和同志们争呢？杨站长说，那就向报社多要一个名额，我说可以试试。后来，杨站长打电话说，名额控制很严，看来你当省级优秀通讯员的机会没有了。

2012年2月，我离开宣传部到人大常委会工作。年底，我到西安办事，顺便去陕西日报社看望朋友。这时杨雁斌已经调回报社任发行部副主任，他把我领到新闻调查部主任高敬毅的办公室，高主任也是我的老领导、老朋友。我们谈得很愉快。高主任得知我离开宣传部的情况后，感到很惋惜，他说我是宣传战线的老同志，对宣传工作贡献很大，特别是对陕报贡献大。他还说："在宣传部十几年只知埋头苦干，发扬风格，到头来连一个荣誉也没有，现在给你评个优秀通讯员还有没有用？"我说："当然有用，但是现在离开宣传部了，怎能再去占用人家的名额呢？"高主任说："不会占用宣传部的名额的，我们给你追加一个名额，你回去后写一份个人先进事迹材料，加盖县委宣传部公章，直接寄到新闻调查部就行了。"

我对陕报的领导很感激。在宣传部时，他们给了旬阳和我个人那么多的关心和支持，离开宣传战线了，他们还在关心我，支持我，人生的交往达到这种地步，朋友的感情达到这种境界，足够了，其他都是无关紧要的了。

（原载于2013年4月28日作者新浪博客）

想起那个大雪纷飞的日子

早晨起床,天还没亮,与往常一样,我戴好手套,拿着提包,出门上班。从五楼下到一楼,看到路灯射出的光线里,雪花漫天飞舞。我急忙跑上五楼敲门,说下雪了,让妻子拿来雨伞,然后再下楼去。

办公室里,玻璃窗外,听不到任何声音,只能看到空中的雪花,大的大,小的小,有的直落,有的斜飞,悬空翻转,飘洒如絮。远处的山头,白雾茫茫,那不是雾,而是积雪与飞雪共同描绘的图景。近处的小树和草坪,被雪覆盖,虽然只有薄薄一层,但已是白色一片了。

尽管大雪到来,天气寒冷,但我依然喜欢下雪。可不,早上我的心情就特别好,处理完公务,烤着火,喝着茶,眼望窗外,思绪就像这雪花,也开始飞舞起来。我想到了历年的雪,尤其令人难忘的是二十八年前春节的那场大雪。

我清楚记得那是1990年农历正月初四,按计划这天要去汉江南岸的一个山村走亲戚。清晨起床开门,一股大风挟裹着雪团迎面扑来,逼得人睁不开眼。屋外,大雪飞扬,雪片大得惊人,整个山村看不见河流,看不见竹园,看不见农舍,只能看见一座座雪山和一堆堆雪团,真是粉妆玉砌的世界啊!

我对母亲说,雪大得很,地上积雪有一尺多厚了。母亲说,那就不去了,雪大看不清路,等天晴了再去吧。我想到正月初八要去单位上班,时

母亲的饺子

间一天都不能耽搁，加之今天要去看望的是一位智慧长者，我必须去向他倾诉一年来工作上的心酸，同时想请他为我指明未来人生的方向，我担心错过了机会，毅然决定前往。

需要说明的是，那时我刚步入社会不久，年龄二十出头，在工作上经历了不少挫折，感觉前途渺茫。我要去找他，只有他能理解我的苦楚，明白我的志向。说走就走，我离开老家，涉过故乡的小河，走过卧牛山上的羊肠小道。经过吕河集镇，在汉江与吕河的交汇处坐上渡船，过的是吕河，不是汉江。我在岸上继续走着，路上是蜿蜒连绵的巴山，路下是微波荡漾的汉江。这时雪下得更大，寒风刺骨，脚下打滑，我不知跌倒多少次了。山上、路上、河边，全部是雪，有的地方一脚踩下去，扑哧一声，膝盖以下陷到雪窝里去了。行走越来越困难，但是我的心里火热，因为距离我要找的人越来越近。从向庄村的那条小路上山，路过山腰的力加中学，我看到操场边上站着的女郎，她脖子上的红围巾随风正在飘扬。学校还没有开学，她可能是看校的老师，在如此美好的雪景里，站在那里尽情欣赏。大雪覆盖下的山野，有了她的点缀，更像一幅绝妙的图画。我继续上山，高一脚，低一脚，跌倒了爬起，爬起了跌倒，滚成了雪球，终于在这天下午两点左右，走上了山梁，来到了长者的家。

他是我的长辈，姓向，当过区委书记，为人正直，爱憎分明，尤其关爱年轻人。见到我，他感到惊讶，说这么大的雪，你咋来了？我说在家闷得慌，就来看您了。他急忙把我让到火塘，添些疙瘩柴，阿姨给我端来茶水，在桌子上摆上碗筷，招呼我吃饭。我们边吃边聊，我说得多，他听得多，边听边点头，有时也说几句，多为开导和鼓励的话语。饭后他带我继续上山，雪一直在下，山上的积雪越来越厚，花草树木都被埋在雪下，那雪闪着光亮，白得刺眼。我们来到山顶那户人家，主人姓南，脸黑。向叔给我介绍说，老南曾经当过乡党委书记，现在退休在家，德高望重，组织又让他担任村党支部书记，这个村子只有老南才能镇得住。

我们围着火塘，桌子放在旁边，开始喝酒吃饭。我们三人不用划拳，就这样一杯一杯地硬喝。两位长者开始闲聊，说他们过去遇到的难事，说他们遇事的处理方法，说他们为地方架桥、修路、拉电、饮水的往事，风趣而又生动。我为他们的胸怀折服，被他们的公心感染，心情豁然开朗，竟然也放胆喝酒了。论酒量，我不能与他们相提并论，几杯热酒下肚，我感觉头重脚轻，晕晕沉沉。向叔说，小赵少喝点，并告诉老南，说我初入社会，勤奋努力，积极向上，是个好苗子，需要培养，还说我有考大学继续深造的想法。我不禁挺直身子，侧耳细听，他们说的都是支持的话语，说年轻人有追求是好事，只能鼓励，不能打压；只能帮助，不能拆台。听着听着，我的眼圈湿了，多好的领导！多好的长者呀！年轻人多么希望理解啊！联想到自己的经历，我激动不已。

天黑了，我们打着火把下山。雪还在继续下着，山上的积雪更厚了，分不清哪里是路，哪里是林，哪里是沟。在积雪的映照下，到处都是明晃晃的。我几次摔倒，向叔双手打着火把，走在前边给我探路。

我记得这年九月，我考上了陕西青年管理干部学院，走上了人生新的起点。时隔这么多年，每当想起那个大雪纷飞的日子，仿佛就在昨天。

（原载于2019年第1期《汉江文艺》杂志）

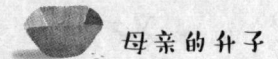 母亲的升子

黑夜里的灯光

三十年前,我刚二十出头,经常走夜路。这天不知翻过多少山头,走了多少山路,走着走着天就黑了。我记得白天走过的地方有郝岭、小岭、十二条岭,这些地名都是秦岭余脉南羊山中的村子,隶属我当时工作的小河流域。

走山路,我并不害怕。因为我是山里娃,不管山势陡峭,有路没路,都能行走。你看我今天走过的地方,山大人稀,森林覆盖,常常有动物出没,我也没有什么异常的感觉。但是,天黑下来我就怕了,在这荒无人烟的深山老林中,我辨别不清方向,也不知道路有多远,更让人提心吊胆的是生怕遇见大虫。

母亲对我讲过,在山里走夜路,要往有光亮的地方走,有灯就有人,到了就可以歇脚。可是这大山深处看不到光亮,更见不着村庄。好不容易爬上一座山头,前后遥望,四周夜色蒙蒙,一丝光亮也没有。黑夜,寂静得吓人,天上一道流星划过,拖着长长的尾巴,也不见月亮里的嫦娥姐姐说话。我想,赶到乡政府是不可能的了,如果在山里遇上人家,就去投宿。

从山梁继续朝前走,走过一段洼地,翻上又一座山头,我累得筋疲力尽,准备坐下歇息,却猛然发现了前方的灯光,欣喜若狂。我看清了,灯光位于前边那座山头之下,那座山峰神似一位镇守一方的将军,笔挺直

立，灯光正在"将军"的喉结处闪烁，发出微弱的光芒。要去那里，先得从这座山头朝下，走到连接两山之间的谷地，然后再从那座山头的侧峰进入"喉部"。

由于过于激动，我脚下没有踩稳，身体滑倒，惊动了树上的山鸟，扑棱棱地飞起，吓我一跳。我急忙抓住树藤，翻身爬起。"汪！汪！汪！"的犬吠之声传来，一声接着一声，一声比一声凶猛，划破寂静的夜空，使人胆战心惊。这时，有人在灯光处喊话了，我急忙应答。只听那人拉长声音对我说："走慢点，不要怕，我马上过来接你！"说罢，他过来了，手上提着马灯。

我们走进山峰下的便道，路越来越窄，山越来越险，可以用"上不沾天下不沾地"来形容，简直像是在石缝中行走。那人说："脚下踏稳，千万小心。"我的心里紧张极了，丝毫不敢马虎。我想到了"鸡上架"，那是原桂花乡境内的一座山，刀削斧劈，陡峭奇险，我少年时代到那里砍过柴。我想看看这里比"鸡上架"如何，向上望，头差点碰上石岩；朝下看，万丈深渊，直插河边。妈呀！"鸡上架"哪里能比得过它呀！

我们不知不觉走近门廊，里面豁然开朗，那是伸进山崖的一块平地，上首是三间瓦房，下首围有护栏，两边是猪圈和牛圈，中间是一个场院，它们被浓密的参天大树包围，真是与世隔绝的神仙之地啊！我实在想不通大自然的鬼斧神工，竟然雕琢出这样一块地方，集"精致、奇妙、幽静、险峻"于一身。我看到院子里堆放着大捆小捆的甜秆，屋子里有几口大木笤。主人说，这是烧酒用的东西，每年种七八亩地的甜秆，全部用来烧酒了。墙角处堆放着大堆小堆的洋芋，楼板上铺着一尺厚的玉米棒子，主人说玉米、洋芋和甜秆是山上的主产。

我和主人坐在火炉边聊天，他的爱人和女儿忙着在厨房给我做饭。火炉里燃烧着疙瘩柴，火上悬挂着吊罐，罐里煮着猪蹄，火炉边煨着大铜壶，壶里装着甜秆酒。主人陪我吃饭，小方桌放在火炉边，端上桌子的是

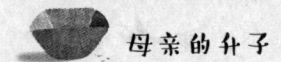 母亲的升子

炖猪蹄、野兔肉、山鸡肉、山野菌，主食是蒸洋芋，喝的是甜秆酒，都是山里的稀有货，味道鲜美。我狼吞虎咽，酒足饭饱之后，就去睡觉了。

翌日清晨起床，早点已经做好，油饼、稀饭、小菜四盘，香甜可口，吃着舒坦。饭后主人送我下山。我说不用了。他说山路太陡，极不好走，不送心里放心不下。我们边走边谈，不知不觉下到河边，我脚踩列石过河，走到对面的公路，那是旬阳的北环公路，我们所处的地方可能在公馆乡境内。我向他招手示意，让他回去。

我站在公路上目送他远去的背影，只见他在山路上一闪一闪，慢慢变成黑点。公路对面的山峰，在朝阳的照射下，脱去了神秘的外衣，显得更加陡峭，更加危险。那孤悬一线的人家，将我的心提到了嗓子眼，我根本无法相信，昨晚自己竟然睡在悬崖边沿！一下子腿脚发软，浑身打战，不由得敬佩山里人的伟岸和勇敢！

以后的岁月，每当看到黑夜里的灯光，仿佛母亲的叮咛萦绕着我。我就想起那个夜晚，感到浑身温暖。黑夜里的灯光，它不仅照亮了我们夜行的路，而且给人力量，给人希望！我们的人生，有白天，有黑夜，当我们在人生中夜行的时候，哪里有光亮，哪里就是我们前进的方向！

（原载于2018年12月21日中国作家网）

难忘老师的批评

一天，偶然遇见初中的陶老师，我心里非常高兴，随后邀请他到我的办公室，聊起我在初中读书时的往事。

时隔三十多年，曾经的往事大多忘却，但有三件事情记忆犹新，有三位老师更是令我终生难忘。因为这三位老师都曾毫不留情地批评过我，成为我刻骨铭心的记忆。

记得上初一时，学校的厨房有个蓄水池。那时学校没有自来水，每天按照班级轮流让学生到几里外的双井村去挑水。我所在的班级每周挑水时每人至少要挑两担水。由于人小，桶大，扁担长，我们每次挑水都会累得精疲力竭。学校没有锅炉，做饭时用铁锅烧水，也没有暖瓶装水，口渴时，只能去厨房用水瓢从大水池里舀水喝。一天，我口渴了，进到厨房，拿起水瓢，从水池里舀出满满一瓢凉水，喝了几口，将剩下的水随手泼洒在厨房外场地上。恰在此时进来了一位女老师，她默默地看了我一眼，声音不高地对我说："怎么能将水泼在地上呢？喝多少，舀多少！要知道这水都是你们一担担辛辛苦苦挑来的，要养成节约用水的好习惯嘛！"这位老师叫高金珍，教几何，起初我觉得她是小题大做，可是后来又觉得她说得对，如果不是一瓢一瓢地节约，焉能储存一池净水？我深深自责，自此自觉养成了勤俭节约的好习惯。

第二件事情发生在初二上学期。那时，给我们教英语的是敖荣老师，

母亲的扑子

人年轻又漂亮，穿着时髦，同学们喜欢和这位"女神"级的教师开玩笑。尤其是班上的几个调皮蛋，经常搞些恶作剧，"我是中国人，为啥学外语？"惹敖老师生气。一次上英语课，那几个调皮蛋耍花招捉弄她。只见有人端来脸盆，里面装有少半盆水；有人取来凳子，放在教室门内；有人接过脸盆，踩上凳子，将脸盆放到虚掩的门上，用手指竖在嘴上，嘘声扮鬼脸。然后大家屏息凝视，坐在各自的座位上，眼睛齐刷刷地瞅向门口。敖老师来了，不知有诈，随手推门，脸盆突然掉下来，水泼洒一身，淋成了落汤鸡。同学们大笑不止，我也笑得前仰后合，老师被气得火冒三丈，训了整整一节课。下课后，老师把我叫到她的办公室，语重心长地对我说："你学习好，是个好苗子。如果长此下去，怎么对得起家里的大人呢？将来怎么会有出息呢？"听到老师的善意批评，我后悔死了，低下头，恨不得地上有个缝一下子钻进去。往后的日子里，我懂得了明辨是非，懂得了择其善者而从之。

上初三时，我们的班主任调换成许启银。许老师的威严远近闻名，同学们背地里都叫他"许阎王"，尤其是那些调皮捣蛋的学生，见了他就像老鼠见了猫，吓得打冷战。一天晚上，熄灯铃响过，大伙儿都钻进被窝，蒙头装睡。许老师在学生宿舍外面转悠完，又到宿舍里边巡查，然后佯装没事似的回到自己的宿舍休息。有个同学说，老师宿舍都熄灯了，许老师的宿舍灯也黑了。一个同学说他睡不着，不如到教室里拼起桌子打一会儿乒乓球。接着有一个同学附和说，这个主意好，那我们赶快起床到教室去。说罢，他们也喊我起床随他们三人去。打开教室里的电灯，我们将四张桌子拼在一起，开始打乒乓球。正玩得起劲时，灯突然熄了，我们四人以为是哪个同学开玩笑，还对其骂骂咧咧。不料，灯一闪又亮了，许老师鬼魅似的出现在我们面前。他黑着脸，指着我们四人："你！你！你！还有你！都到我的办公室来。"我们四人知道做错了事，耷拉着脑袋，站成一排，规规矩矩，接受惩罚。许老师一反常态，既没有骂，也没有打，只听他对我们说:"你们反正睡不着,精力旺盛,是吧?那好办,给你们两个释放精力的办法,自由选择。一是沿着操场跑完一百圈回去睡觉,二是把这份《人民日报》抄完回去睡觉。"两个身强体壮的同学选择了跑步。我觉得自己身单力薄,就选择抄报纸。另一个同学可能和我的想法一样,决定避重就轻抄报纸。

当时正值隆冬,我们冻得瑟瑟发抖,报纸的字太小,抄了好长时间,才抄了一点点,但是又不敢停歇,害怕抄不完。抄着抄着,我们的眼皮开始打架,头碰到桌子,醒来再抄,后来实在支撑不下去了,趴在桌子上睡着了。许老师把我们叫醒,又让我们去把跑步的两人叫来,听说他们还没跑到四十圈就快晕倒了。许老师对我们严加训斥,让我们守时守纪,不要贪玩。否则,永远也不会成器。那次批评和惩戒让我时刻铭记,要努力做一个守纪律、守规矩的人。

三年转瞬即逝,我们初中毕业时,初三两个班一百多人,考上中专的只有四人,我是"矮子中的将军",成为第一名。其实,我上初中的那三年,成绩是波浪式前进的,思想和行为也是在不断犯错和纠错中前行。哪有一生下来就优秀的人呢?

良药苦口利于病,忠言逆耳利于行。老师每一次的批评都是一剂良善的苦药,有了老师的不断批评和教育,才有如今奋进、成熟的你我他。

(原载于2019年9月10日《陕西日报》教师节专号)

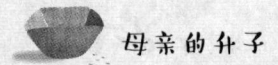
母亲的扑子

那年北京出差

那是我参加工作后第一次到北京出差,任务是解救被拐骗的四名初中学生。

接受任务后,我高兴得手舞足蹈,因为去北京是我的一个梦想。同事说,这次出差不是好事,其他同志都不愿意去,有什么高兴的?当时是20世纪90年代初期,我二十多岁,有种"初生牛犊不怕虎"的勇气,毅然决定前去。

工作组由四名同志组成:小河区派出所警官老陈、桐木乡民警小王、桐木中学校长老刘,我作为区公所干部,自然被确定为组长。

在县公安局接待室,分管刑侦工作的副局长接待了我们。他说,那名姓蔡的同学在北京某建筑工地出了事故,人已死亡,你们要把后事妥善处理好,另外三名同学要想办法解救回来。为了工作方便,县公安局在介绍信上将我"提拔"为县政府办公室主任,警官老陈和民警小王被"提拔"为县公安局警督和警官。副局长解释说,这件事情不是小事,本来县局要派人前去,但是目前局里人人都有任务抽不开身,只有辛苦各位了,祝你们旗开得胜,马到成功。

北去的列车轰鸣前行,他们一路争论不休。先是死难者的两个姐姐大蔡、二蔡与校长争执,双方互有埋怨。再是警官老陈与校长及家属发生争执,老陈建议先到河北石家庄,然后再到北京,原因是北京建筑公司老板是石家庄人，事故发生后很有可能逃回家中躲藏。校长和家属则要求直达北京事发现场，觉得到河北是多此一举。我刚步入社会，没有经验，一时拿不定主意，但凭直觉，认为警官老陈的判断可能要准确些，于是决定先到河北石家庄。

下了火车，出石家庄车站，人山人海，几个怪模怪样的人向我嘀咕几句，手上拿着东西对我摇晃。我正要答话，老陈拉扯我的衣袖说："不要理他，只管往前走。"只听后边那人说："傻瓜！杂种！"那是他们在骂我，从此我对石家庄就没留下好印象。

老陈建议，我们的住处要选在远离市区的偏僻处，最好住在地下室，便于隐藏。我们到达郊区宾馆的地下室，是下午两点左右。洗漱完毕，简单吃饭，然后商量行动方案。我和老陈商议采取"引蛇出洞，分步深入"的办法：第一步，先让家属按照公安机关提供的地址去找老板，先把他引出来，稳住，谈条件；第二步，再让校长前去协助；第三步，公安民警小王出马施压；第四步，由我和老陈出面拍板定夺。尽管我们反复解释，这个方案可以避免一次性暴露目标，可以逐步增加对方的心理压力，有很多优点，但是家属和校长无法理解，对我们产生了看法。

我们按照方案行动了，首先鼓励大蔡、二蔡大胆前去，一次搞定最好，如果不行，大蔡留下稳住阵脚，二蔡回来求援。我们在地下室焦急等待着，一个小时过去了没有消息，两个小时过去了还是没有消息。我非常担心，害怕两个女人找不到地方，又害怕老板不愿上钩。突然二蔡闯进屋来，大汗淋漓，呜呜大哭。她说："人找到了，但态度生硬，十分傲慢，根本不把我们当回事。人家说，工地死人是常事，给三千元走人，不然就不客气了。"我们实施方案的第二步，二蔡领着校长出去了。两小时之后，二蔡又跑回来说："校长和姐姐反复交涉，对方答应给九千元，谈不下去了。"我们实施方案的第三步，二蔡领着民警小王出去了。晚上9点左右，二蔡回来说："对方答应给一万五千元，并说这是他成立公司以来的最高

母亲的井子

补偿了,显得极不耐烦。"最后,我和老陈出马了,见到我们,老板吃了一惊,沉默许久没有说话。老陈发了脾气,指着老板破口大骂。老板也很牛,抬起头恶狠狠地说:"不就是死个人嘛!有啥大惊小怪的,给两万元算了,要了就收下,不要就拉倒。"我走到老板跟前,让他看了介绍信,又把"记者证"在他面前晃了晃,然后说:"你用的小蔡只有十五岁,是童工,使用童工是犯罪!还有小蔡是晚上在施工现场因疲劳过度被搅拌机绞死的,你已违犯了《劳动法》!要知道,我不仅是县政府办主任,还是媒体记者。如果你不合作,就通过司法途径解决,还可以通过新闻媒体揭露你!"老板听了我的话,嚣张气焰没有了,他答应给三万元补偿金。最后谈判的结果是:老板支付死难者家属三万五千元补偿金,负责将小蔡在北京火化,并承担各种费用。需要说明的是,我拿的那是报社通讯员证,并非记者证,出于工作需要,吓唬人的。

当晚,我们从石家庄坐火车到北京,随行人员增加到七人,老板被我们一同带走了。翌日,我们在北京郊区某火葬场忙碌了一天,将小蔡的遗体进行火化。老板购买了骨灰盒,把小蔡的骨灰装在盒子里,用白布包好,交给蔡家姊妹俩。

接下来,我们就要完成第二项任务:解救另外三名学生。我们让老板帮助。老板说这三个孩子不在他的公司,然后就走了。我们求助于当地公安部门,北京的公安很热情,也很负责任,他们派出三辆警车,三名警官,带着我们连夜直奔北京郊区某建筑工地。当时是初春季节,北京的夜晚很冷,风很大,警车按照我们提供的地址顶风前行,颠簸了两三个小时赶到建筑工地。警官们带着校长直扑民工宿舍,挨个寻找辨认。我和蔡家姊妹与北京一名警官在场外负责警戒。那个警官对我说,执行任务就得突然袭击,不然就会走漏风声惹来麻烦,他还说现在的建筑市场很乱,老板只知道挣黑心钱,不管民工的死活,竟然连童工都敢用。这时,楼上楼下灯光亮成一片,出现嘈杂声音,警官们开始搜查了。过了四十多分钟,民警小王跑下来说:"还好,三个人都找到了。"我们又等了半个多小时,不见他们下来,我让小王再去看看,是否出现变故。小王又跑回来说,他们正在财务室结账,工钱一分都不能少。一会儿,他们都下来了,三个孩子衣衫单薄破烂,瘦得不成样子,不停地打着冷战,看来都只有十四五岁的年纪,显得分外可怜。时至半夜,北京警官问我们到哪里去,我们商量了一下,说想去看看天安门。

到天安门时,大约凌晨4点,我们眼皮都在打架,什么也不想看了,只想睡觉。我们商议找一家小宾馆住下休息。老陈说,还是住到地下室保险。因为我们肩上还有任务,于是就找到了一处地下室住下。大蔡是常年在外跑江湖做生意的,觉得地下室太龌龊,想带着我到楼上的好房间里去住。校长发火了,说我们这么辛苦,你们却要去享福,对我提出严厉批评。我想了想,觉得看守三个孩子的任务还很艰巨,谢绝了大蔡的好意。

天亮后,我们在天安门广场看了看,照了相,然后急忙乘火车踏上了归程。

到了旬阳县城,我们租了两辆出租车,挤着我们九人,还有小蔡的骨灰盒,向桐木乡进发。

从桐木公路到蔡家有一段山坡路,我们艰难爬行。这时,大蔡对我说,她娘只有小蔡一个儿子,况且年事已高,经受不了打击,会气死过去,要我临时充当小蔡,救救她的母亲。校长又发火说,开玩笑,他是国家干部,怎能做出这种荒唐事来。大蔡和校长又争吵起来,大蔡始终认为弟弟出事,校长有推卸不掉的责任,校长却认为蔡家因家教不严没有管好孩子给学校抹了黑。其实,在这次行动中,大蔡和校长一直都在争吵,互相指责,积怨很深。我觉得他们说的都有一定道理,学校有责任,家庭也有责任,但责任最大的是黑心老板。听二蔡说,每年开春,外地老板就把大班车开进沟来,打着招工的幌子,把那些穷怕了的成年人和学生哄骗出去卖苦力。这些外地老板,到底是不是真正的老板?这些穷苦百姓的工资

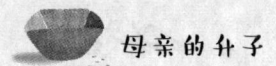
母亲的斗子

和安全如何保障？很少有人去管。

大蔡和校长还在争吵，相持不下。我感到左右为难：答应吧，觉得不妥，还会得罪校长；不答应吧，担心真的出了事，也不好交代。

正思考间，突然听见唢呐声声，锣鼓齐鸣，抬头看见院子中央横放着一具黑棺材，被两条板凳支撑着，院子四周人山人海，墙角的大灶烟火滚滚，高高的蒸笼热气腾腾，院子的一角有个老头正在劈柴，看来蔡家是要过大事了。只见一个老婆婆从堂屋扑出来，抱住大蔡怀里的骨灰盒呼喊着死者的小名："小强啊！我的儿啊！"随着撕心裂肺的哭声之后，轰然倒地，不省人事。二蔡急忙扶起老母亲搂在怀里，大蔡一把抓住我的手臂拉到老母亲面前，不停哭喊："娘，你醒醒，小强在这儿；娘，你醒醒，小强在这儿……"不知过了多久，老婆婆慢慢睁开眼睛，声音微弱地呼喊："小强在哪儿？小强在哪儿……"大蔡一边说"在这儿，在这儿"，一边推搡着我，说"快叫娘啊"。我稀里糊涂地张开口，叫了一声娘。老婆婆伸出手来从头到脚把我摸了个遍，口里断断续续呻吟，是小强，是小强。

老婆婆神志清醒后，我们离开了，三个学生被校长气鼓鼓地带走了。

校长对我这次北京出差的表现极不满意，尤其是对我在蔡家的行为感到厌恶。时隔多年之后，他还是不愿搭理我。我觉得，校长是个爱憎分明的人，学校出了事，心里窝火，把气发在家属和我的头上，情有可原。但是，蔡家出了那样的大事，也是受害者，我不那样做，又能怎样做呢？

（原载于2014年第3期《瀛湖》杂志）

我的包帮户老龚

老龚属特困供养户，家住龚家庄村二组，今年八十二岁了，身体好，个子高，爱女人，还信佛，其最大的特点是说话颠三倒四，让人摸不着头脑。他对村里人有意见，村里人对他也不喜欢。说来也是有缘，在脱贫攻坚工作中，镇村确定由我来包帮他。

我认识老龚的时间是在2012年的春季。由于龚家庄是县人大常委会的联系村，这天清晨我陪县人大常委会陈主任深入该村走访调研，在山间地头发现一处茅屋。其实算不上茅屋，是用苞谷秆围起来的简易棚子。我们推门进去，看见有位老人卧在床上，屋中间生了一盆火。我们问同行的村干部，老人是谁？干部蒙了，说好像从来没有见过这个人。后经打听，我们得知老人姓龚，自从年轻时跑出去后，失踪几十年了，没想到突然又跑了回来。现在他的父母早已过世，房子也坍塌成为废墟，好不凄凉。在陈主任的安排下，村子在二组为他买了一处房子安家，同时为他申请办理了高龄补贴、五保金、养老金等政策性补助。为了彻底解决他的住房问题，镇村在修建移民安置点时，首先把他考虑进去，让他搬进了新房，落实了监护人。

说起二组这个地方，真是有点神奇，先后考出大学生二十余名，其中就有高考状元以及清华、浙大、复旦、西安交大的高才生多名，成为远近闻名的"状元村"。县人大常委会派驻龚家庄村脱贫攻坚工作队的来队长对此很感兴趣，准备挖掘"状元村"文化内涵，充分利用优势资源，发展乡村旅游，带动全村经济发展。老龚听到这个消息很高兴，建议把家门口的寺庙恢复修建起来，因为他信佛。来队长说先做规划，把修路、建庙都列进去。村组开发旅游，既没项目，又没资金，谈何容易，规划出来后，迟迟不见动工。老龚对我说："小来这小伙子不行，办事能力太差，说了修路、建庙，只刮风不下雨，竟说白话。"我解释说："干这些事情，要争取项目，要筹集资金，难度大，不能急。"几经周折，二组的公路终于修通了，正好从老龚的门前经过。我对他说："这下好了，路修通了，旅游开发有眉目了，你对来队长没意见了吧。"不料老龚还是不满意，说修路是国家的钱，与小来何干？听到这话，我的心里不是滋味，觉得来队长受了委屈。

　　有次我到龚家庄村移民安置点去找老龚，他住在二楼，我上去敲门，没有回应。楼下有位老婆婆说："这死鬼两天都没回家，不知跑到哪里去了。"同行的小石问我："人不在家咋办？"我说咱们到周边找找。走着走着，不知不觉走到了他原来居住的老房子，发现门开着。我们进屋，看到老龚躺在床上。我问他："为啥不住在新房，却要跑回来呢？"他说："赵主任，我见到鬼了，吓得浑身发冷，摔了跤。"他边说边伸出大腿，让我看他膝盖的伤口。我急忙给村医打电话，让他来给老龚看病。不料老龚发起脾气："村医是个坏东西，我恨死他了，不准他来给我看病！"我说有病不看不行，非要坚持给他看病不可。他很生气，不停地对我说村医的坏话。回到村委会，我将老龚"见鬼摔跤"的事情告诉村干部。没想到村干部大笑不止，说老龚竟说鬼话，真实情况是：老龚人老心不老，会煽情，在老房子居住的这几年，先后哄着四位老婆婆来给他洗衣做饭，共同生活。搬到安置点后，他又对楼下那位老婆婆起了心思，打情骂俏，动手动脚，被人家推到坎下，摔伤了。这时，我想起了老龚曾经和我的一次谈话，他对我说："赵主任，你不知道，我是个有本事的人，外出几十年，走州过县，修过路，盖过房，挖过矿，娶有媳妇，生有孩子，还抱有孙子，住在大城市，没想到我老了，没力气干活了，这些个坏东西把我撵走了，没办法就回来了。"看来，老龚还是有人格魅力的，一生得到过不少女人的青睐。

有天，我又去看望老龚，问起县人大常委会派驻龚家庄村第一书记老黄的情况。老龚说："老黄这人不行，办不了事，我对他不满意。"在我的心目中，老黄是全县有名的老黄牛式干部，派驻龚家庄村这些年，辛苦劳碌，上下奔波，为村子修路、引水、建房、发展产业，办了不少实事、好事，受到群众的拥戴，怎么会不满意呢？这次我给老龚送去的是米、面、油等生活用品，没有给钱。离开的时候，老龚送我到门口，说："赵主任，我还有一个小小的要求。"我说："有要求尽管说。"于是他说："想请你去给我申请一个项目，搞一笔资金，好多年了都没有外出旅游了，我想出去转转。"我说："现在国家禁止公款旅游，何况也没有这样的项目。"他说："那就把旅游改成考察吧，我看电视上那些领导不是经常外出考察吗？"听到这样的诉求，我感到很滑稽，真是哭笑不得。我耐心地对他讲，这个想法太离谱，办不到，劝他趁早打消这个念头。我取出上衣口袋的钱包，把里面仅剩的二百元给了他。回到村委会，我对老黄说："老龚对你的工作不满意，说你办不了事，到底是咋回事？"老黄说："老龚说话不靠谱，他让我找项目筹资金外出旅游，这不是无稽之谈吗？"

有年冬季，我将自己的一件棉袄送给老龚，他穿上试了试，我觉得很不错。没想到老龚却说："赵主任，要送就送件新的嘛。"我这件棉袄，是桨牌的，买时价值七八百元，只穿了一个冬季，没有一点破旧，我就对老龚说："你看这件袄子不是好好的吗？"他又说："一看就是洗过了的。"到了夏季，我选了一件单裤和两件衬衫送给我包帮的另一个五保户老康，衣服刚试结束，老龚站在坎下发话了："老东西又挣了几件衣服！"我知道这是老龚在指桑骂槐地说我，急忙答言："老龚，对不起！这次走得急，没有去买新衣服，等以后买了新衣服再送你。"每次进村，我都会去看老龚，这次虽然没给他带衣服，但还是要去他家了解情况，他始终板着脸，不好好和我说话，还说他今年没有见到一分钱。我让他把折子拿出来，不管是五保金，养老金，还是高龄补贴，折子上都有存入和取出的数字，加起来

母亲的升子

每年都有九千多元。我说："钱不都在折子上吗？存入、取出、余额，每笔清清楚楚，怎能说没见到一分钱呢？要凭事实说话，不能信口开河。"看到老龚低下了头，我默默地离开了。

今年春节前夕，我进村去看老龚。他说，床上的被子太薄。我急忙和驻村工作队来队长想办法，当天下午就把棉衣、棉被给他送到家里。春夏时节，我多次进村入户，去看老龚，见不着人影，也不知道他干什么去了。有天终于见到了，他劈头就问："你今年咋来得少了？忙啥呢？"我说："我每月都来，你总是不在家，不知你去了哪里？"他说："我经常外出云游，一走就是好几天，你当然找不到我了。"中秋节前夕，我去给他送月饼，还是关门上锁，见不到人，我们回去了。过了几天，我再去看他，门还是锁着，见到楼下有位老人，我说把月饼挂在老龚大门的拉手上，请他回头见到老龚给说一声。老人愤慨地说："你们操心他干啥呢？这老东西从小好吃懒做，招摇撞骗，偷鸡摸狗，打架斗殴，外出跑了几十年，到头来还是没有学好，说假话，作践人，不成体统。"我急忙制止他再说下去："算了，不说了，毕竟是风烛残年的老人了，我们要宽容他，关爱他，让他在晚年感受到社会的温暖。"老人说："现在的政策太好了！干部太苦了！把有些人都惯坏了！"

关于老龚，我想了很多，他是政策兜底户，两不愁三保障是不成问题的，加之是我在联系他，该做的尽量去做，该帮的尽量去帮，该爱的尽量去爱，这些都没有问题。我最担心的是满意度，不知能不能用自己的实际行动，让他对我满意？

（原载于2019年10月13日"旬河浪花"微信公众号）

怀念杜峻晓

那天在网上看到杜峻晓去世的消息,感到十分震惊!在我的心目中,杜峻晓正当壮年,且性情豪爽,身板硬朗,怎么说走就走了呢?

杜峻晓是我结识的记者中最优秀的记者,更是我结识的领导中最优秀的领导,因为他既是人民日报社的高级记者,又是人民日报社陕西分社社长,具有双重身份。有幸结识他,是我人生的幸运;无奈失去他,是我人生的悲哀。

好长时间以来,我一直都在怀念他,时常想起过去与他交往的许多往事来。

几年前的某天,县委常委、宣传部部长王武臣来叫我,说人民日报社陕西记者站站长来了。我急忙和王部长赶到段家河镇弥陀寺村的村口。因为站长说一定要去村里看看,于是我们就选择了316国道边上的弥陀寺村。见面后,站长自我介绍:"人民日报社陕西记者站原站长孟西安退休了,我是总社派来的新站长,叫杜峻晓,以后就叫我老杜吧。"说完哈哈大笑。他还说自己刚来西安,情况不熟,这次来主要是熟悉情况,顺便了解基层对《人民日报》的建议和意见。我们带他采访了村里的圈厕沼一体化循环农业,走访了部分养殖大户。初次接触,老杜给我留下的深刻印象是:性格开朗,平易近人,为人随和,作风扎实,丝毫没有

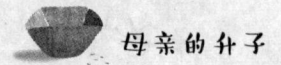 母亲的扑子

"官架子"。

老杜走后,我按照他名片上的电子邮箱,给他发去一篇稿子,没想到当晚就在人民网上发表了。我非常高兴,因为能在人民网发稿就是旬阳宣传上的突破。后来,我们又发过去不少稿件,有的发表在《人民日报》,多数发表在人民网,极少数发不了的,老杜都要说明原因,从这些事情中可以看出,老杜对人对事很认真,够朋友。

我们和老杜交往一年多了,有天王部长说,老杜这人不错,自从认识他后,旬阳对外宣传工作实现了质的飞跃,提议去看看他。到西安后电话联系,老杜很热情,说他在办公室等我们。当时的人民日报社陕西记者站还在老地方,是租用别人的房子。老杜很健谈,见面就问《人民日报》在基层的发行工作有什么问题。王部长说,没问题,只要报社和网站多给基层发些稿子,发行的事本身就是我们的工作,不用站长操心。老杜大笑说,王部长说得真好!老杜还向我们谈了筹建人民日报社陕西分社和人民网陕西频道的许多想法。

这年的陕西省党报党刊发行工作电视电话会议,我们和老杜又见面了,只不过他是在西安的主会场发言,我们在旬阳的视频会议室里收听。老杜的发言时间很短,讲话很风趣,他说:"安康市旬阳县委宣传部的王部长讲得很好!道出了基层宣传干部的心声,只要我们把报纸办好,把基层的稿子发好,发行是没有问题的,拜托大家了!"这年,旬阳县首次超额完成了《人民日报》发行任务。

又过一年,我和县委通讯组组长王元辉到西安去找老杜。看到人民日报社陕西分社大楼已经建起,人民网陕西频道也已上线,我心情很激动,从内心深处对老杜赞叹不已,觉得老杜是一个很有魄力的人,更是一个大刀阔斧创事业的人。我们这次是带着任务去的,当时县上正在宣传党的义

务宣传员黄世和的先进事迹，急需人民网和《人民日报》这样的权威传媒的大力推介。老杜说，《人民日报》对典型宣传很慎重，他要对我们送去的材料认真研究。我们回到旬阳的第二天，老杜就打来电话，说这个典型不错，需要我们再补充一些材料，提供一些照片，他要对稿子进行深加工。几天后，人民网和《人民日报》先后发出了介绍党的义务宣传员黄世和先进事迹的通讯。随后，中宣部发出通知，要求各级主流媒体集中宣传报道黄世和的先进事迹，作为重大典型在全国宣传推广。

科学发展观学习实践活动开始了，县委抽调我担任学习实践活动办公室副主任，兼任宣传组组长。县委对活动的宣传高度重视，要求在权威传媒有所突破。我感到压力很大，请求老杜帮忙。这时，老杜已是人民日报社陕西分社社长和人民网陕西频道总编辑了。记得当时陕西各县在《人民日报》和人民网上稿很难，但是对旬阳却敞开绿灯，只要是我发过去的稿子，经老杜修改后几乎都能发表，学习实践活动短短的几个月，旬阳县在《人民日报》和人民网发稿多达三十余篇，得到中央、省、市学习实践活动领导小组的充分肯定，成为学习实践活动典型。县领导对这次活动的宣传工作高度评价，这主要得益于老杜的大力支持。

后来，老杜突然不再发我的稿子了，令我大感不解。郁闷一段时间后终于弄清了原因，原来是老杜对我太信任了，凡是署我名字的稿子基本都用。可惜的是，我身边的某些同志，写出稿子竟然没有征求我的意见就搭上我的名字发给老杜，这样的稿子发表之后质量出了问题，老杜受到了牵连，从此老杜可能对我产生了误解，或者对我的人品有了怀疑，不再受理我的稿子了。

事后，我曾多次想对老杜解释，但总是未能开口；我也曾想到西安去找老杜，当面解开两人心中的疙瘩，但也未能成行。我觉得人生信任二字

母亲的升子

要倍加珍惜，丝毫不能亵渎，既然亵渎了人家的信任，就是千言万语也无法解释清楚，只有等待时间和事实来验证。可惜的是，老杜却在55岁的年纪突然离开人世，给我留下了许多遗憾。

（原载于2014年1月29日作者新浪博客）

第四辑

随笔

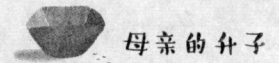 母亲的补子

彼岸花开

那年冬季，我们到三妹家串门。兄弟姐妹围着火炉烤火，我在房前屋后转悠，发现院坝坎边有盆绿色植物，叶子很像韭菜，但比韭菜茂密葱茏，好大一堆挤在一起，非常可爱。我问妹夫这是什么花儿，他说不知道。离开的时候，我想要那植物，妹夫取来塑料袋，将植物连根带土装进袋里送给了我。

到了小妹家，她想让我将植物分出一半给她。我说回家后用两个花盆分开来栽，等到长好快要开花时再给她送来。其实，我是不想给她，找个借口罢了。

没想到这植物生命力极强，数九寒天了不见枯萎，越长越绿。我想，这可能是一兜儿四季常青的小叶兰草，只要好好养护，很快就会开花的。

冬去春来，这盆值物长得还是那样绿绿葱葱，我精心为它松土、施肥、浇水，希望它快快开出美丽的花朵来。这时，阳台上的其他兰草花开了，杜鹃花开了，栀子花也开了。可是，从妹夫家要来的这盆绿草却迟迟不见开花，眼看春天快过去了，也没见它开出一朵花来。

夏季到了，我想这盆绿草可能要开花了吧。看着看着，它不仅不开花，而且好像得了病，叶尖开始发黄。我以为是它经受不住夏日暴晒，急忙将它从窗外搬回阳台一角的阴凉处。就是这样，也没有改变它枯黄死亡的命运。

我准备等到来年开春,到街上买回两株花苗,或者问谁要来两株花苗,栽到那两株植物已枯死的花盆里。之后,我对它逐渐淡忘了。

秋天来了,天气慢慢转凉。这天我到阳台拐角处去取皮鞋,准备换掉脚上的凉鞋,意外发现那两个废置的花盆里竟然冒出了嫩芽。我惊奇地对妻子喊:"快来看呀!干死的花发出了新芽!"妻子也说出了怪事了。

我小心翼翼地清理枯枝败叶,并松土、浇水,然后将花盆重新移到阳台上,让新芽享受阳光雨露的滋润。

一天、两天过去了,新芽全部出土了。这时我发现那不是叶芽,而是花茎和花蕾。花茎越长越高,花蕾越来越大,好像一排排的细竹笋,随风摇曳,煞是喜人。记不清是哪一天,花蕾舒张开来,颜色鲜红,花蕊突出,花瓣反卷,抱成一团,交织成片,俨然一盆大火球,好看极了。

我按捺不住激动的心情,照了一组照片,发到微信朋友圈,留言:"谁能说出花名,有奖!"一下子引来许多好友关注,有的说是"老鸦蒜",有的说是"蟑螂花",有的说是"彼岸花",还有的说是"曼珠沙华""曼陀罗花""舍子花",等等。

好友说法不一,那么到底是什么花呢?我去请教花卉专家。专家对我说:好友的说法都没错,一种花的不同叫法而已。通俗地讲,这种花应该叫"彼岸花",因为花开时看不到叶子,有叶子时看不到花,花和叶两不相见,生生相错,所以叫"彼岸花"。停了一会儿,他又给我讲了下面这个动人的故事:

彼岸花是佛经中描绘的天界之花,传说守护彼岸花的是两个妖精,一个是花妖曼珠,一个是叶妖沙华。彼岸花花叶同根,却永不相见。花妖和叶妖守护了几千年彼岸花,可是从来没见过面。花妖和叶妖疯狂地想念着彼此,并被痛苦折磨着。在一年的七月,曼珠和沙华违背了神的规定偷偷地见了面。那一年的七月,彼岸花大片大片,鲜红如血。神怪罪下来,把曼珠和沙华打入轮回,并被永远诅咒,生生世世在人间遭受磨难,不能相

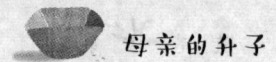 母亲的升子

遇。从此,彼岸花也叫曼珠沙华,是开放的天国之花。

听完故事,我深有感触。我觉得,彼岸花能在佛经中有所记载,很是神秘,它那花叶轮回生长开放的过程,本身就是一个传奇。

我那两盆彼岸花盛开之后,开始凋零,果真又从花茎根部生出许多新芽,随着叶子长大,花茎渐渐枯萎,整个花盆都被绿叶覆盖,这时冬季已经快要到来。

后来听人说彼岸花有毒,最好不要放在家中。我想是不是彼岸花太漂亮了,那些护花使者担心它被伤害,故意说出此话吓唬人的。不管怎样,我养花是从来不会折花的,有毒无毒与我关系不大。

还听人说彼岸花是阴界之花,放在家中对人不好。但我觉得,它生在人间,长在人间,开在人间,给人间带来美的享受,放在阳台供人欣赏,没有什么不好。我不相信传言,只相信自己的眼睛。五六年了,那两盆彼岸花还在我家阳台,花落花开,越开越旺。

(原载于2017年第12期《散文选刊》下半月)

人生三趣

书趣

我爱读书，纯属兴趣。业余时间如果离开阅读，我的生活就索然无味。

小时候，我主要读些小人书，村里人家的小人书，我都借来读过，就连那些贴在墙上的连环画，我也基本看过。小学老师看我对书如此着迷，就借给我一本课外读物《明天的科学》，尽管读得似懂非懂，但对开启我的思维帮助很大，至今记忆犹新。

随着年龄增长，阅读的兴趣越来越浓，读书的范围越来越广。学校的图书室是我常去的地方，借书和阅读是我课余时间的主要任务，如果借到一本好书，就像得到宝贝那样高兴。步入社会了，能挣钱了，我就开始买书和藏书，朋友知道了我爱书的嗜好，送给我的礼物基本都是书籍，像《二十四史》《莫言全集》《资治通鉴》等，都是朋友送的。

女儿是个有心人，她从中学开始就给我借书，她知道我爱读文史哲方面的书籍，每次从学校图书室借回的书籍，不是文学名著，就是历史人物传记。比如，《茶花女》《简·爱》《巴黎圣母院》《悲惨世界》《假如给我三天光明》等小说，就是她在中学时代曾帮我借的。今年暑假，女儿给我买回美国人著的《全球通史》，我读完了，眼界开阔多了。前不久，女儿到北京参加竞赛，打电话来，说给我买了人民大学出版社出版的《中国文

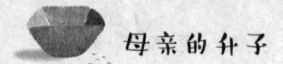 母亲的朴子

学史》，使我激动了好一阵子。女儿也爱读书，凡她借的书，或者买的书，都是她先读，然后送给我读，我们边读边交流，其乐融融。

当然了，我的藏书，大多数还是我自己买的。每到周末，我都要到小县城的新华书店或者教育书店转转，主要看有没有新书和好书，有了就买下来。到安康或者西安，我都会忙里偷闲到书店看看，买些自己需要的书籍回来。如果不是太忙，我每天都会阅读。时间长了，书就多了，放不下了。我就找些纸箱，把读过的或暂时不读的书籍装起来，塞得满屋都是。这样，需要阅读时找书就很麻烦。那时，我多么想有一间自己的书房啊！可是当时家境困难，始终未能如愿。直到2008年女儿考上高中后，我们才东挪西借买了一套房子，给我安排了一间书房。但是，书柜是在2014年我家被命名为"首届全国书香之家"时，才购置的。

当宣传干部的那些年，我熟读新闻写作知识和宣传工作理论，工作起来得心应手。假如没有阅读奠定基础，要写出那么多的新闻稿件和理论调研文章，是根本不可能的事情。当组工干部和人大干部这些年，我系统学习组织和人大业务，工作成绩可圈可点，这些都与读书学习密不可分。尤其是在业余时间，我阅读了大量的文学书籍，方才写出了那些文学作品，发表在各级报纸副刊和文学期刊上，成为当地小有名气的散文作家。看来，阅读在增长知识和提高能力方面，其潜移默化的作用是不可估量的。

当今社会是一个喧嚣的时代，人们普遍浮躁，作为身处其中的凡人，我也浮躁得很，有幸的是我有阅读的习惯。读书能修身养性，净化心灵，提升境界，陶冶性情，让浮躁的心灵归于安静。每当浮躁的时候，我都会静静地读书，慢慢地注意力就集中了，心情就平静了，思想就进入到远离凡尘的书海世界，与哲人交流，与伟人对话，与那些真善美的灵魂发生碰撞，其美妙的感觉自不待言。

人生如夜行，总有一盏灯在照路，这盏灯就是书。回顾我所走过的人生道路，有困惑，有迷茫，有挫折。每当这些时候，是读书梳理了烦乱的

心绪，抚平了创伤的心灵，指明了迷失的方向，鼓起我生活的勇气和追求的希望。

自小以来，我都是一个有理想、有志向的人。然而，生活的重压，仕途的艰难，世俗的凶险，带来很多人生的不如意，我曾经看不透想不通。经的事多了，看的书广了，我慢慢看透了，也想通了。其实，人世间的那些名，那些利，那些情，都是身外之物，生不带来，死不带去，该你的自然要来，不该你的求之无用。唯有踏踏实实做人，堂堂正正干事，安安静静读书，才是人生的真谛。

茶趣

我原本不喝茶，一位开茶叶店的老板说，你不喝酒、不抽烟、不跳舞、不唱歌，爱好太少，那就喝点茶吧，好处多多。

喝就喝吧，反正没有害处。由于对茶叶不懂，所以见啥茶就喝啥茶，扳起指头一算，喝茶的时间一晃二十多年，喝过的茶叶也有二三十种。

说来也怪，喝着喝着，我就爱上了喝茶，而且越喝越爱喝，越喝越有味，以至于达到了生活中离不开茶的地步。

萝卜白菜各有所爱，尽管茶叶种类很多，但我还是喜欢喝绿茶，若要排出个次序，第一是紫阳毛尖，第二是西湖龙井，第三是安溪铁观音。这并不是说其他品种的茶叶不好，主要是自己的口味偏好而已。

我生活在陕南秦巴山区，或许是被这里的青山绿水感染的缘故，一生喜欢绿色，就连喝茶也喜欢绿茶。那种被沸水刚刚泡开的绿茶，茶叶在水中上下浮沉，绿茶与绿水相濡相融，透明清亮，嫩绿可人，水汽袅袅，清香扑鼻，仿佛春天的早晨太阳初出的时候，陕南山水那种百草吐绿和清新自然的模样，不喝就已经醉了。

喝绿茶只能慢品不能牛饮，如果一口一杯地那样牛饮，是喝不出味道来的。只有一次一小口，慢慢品尝，方能品出其中的滋味，那种清香滋润

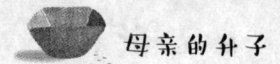
母亲的补子

的感觉滑过咽喉，进入胃肠，令人神清气爽，周身通泰。

每天早晨上班的第一件事，我就是泡一杯绿茶，喝上几口，一天都是身心愉悦。遇到周末，起床后，我先是打开阳台的玻璃窗，让阳光和花香飘进室内；再是烧沸一壶清水，泡开一杯绿茶，品上几口；然后走进书房，翻开书。阅读、品茶、赏花，那种幸福美妙的感觉，只可意会，不可言传。

品茶是有讲究的，我总结出了五要素：好茶，好水，好杯，好环境，好心情。第一，是茶叶要好。只有好茶叶，才能泡出好茶水。第二，是水要好。那天我买了点茶叶，说是清明前最好的紫阳毛尖，但是泡出来有些浑浊，颜色不亮，口感不好，我怀疑上当受骗，后来发现单位用的自来水漂白粉过重，水质不好，换用纯净水和山泉水泡茶，结果一下子泡出了色香味。第三，是杯子要好。同样的茶叶和开水，不同的杯子泡出来的茶水颜色和口感差异很大，一般情况是瓷杯和玻璃杯泡茶好些，纸杯和塑料杯泡茶差些。第四，是环境要好。那天我用好茶、好水、好杯泡了一杯茶水，看来看去觉得颜色不对，端到另一间房子，颜色竟然一下子绿起来，原来是我先前待的那间房子背阴，见不到一丝阳光，且室内的沙发是黑色的，桌椅和书柜是棕色的，整个环境显得霉气，茶水咋能亮得起来？第五，是心情要好。如果没有好的心情，看啥都不顺眼，又怎能欣赏茶水的颜色和品出茶水的香味呢？

喝茶对身体是有益的，这里我可不是为茶叶做广告，而是自己的亲身体验。不知是我对茶叶特别敏感，还是茶叶真有奇效，只要是晚上喝茶，我就会整夜失眠，这说明茶叶的提神醒脑作用非常明显。于是晚上要写作了，我就喝茶；工作要加班了，我就喝茶；开会要打瞌睡了，我就喝茶，茶叶还真成了随时提醒我和帮助我的好朋友。茶水的利尿排毒作用也不可小视。过去我经常耳鸣，说明我的肾脏有问题，中医不是讲"肾虚耳鸣难听视"嘛。自从坚持喝茶后，耳鸣消失了，排尿也顺畅了。

人生五味"酸甜苦辣咸",茶不在其中,她不酸,不甜,不苦,不辣,不咸,但她又兼具"五味"的各种滋味,她的味叫"淡",平平淡淡,中性温和,清香持久,这才是人间最美的味道。俗话说"人生如茶",最美的人生难道不是像茶一样,平平淡淡,默默无闻,无私奉献,在平淡中追求价值,在价值中诠释平淡吗?

花趣

我对花的喜爱,源于童年。巴山深处的老屋,远望四面环山,近看三面环水,在那自然山水间,四季有花,不由得让人陶醉。

上初中的时候,我的化学老师爱花,教工宿舍门前有一处花园,被她种上各种各样的奇花异草,美不胜收。课余时间,我经常在花园四周转悠,问这问那,我对不少花木品种的了解,就是从那时开始的。有一天,老师送我一包花籽,说:"喜欢就拿回去种下,养花能陶冶性情,很有意思。"我在老家院场前边筑起一处花坛,种上花籽,由于有母亲的精心照料,那年开了好多好多的花儿,好美好美。没想到,这竟然成为我童年的一段美好记忆。

记得那年我十九岁,被分配到旬阳一个边远高寒的乡镇工作,住在单位三楼。我在楼道走廊上摆了不少花盆,养了许多花,可是那些花苗不是枯死,就是只长叶子不开花。调到县委组织部工作后,单位给我安排了一套房子,我又在阳台养了十几盆花,但还是养得不成样子,花苗瘦小枯黄不说,有的看着看着,就结束了那短暂而脆弱的生命。

前几年我买了一套新房,阳台很大,我暗下决心要把阳台建成空中花园。

我一下子弄了三十几盆花,阳台放不下了,就把一部分放在了楼顶。我家住在烟草局家属楼的五楼,楼上就是宽敞明亮的楼顶。那是赏花、纳凉、休闲、眺望的好去处。我的邻居是烟草局职工路师,他是一个性情高

母亲的升子

雅的人，最大的爱好就是养花，他的楼顶被他修成了一个大大的花园，品种繁多，花草茂盛，蔚为壮观。闲时我们经常会在楼顶花园不期而遇，我是赏花，他是浇花。他把楼下家里的自来水管道接到了楼顶花园，安装了水龙头，又在水龙头上接了胶水管，浇起花来十分方便。每次浇花时，他都会顺带把我的那些花浇透。我们在花园中经常聊些养花的话题，从中使我明白了以往养花不成的许多原因。

我有一盆栀子花，买回来时枝叶繁茂，嫩绿可人，枝头花蕾密密麻麻。可是，渐渐地花蕾脱落了，叶子变黄了，好似久病不愈的老人，就是每天浇水和施肥，也无法使它由黄变绿，开出花朵。后来听说，栀子花有两个嗜好，一是喜铁，二是爱酸。有天，我在外边拾回三块锈铁埋到栀子花的根部，又把调面条用的酸菜汤放置几天后浇到花盆里。不久，奇迹发生了，栀子花的叶子开始由黄变绿，后来竟成为绿油油的一疙瘩。同时还生出许多新枝丫和新花蕾，并开出无数洁白的花朵来。我兴奋地把那盆栀子花从楼顶抱下来，放在阳台的显要位置，尽情观赏。花有习性，不同的花习性不同，只有按照花的习性来养它，它才会给你开出微笑的花朵来。我不由得感叹：孔子"因人而异，因材施教"的教育思想，不仅可以用来育人，而且可以用来养花啊！

去年冬季，我的一盆茉莉花被冻枯了。这盆花是我在街上买回花苗栽活的，曾经长得很是茂盛，花也开得好看极了，白得像雪。它的枯死让我感到可惜，又有点生气，放在楼顶不想管它了，每次给花浇水，偏偏不给它浇。可是，邻居路师浇花时总忘不了浇灌那盆茉莉花。他说，茉莉花是木本植物，枝叶枯萎了，根还活着，来年从根部生发的新枝会比过去的老枝更为粗壮。我对他的话不以为然，觉得那盆茉莉花确实枯死了。冬去春来，花园中所有花木发出新芽，可是那盆茉莉花丝毫没有生发的影子，我决定将它连根拔掉，换成其他花苗栽到盆里。路师说，茉莉花发芽迟开花也迟，它发芽在春末夏初，开花在夏秋之间。妻子也让我耐心等等。春天快过完了，奇迹又一次发生了，茉莉花的根部生发了小芽，起初只有一枝，接着有了二枝、三枝……夏天了，茉莉花开了，满树银花，似一堆白雪，煞是喜人。兴奋之余，我陷入了思考，养花也像育人一样，要有耐心和爱心啊！

我曾经写过一篇《移花断想》的散文，说的是我在老城住时，栽了一盆桂花，十年不长大不开花。往新城搬家时，我想把这盆桂花丢掉。妻子说："桂花是能够长成大树的，那个盆子太小，土壤太少，自然长不大开不了花的。"之后，妻子悄悄将它塞到车子一角顺便搬到了新家。听了妻子的话，我如梦初醒。在一个周末，我买了一个大花盆，又到山上挖回一袋沃土，然后把小花盆中的桂花树拔出来重新移栽到大花盆中。有天清晨，我惊喜地发现桂花树上长了许许多多的小花蕾，以后的好多天，满树花开，香气四溢，沁人心脾。花开过后，树身逐渐长出一些新枝来，越长越旺。是呀！桂花是名贵花种，如果将它栽在大自然的土地上是可以长成大树的，并能香飘十里。可是，我们硬要把它栽在那样小的一个盆子里，空间太小了，土壤太少了，养分又不足，又怎能长大开花呢？我不由得又联想到育人，对那些身处"小花盆"中的人才，我们的组织不去关注他，"移栽"他，他又怎么能够释放能量，展翅飞翔呢？

养花自有花中趣。目前，我家阳台已是花的世界，桂花、菊花、兰草花、牡丹花、月季花、茉莉花、杜鹃花、海棠花等名贵花种，应有尽有。每天清晨起床，我首先跑到阳台仔细观赏，每次都有新发现，不论是生发新芽，长出新叶，还是结出花蕾，开出花朵，都会令我神清气爽。每天下班回家，我第一件事就是来到阳台浇花、护花，心中的幸福滋味实在是无法形容。闲暇时，泡上一杯清茶，端来一把藤椅，翻开一本新书，悠闲自在地坐在阳台读书，蓝天相依，花香做伴，那种感觉真是妙不可言，人生的惬意和享受莫过于此啊！

母亲的升子

（《书趣》原载于2015年12月6日《陕西日报》，原标题为"人生如夜行，总有一盏灯在照路"；《茶趣》原载于2015年第5期《旬阳文艺》杂志；《花趣》原载于2011年7月24日《陕西日报》秦岭副刊，2012年第1期《散文选刊》下半月转载）

旬河浪花

我从二十岁参加工作开始，就生活在旬河岸边，至今已有三十余年。

旬河发源于秦岭垭南侧的旬山，流经柞水、镇安、小河、赵湾，在旬阳太极城东门外汇入汉江。

这里提到的小河，就是我走向社会的第一站，我在那里工作了十年。这里提到的太极城，就是旬阳县城，我在此地工作了二十年。不论是小河，还是太极城，都在旬河之滨，秦岭之南。

旬河是旬阳人的母亲河，我对旬河更是情有独钟。为了记住旬河，赞美旬河，传播旬河，我将自己的第一部作品集取名为《旬河浪花》。我还将个人微信公众号注册为"旬河浪花"。

说起旬河，我就会心潮起伏，尤其是旬河水中泛起的朵朵浪花，陪伴我走过无数人生的风风雨雨，留下了美好的青春记忆，定格了追求奋斗的人生足迹。

记得刚到小河的那些日子，人生的理想与现实的环境形成了巨大的落差，加之事业上的挫折，生活上的打击，使人深感前途渺茫。于是，我拿起笔来写作，可是辛辛苦苦写了一年，六十多篇稿件竟然没被采用一篇，我彷徨了。每天晚饭之后，我会独自一人走到河边，望着流淌的旬河发呆。

不管我是多么忧愁，也不管我是多么沉闷，旬河总是那样和蔼慈祥。

母亲的斗子

看着清澈的河水舒缓流淌，微波荡漾；看着河里的鱼儿来回游弋，水草摇晃；看着卵石与水嬉戏，欢歌笑语，浪花朵朵，我烦乱的心绪得到洗涤。

这天邮递员送来报纸，我还是没有找到自己的名字，但却意外发现了"小河"的名字。我清楚记得那篇通讯稿的标题是《小河水里泛起了大浪花》，作者是工人日报某记者，内容是介绍小河粮管所所长雷绍斌，在企业举步维艰之际，调整思路，改革创新，使企业起死回生的先进事迹。

这篇文章使我深受启发，雷所长让小河水泛起了大浪花，难道我就不能让小河水泛起小浪花吗？我觉得，人生如果平平庸庸，泛不起一朵小小的浪花出来，那还有什么意义呢？一篇文章使我顿悟，一条河流让我开窍：人生好比旬河，天天流淌，只有像旬河那样，生生不息，浪花朵朵，这样的人生才能出彩。

在以后的日子里，不管阴晴圆缺，任凭风吹雨打，我总是一边工作，一边写作。积沙成堆，积水成河。二十多年下来，我发表的新闻作品多达千余篇；我的工作岗位也由小河调整到旬阳报社、县委宣传部、县委组织部、县人大常委会办公室。

2008年，单位同事再三鼓励，让我出一本集子。于是，我将曾经发表过的新闻稿件筛选一百篇，编印出版了《旬河浪花》。我在这本书的后记中写道：新闻是历史的瞬间，浪花是流水的瞬间，写作是人生的瞬间。我所从事的写作以及我所走过的人生之路，也仅仅是历史长河中的一朵小小浪花而已，书的定名寓意于此。

去年，单位同事对我说：你写了那么多稿子，应该开个微信公众号，向外推介分享。于是我请朋友帮忙，他问注册什么名字，我脱口而出：旬河浪花。因为前边那本《旬河浪花》是新闻作品集，这个旬河浪花微信公众号，我想专发原创散文随笔，是新的文体，新的起点。

我用"旬河浪花"作为个人微信公众号的名字，主要基于三点考虑：一是我对旬河的爱，想让更多的人知道旬河，热爱旬河；二是我对自己的鞭策，想让自己的人生像旬河那样，天天泛起浪花；三是我对自己的反省，做事要低调。就像《旬河浪花》后记中写的那样，我所做的一切努力，仅仅是历史长河中的一朵小小浪花而已，既不是河流，也不是山川，更不是大厦，没有什么值得骄傲和炫耀的地方。

旬河浪花，我的旬河，我的浪花。我要让我的人生如旬河，奔腾不息；我要让我的生活有浪花，永不沉寂。

（原载于2017年9月23日"旬河浪花"微信公众号）

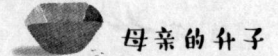 母亲的朴子

小院风景

　　我是2008年8月住进小院的,在这之前我一直住在老城的衙门口。当时,女儿在老城上初中。快毕业时,我们想在离旬中较近的新城菜湾买套房子。说来事有凑巧,有天我在街上闲转,遇到在县烟草公司上班的老同学,问他是否有旧房,他说有,问他卖不卖,他说卖,随即成交。

　　搬进新买的房子,我高兴得不得了。这个小院是烟草公司家属院,前面是单位办公楼,其他三面是三栋家属楼,中间围成一个小院,前后都有门卫。小院不大,中间有鱼池和花园,鱼池里有金鱼和睡莲,花园里有花草和树木。小巧精致,干净清爽,环境幽雅,确实是宜居的好地方。

　　时间过得真快。转眼间我在这里住了十年。回顾这些年,生活是那么平静,日子是那么舒心,关系是那么融洽,好像悠悠汉水每天在那里荡漾,波澜不惊。我们常年在院子出出进进,平淡而又平凡,以至于忽略了邻里,忘记了时间,竟然不知道这就是人生最美好的春天。

　　人往往就是这样,眼前的幸福视而不见,因为这样的温馨已经化为阳光和春雨,融进我们生活的瞬间,司空见惯。

　　在老城的时候,住在五楼,浇花将水洒落楼下,曾经受到责骂。搬到新城,还是住在五楼,每次浇花,总是提心吊胆,害怕掌握不住分寸让水滴到楼下。有天心里高兴,忘乎所以,浇水过量,几个花盆同时滴水,弄湿楼下不少花盆。我听见响动,看到人影,急忙道歉,说我不是

故意的，以后定当注意。没想到楼下的房主态度和蔼，笑容满面，连说没关系，还说他浇花也经常将水滴到楼下，反正都是花，浇的都是水，不管谁浇都一样。我如释重负，以后每次浇花再无顾虑。后来我发现，小院的阳台，家家养花，户户浇水，相互谦让，处处弥漫着花的喜悦，人的笑脸。

我的邻居姓路，养花专家，他在楼顶建有花园，奇花异草，应有尽有，每到春暖花开，花蕾绽放，四处飘香。每逢双休，我会泡杯热茶，拿本新书，端来小凳，坐在楼顶看书。坐得久了，站起身来，伸伸懒腰，甩甩双臂，踢踢双腿。在花园漫步，与路师傅交谈，一边沐浴着阳光，一边享受着花香。在路师傅的熏陶下，我也将阳台放不下的花搬到楼顶，成为他家花草的邻居，受到他的精心呵护。

我在小院经常看到一个熟悉的身影：高高的个子，端正的五官，齐整的着装，慈祥的笑容，他不是在院子东头拔草，就是在院子西头弄花。整个院子在他的侍弄下，干净整洁，四周是花。我问家人，这是谁呢？家人说这是一位退休老教师，姓刘。我觉得刘老师是爱美之人，兴趣高雅。他爱小院，爱这里的一砖一瓦，一草一木，他的所作所为，纯属性情使然，自觉自愿，令人对他肃然起敬。这天，我和刘老师说话，他很高兴，将院墙下花盆里的辣椒摘了一捧给我，说太多了吃不完。刘老师对小院的每个人都熟，见面了都会笑着打招呼。在他的启发下，我也和院子许多人熟悉了，见面主动打招呼。院子里的人，不论是老人，年轻人，还是孩子，见了我都会主动打招呼，点头微笑，使人心里热乎乎的，很舒服。

小院从来没"事"，就是有"事"也会消除在萌芽中，因为住在小院的人们，都懂得理解，懂得谦让，懂得宽容。发生在我身上有这么两件事。一是丢衣服事件；二是漏水事件。有天晚上下班，家人上楼收衣服，发现有件衣服不见了，非常生气，让我站在楼下去喊，问谁收了我们的衣

母亲的扣子

服。我说不能大声地喊，住在小院的人们素质很高，肯定是收错了。于是，我写了一张字条，贴在楼上，说如果有人收错了衣服，请放回原处。第二天，我上楼去看，衣服还在那里晾着，家人笑着说，小院的人真好！还有一次，我家马桶坏了，我把水管的总闸关了，然后请人来修理。马桶修好后，我又把总闸全部打开，直到拧不动为止，然后外出散步去了。再次回到小院，遇到住在里面的一位阿姨，她悄悄对我说："对面楼上有家水管爆了，屋里漏成了河，这是你把总闸开大了造成的，院子的水管压力大，水力猛，总闸只能开到一半，不能全开。"我问："咋办呢？"她对我说，"你亲自上门说明情况就没事了。"我不敢相信，屋子流成河，说一句话会没事吗？我硬着头皮上楼，敲开那家的门。出来的是女主人，我急忙道歉。没想到人家不但没发脾气，而且面带笑容和我说话："没事，这些水管时间长了，不经用了，总是要换新的。"我下楼来，心里很感激，多好的人啊！

有天，院子来了一只流浪狗，这只狗的腿部受伤了，孩子们正在那里为狗包扎，还拿出食物喂它。听孩子们讲，小狗被车撞伤了，肇事车辆逃跑了。他们看到狗好可怜，就把狗弄进院子，清洗照顾。以后每天，孩子们轮流喂狗，大人们也支持孩子，加入喂狗的行列。这些举动，令人好生感动。动物是有感情的，尤其是狗。这只狗爱上了孩子们，爱上了小院，爱上了我们，它哪里也不去了，竟以小院为家了。每次我们回来，它都摇着尾巴迎接。每次我们出去，它都跟在身后送走老远。于是，我们也经常带着食物喂它。在它心里，小院是世界上最好的地方，最温暖的家。

十年了，小院是那么和谐，那么完美，那么清静，那么让人心情舒畅。我是作家，深入生活，记录生活，是我义不容辞的责任，可是，在我写作的那些散文随笔中，竟然没有一篇关于小院的文章，不能不说是一种遗憾。我多次想写小院，但无从下笔，因为小院太平凡了，没有任何事情，常年风平浪静，就像乡村的田野，春种秋收，四季轮回，用它的乳汁滋养人们，而我们却无视它的存在。其实，我们每个人，谁又离得开收获的田野？谁又离得开和谐的小院？它们的安静和文明，何尝不是一道风景呢！

（原载于 2019 年第 1 期《耕耘》杂志）

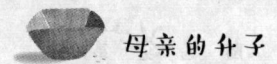 母亲的升子

时间从办公室溜走

应该说,办公室的工作是很忙的,时间是不够用的,根本没有多余的时间让它溜走。可是,就有那些无聊的人,说着无聊的事,占用着你大量的工作时间,让你心急火燎,却丝毫没有办法。

这是一个天气晴朗的早晨,朝阳透过窗纱洒进屋内。我刚坐在办公桌前准备工作,那位老同志又来了。他是来找陈主任闲聊的,不巧主任不在,我就在办公室里接待了他。他想喝茶,我就给他泡茶;他要抽烟,我就给他发烟;他爱闲聊,我就陪他闲聊。

他说的话都是多次说过了的,他讲的故事也是重复讲过了的。八十多岁的人了,记忆力还是那么好,对那些往事记忆犹新,有时还很激动。那天,我手头的工作很多,厚厚的文件需要批阅,会议的材料需要修改,机关的工作需要安排。可是,他在和你谈话,你又不能不耐着性子去听。就这样,时间从办公室里悄悄溜走,一秒又一秒,一分又一分,一时又一时。到头来,一个上午什么事情也没做。

有次他来,在与他深入交流后得知:退休前,他只会工作,没有爱好;退休后,没有了工作,其他什么也不会,心里着急,一急就要找过去的熟人聊天。岂不知,在岗的熟人各有各的事情,哪里有多余的时间听人闲聊呢?

还有一种人,说话没有重点,明明一句话就能说清楚的事情,他却要

滔滔不绝说上几个小时。这种人来了，机关的人们都有点害怕，谁遇上他，谁就得陪他一个上午，或者一个下午，陪得人腰酸背疼，心烦意乱。

另有一种人，多是反映情况的。一件简简单单的事情，一句陈述就能表达清楚，一次答复就能说明白。可是，他硬是要一次又一次地前来旧事重提。有些事情明明不在理，他却把那些鸡毛蒜皮的细节一次又一次地描述给你，绘声绘色，不厌其烦。

大千世界，无奇不有，同样是人，为何差异如此巨大？有的沉默寡言，有的海阔天空，有的生怕干扰别人，有的专门影响别人，几乎每天我都要为此劳心伤神。

时间浪费得越多，越感到时间的珍贵。于是，我就想尽办法弥补，八小时之内提高效率，加快进度，八小时之外加班加点。因为那些工作不去做，就在那里等着，日积月累，越累越多。

我曾经去过某学者的办公室，他在客人对面的墙上贴有一张字条："闲谈不过五分钟。"很是醒目。我内心有点紧张，担心说话超过时间，边说边斜着眼睛看表，结果三分钟完事。这件事给我留下深刻的记忆，先前觉得那位学者有点不近人情，现在看来，学者自有学者的苦衷啊！

我真的希望人们在工作之余要培养兴趣，不至于退休之后变得无趣；还希望那些到办公室说事的人们，能够切中要害，抓住重点，千万不要浪费了别人的时间，毕竟时间对一个人来说是宝贵的，切记珍惜！

（原载于2015年6月17日中国散文网）

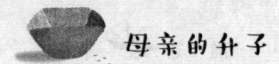 母亲的抃子

那一次次感动催我前行

饭后行走,边走边停,沿途观景,这是我多年养成的一种习惯。办公室待的时间久了,下班后散散步,活动下筋骨,放松心情,身心与自然零距离接触,享受大自然的恩赐,这样对身体或许大有好处。

这天午饭后,阳光和暖,我来到离单位不远的广场溜达,一位七八十岁的老大爷像久别重逢的亲人,一把拉住我的手,只见他面容清癯,满嘴的牙齿剩下的没有几颗了,笑呵呵的样子很是可爱。他对我说:"你的散文写得很接地气,有浓浓的乡土味,读起来过瘾。"他还告诉我,那天他带孙子到太极城新华书店看书,猛然间发现了我新出的乡土散文集《留住乡愁》,就毫不犹豫地买了一本,回家后就放不下,连夜一篇不落地读完了,越嚼越有味。听了老人一席话,我备受鼓舞。人是需要鼓励的,作家的辛劳也是需要肯定的,一句句中肯的鼓励坚定了我的信心,化作无穷的动力催我前行。

那天晚饭后,我照例陪妻子环城散步,走到小河北人行步道木桥的地方,又被一位老者叫住了。他说:"你是赵攀强吗?原来读过你的散文,但是对不上号,前不久看到电视上介绍你的《留住乡愁》,才记住了你。"他还告诉我,他女婿在乡镇工作,有我的多部散文集。他闲来无事,反复阅读,觉得写的都是乡村的事,身边的人,感到很亲切有味,并说这样的散文才是真正的乡土散文,倾注着人文情怀。听了老者的话,我深受感

动。我用手机记下老者的姓名和联系方式,并告诉他,下次新出书籍一定奉上一本,请他批评指正。正是有他这样的读者和热心人,才是我们写作的不竭源泉和战胜困难的动力,催我奋力前进。

书生别无他好,也没有别的特长,就是喜欢业余时间读读闲书,舞文弄墨。大学毕业二十多年了,读书和写作自然成了我最大的业余爱好。我相信,百无一用是书生就是说我的。有时候,读书写作烦腻了,也想打退堂鼓,但是一想到前辈、朋友和家人的不断鼓励,特别是朋友的支持、读者的鼓励,又不由得使人信心倍增。工作再累,生活再苦,也割舍不下读书写作,扪心自问除了写作,自己还能干好什么呢?

有天文化馆的舞蹈家、馆长袁彩娥对我说,安康群艺馆的戏曲家、书画家王保先生,年已古稀,是咱旬阳人,看好我写的散文,希望得到我的散文集。我不敢怠慢,及时托人送去我的散文集《秦巴放歌》和《太极城絮语》。不久,王老先生给我发来短信说:"看了你的散文集,觉得很不错!文艺之路犹如做饭,现在你只是把米做成了饭,如果把米做成酒,那就成功了。坚信你一定能行。"反复品味王老先生这段话,意味深长,颇受启发。我以前在基层写新闻,消息、通讯和报告文学都进行了尝试,也小有收获。对于散文写作,虽然有扎实的生活根基,但仍然显得稚嫩。在文学创作的路上,正是有王老先生这些支持者的关注,使我永远在山路上探索,成为一个不停跋涉的攀登者。

岚皋县散文作家、文友黄开林先生著作颇丰,我每读其文获益良多。青年作家、挚友梁真鹏与我共事多年,我们惺惺相惜,每次见面总有说不完的话题。这两人都对我提及安康文学界的前辈张胜利先生,并说张老师曾经多次在闲谈中提到过我,看好我的某些篇章,他们建议我抽时间拜会张老师,听听他的指点批评。张老师于20世纪80年代初即享誉安康文坛,他的评论更是独树一帜,能得到他的真心批评也是人生一大乐事。丙申春市人代会期间,通过真鹏君引荐,我见到了仰慕已久的张胜利先生。他头戴一顶鸭舌帽，步履矫健，精神矍铄，根本看不出已是古稀之年。他倾听了我写作上的困惑，并与我交流了许多悬而未决的问题，赞赏我一门心思地单纯创作的态度，以及不停探索的勇气。但是，艺术思维和语言欠妥，新闻类的思维尚未完全转换过来，需加以改进。这些谆谆教诲令我受益匪浅，自当为我以后创作的金科玉律。

人们称我为乡土散文作家，那是大家抬爱。其实，我知道，自己充其量只是一个业余爱好者而已，实在愧对作家的头衔。我之所以写了家乡的许多文章，没有框架，没有章法，随心所欲，想写就写，只是怀念故土以"关注古老村落状态，讲述故乡家乡故事，重温世代相传祖训，寻找传统文化基因"，展现传统村落优美和谐的自然环境，独具特色的乡土之物，挖掘深沉丰厚的文化积淀，纾解游子浓浓的乡愁而已。至于语言平淡，作品粗糙，文采欠佳，写作技法仍然稚嫩，这些当是我在大家的关爱声中，需要不停改进的地方。

感谢一路有您！我是一个生活认真和认真写作的人，我的散文记录的是真实的生活和真实的感情，反映的是真实的社会和真实的思想。我还是一个把写作当作使命担当，当作生活一部分的人，就像每天需要吃饭穿衣一样，不管饭菜质量如何，衣服的颜色如何，每天都是要吃要穿的。如果拙作有人喜欢，哪怕是一篇短文只有一个人爱读，有所共鸣，那就是对我额外的奖赏了，都会让我感动不已，激动半晌。您的一句赞赏或者批评，都是催我前进的暖暖动力，正是这一次次感动，激励我不停行走，使我对生活倍加珍惜，对写作更加执着，并努力做到一次比一次写得更好！

（原载于2016年7月6日澳门《华侨报》）

读书与写作，让我的人生充满快乐

　　人常说，人生最大的幸福就是快乐。由此可见，要想拥有幸福的生活，首先就要追求人生的快乐。我很欣慰，读书与写作，让我的人生充满快乐！虽然我并不富有，也不算成功；但是，有了快乐，我也就拥有了幸福的生活。

　　业余时间，除了吃饭和睡觉，我没有其他爱好。这样也好，免得步入各种圈子招惹是非，免得陷进娱乐场所被人诱惑。人不可一日无事，无事就要生非。我不想生非，于是就静下心来读书，有了灵感的时候，又爱上了写作。

　　2014年，我家被国家新闻出版广电总局授予"首届全国书香之家"称号；2016年，我又被中国作家协会批准接收为会员。两种业余爱好，竟有幸获得两个"国字号"荣誉，纯属"无心插柳柳成荫"，并非有意而为之。

　　但有些人并不这样认为，时常有人这样说我，难怪你要费尽心思地读书和写作，原来是为了获取名声。还有些人这样问我："加入中国作家协会给不给钱？荣获全国书香之家，奖金不少吧？"这样的问话，让人确实不好回答。置之不理吧，显得不太礼貌；如实回答吧，人家会认为我没说实话。

　　其实，这也不能责怪人家。因为当今社会，人们都习惯用金钱来衡量一切事物。社会上的东西，多数可以用金钱来衡量，这本来没有错。但有

母亲的升子

些东西用金钱根本无法衡量。比如，人的精神和人的幸福与快乐。有钱的人不一定有精神，也不一定有幸福与快乐。

我的阅读和写作，是我生活的一部分，就像每天吃饭和睡觉一样，不论天晴和下雨，也不论高兴或郁闷，饭总是要吃的，觉总是要睡的。如果某天忘记了阅读，或者有了灵感而不去写作，那就会感到精神饥饿，心中空虚，老觉得这天忘记了什么事情，从而失去往日的宁静。

后来，我们家荣获"首届全国书香之家"的称号，而我也成为中国作家协会会员。获得这些荣誉之前，我数年如一日，坚持读书与写作。有了这些荣誉之后，我还会一如既往，坚持读书与写作。就是今生无缘这些荣誉，我还是要坚持读书与写作。因为读书与写作能给我的人生带来快乐。有了快乐，我才会过上幸福的生活。

读书与写作，真的是十分美好的事情，在每天的阅读中，我会远离世俗的喧嚣，克服人性的浮躁，让内心回归平静，去吸收精神的营养，去思考真正的人生，去净化自己的心灵，去追求真善美。在日常的写作中，我会用文字诠释责任和担当，真诚地表达自己的思想。丑的东西就要去批评，美的事物就要去颂扬。对生活有所感悟时，就要去畅想。

著名军旅散文作家王宗仁说，人生可以分为三个阶段：苦乐人生、追求人生、自由人生。苦乐人生为人生的初级阶段，说的是人生下来就要经受苦难，但绝对不能悲观，要苦中作乐，在苦难中经受磨炼，积累阅历，增长才干。追求人生为人生的中级阶段，说的是人在经受苦难之后，要找准位置，有所追求，力求事业有成，实现人生价值。自由人生是人生的高级阶段，说的是人在事业有成之后，要有自由，想自己爱想之事，做自己想做之事，也就是人们常说的干自己喜欢干的事情。这是人生的最高境界。

我喜欢读书和写作，我能够有时间去读书和写作，我可以自由自在地读书和写作，我还可以随心所欲地读书和写作。虽然还谈不上自由人生，更谈不上人生的最高境界，但我在读书和写作中增长知识，陶冶性情，追求快乐，感受自由，这是一件多么幸福而美妙的事情啊！

其实，自己喜欢的事情，每天自由自在地去做就行了，千万不能为自己所喜欢的事情所累，如果这样就会适得其反。就像我的读书和写作，如果因此而累，感受不到快乐，那就没有意思了，与其如此，还不如不做。我最欣赏梁启超的这句话"只问耕耘，不问收获"。人生最大的幸福在于追求和奋斗的过程，并在其中自得其乐，而不在于最终的结果。只要你曾经努力过，奋斗过，追求过，那就无悔人生了。至于有没有收获，那是无关紧要的事情了，因为那些名利都是身外之物。

（原载于2017年9月12日《安康日报》）

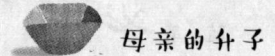 母亲的扑子

华发早生

在我三十多岁的时候，就有人开始叫我老赵了。那天去某单位采访，副局长站起来说："老赵，我敬您一杯。"局长急忙把他的后襟扯了一下，悄声纠正："是小赵。"不知是副局长记性不好，还是我真的很老，没过一会儿，他又开始叫我老赵，令人忍不住发笑。

叫老赵，原因是我面相显老，主要是头发少。此外，还过早地生出许多白发。

我在宣传部工作的那十几年，头发越来越少，白发越来越多，看着看着对不起观众了，我就开始自卑，不愿见人，更不愿参加聚会，怕别人有事没事地瞅着我看，使人难堪。

朋友给我写过一篇评论，说文字掏空了我的心神，卷走了我的头发，真是说到了点子上。那时，我整天写材料，写讲话，写新闻稿，写领导署名文章，白天写不完，就在晚上写，经常通宵。每次熬夜之后，枕头上都会粘上一些头发，洗头时脸盆里也会漂浮一层头发。看着那些"凝结的精血"离开头颅，我常常发愁，担心有朝一日会成为光头。

人生的有些时候，往往令人不堪回首。虽然我白天黑夜地写，绞尽脑汁地写，但还是满足不了领导的要求，经常受到批评。某位领导甚至爱在半夜三更打电话责难，加之平时记者工作的繁难，我真是苦不堪言。那时，工作很是艰难，媒体应对难，报刊发行难，写稿发稿难，人整个麻木

了，精神也很恍惚，晚上时常被梦惊醒，冷汗淋漓。

有一次，我在办公室写着写着就晕倒了。还有一次，写完稿子起身竟然碰得头破血流。再有一次下乡回来走到县城，却一头栽倒在地。这时，有人说话了，说我神经兮兮，还说我身体有病。

有病就要去看，医生说没有什么大病，主要是疲劳过度，关键是要注意休息。这时，头发掉得越来越厉害，白发也从两个鬓角向"森林"深处进军，跑到了头顶。我是越来越急了，到中医院咨询名医，想寻到防止脱发和医治白发的灵丹妙方。医生说，除了劳逸结合，注意调养，没有其他办法。

从医院回来，我的心情郁闷到了极点，饭桌上自言自语诉苦。不料，岳父发了脾气："你也真是没有出息！干不了就不要干了嘛！"我哭笑不得，能不干吗？假如我不干了，饭碗能否端稳？

对于自己的脱发和白发，我心中总是拧着一个疙瘩，好像做了坏事一样，怕别人看见，怕别人问起。朋友建议我去染发，妻子也鼓励我去染发，还有人建议干脆戴上假发。但是，我不愿意去染发，也不想戴上假发，觉得染发和假发毕竟是假的。我这个人最讲真实，做人真实，写作真实，生活真实。头发白了就白了，最起码是真实的，作假别别扭扭，没有意思。

那天，在街上行走，女儿突然笑着对我说："爸爸，你不用自卑了。"我问为什么，女儿随手指向一个人，只见那个人头上油光锃亮，一根头发也没有。妻子扑哧一声笑了，我也被她们娘儿俩逗乐了。

对于我的早生华发，其实，着急没用，染发没用，吃药没用，假发没用，自卑更没用。何况艰难的岁月已成往事，现今的环境比较优越，只要心态良好，乐观处世，真诚待人，努力工作，勤奋写作，真真实实做人，自自然然生活，让每一天过得富有情趣，这样的人生永远年轻。

（原载于 2016 年第 7 期《汉江文艺》杂志）

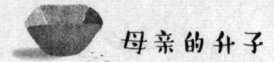 母亲的升子

敬畏文字

爱到深处就会产生敬畏。比如，爱花，爱它你就不忍心去碰它。再如，爱人，爱她你就不自觉地怕她。说到文字，越是酷爱，越是不能乱写。

我现在是对文字产生了敬畏之心，原因就是我对文字爱得太深。日日都在构思，天天都想提笔，可是总在左右徘徊，前后顾虑，难以成文。

怕什么呢？我担心写出的东西无病呻吟，没有创新，浪费时间不说，还会玷污了文字，到头来对不起自己，尤其是对不起读者，造成遗憾。

我总认为，散文要体现性灵，写出真性情。这就要求写真事，说真话，讲真理，对现实的事物及看法做赤裸裸地表达，为时代为社会立言。

由于我个性的固执，加之认识的偏颇，虚假的东西不想写，授命的题目不愿写，给钱的文章不能写。如此甚好，但做起来却难上加难，苦不堪言。

这些写作上的基本原则必须坚持，但坚持了就要得罪人。其实，得罪人并不可怕。可怕的是有些人不能得罪，也得罪不起，这样就要得罪文字了。

手在书写，心在流血。我同情那些御用文人，不是他们人品不好，而是他们首先必须生存，只有生存下去才能生活，面对生死一切都是小事。借此聊以自慰。

写了一辈子材料及新闻稿，现在见了材料和新闻稿就头痛。后来爱上散文了，觉得散文妙就妙在一个"散"字，可以无拘无束，自由自在地书写。

其实不然，正所谓"人在江湖，身不由己"。自由是相对的。有的可以写，有的就不能写；有的可以说，有的就不能说；有的本来是黑，却非要让人说成白。

能写的自然要写，能说的自然要说。对于那些不能写的和不能说的，你又能如何呢？那就只有视而不见，听而不闻，难得糊涂了。这不是文人的骨气，但又不得不考虑饭碗。

性灵，这是散文的魂，要写就应当写出有性灵的散文。这样的散文，蕴含真善美，富有思想性。我觉得，对于黑白不分、真假难辨的东西，与其违心地说，还不如不说，这就不得不敬畏文字了。

（原载于 2016 年 10 月 23 日"旬河浪花"微信公众号）

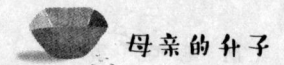 母亲的升子

挑食的流浪狗

我敢肯定，这只狗是宠物狗，曾经过着贵族式生活。现在虽然流浪了，落魄了，但是看看它的做派，你就会相信它过去有多么高贵。

它来到县委大院有些时日了，到我面前来乞食还是第一次。因为我很少在机关食堂就餐。这天中午，我打了一碗米饭四个菜：白菜豆腐、青椒土豆丝、酸菜魔芋、红烧肉丁。只见它摇着尾巴向我走来，两只眼睛直勾勾地望着我，那表情分明是在对我说："哎！老兄，请把你碗里的东西分一点给我吃吧。"

我明白了它的意思，用筷子撩了一团米饭给它。只见它闻了闻，不吃。我又把酸菜魔芋撩了一点给它，又见它闻了闻，不吃。我再把青椒土豆丝撩了一点给它，再见它闻了闻，还是不吃。我有点不高兴了，但好人做到底，我决定把白菜豆腐送给它，但它还是只闻不吃。

我对在机关食堂就餐的同事们说，这只狗饿成这个样子，却啥都不吃，真是奇怪。同事们笑着说："它只吃肉，不吃菜，挑剔得很，你难道不知道吗？"于是，我将那份红烧肉送给它，没想到，它狼吞虎咽，几口就吃完了，看来它不是不饿，而是挑食。

无独有偶。我所在的烟草公司家属院也来了一只狗，这只狗还是宠物狗。院子里的孩子们富有爱心，经常喂它。因此，它就在此安营扎寨，常住不走了。

某天，妻子说这只流浪狗好可怜，我们去买点东西喂它吧。我随她来到民威商厦，买来两袋火腿肠。妻子从其中的一袋里取出一根，剥开一头，放在狗的面前。只见那狗闻了闻，理都不理。妻子说，可能是没有剥好。我就将那根火腿肠的外皮彻底剥光，送给那狗。这次它干脆闻都不闻，还仰起头来向我瞪眼。

　　我有点莫名其妙了，多好的火腿肠啊！平时我们都舍不得买它、吃它，这回发善心一次买了那么多喂狗，可是狗却不吃。这时，在院子玩耍的那些孩子笑了，他们说："叔叔，阿姨，你们有所不知，这狗只吃王中王！"妻子说："我买有一袋王中王火腿肠，是准备留着给人吃的，现在只有给狗吃算了。"说来真怪，我们把王中王火腿肠给狗，那狗吃得香极了。无奈，我和妻子就将那些杂牌火腿肠自己吃了。

　　真是人不如狗！我们每日吃的都是萝卜白菜和五谷杂粮，而肉食也不是天天都有。这些流浪狗却只吃好肉和好肠，就是流落街头、饥饿难忍，也不降低自己"贵族"的饮食标准，实在是令人匪夷所思。

　　其实，怪狗还不如怪人，你看那些有钱人家的爱狗者，哪个不是视狗如命，给狗的穿着和饮食讲究得要命，简直是把狗惯得不成样子了。

　　既然这样爱狗宠狗，那就应该善始善终，好好地爱，好好地宠，为何中途遗弃呢？这样岂不是让狗难堪，让人更难堪吗？

　　养狗如此，如果养人也是如此，那养出来的人将会是什么样子呢？我在这里只是开个玩笑，不必当真，毕竟人不是狗。

（原载于 2016 年 7 月 23 日中国散文网）

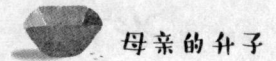 母亲的扑子

物质女人

物质是相对于精神而言的。

所谓物质女人，就是只追求物质享受，而没有精神寄托的女人。

这种女人，看似风韵，实则无神。"金玉其外，败絮其中"，可能说的就是这种女人。

不难识别，只要看看她喜欢什么，讨厌什么，就可判断她是一种什么样的女人。

物质女人，顾名思义，凡是物质的东西，她就喜欢。比如，名牌衣服、高档化妆品、名贵金银首饰、名表、名车、豪华别墅等，她都会喜欢得要命。

物质往往与金钱相联系，喜欢物质，就会特别喜欢金钱，张口闭口谈钱，朝思暮想为钱，想钱夜夜失眠，久而久之，精神空虚，成为金钱的奴隶。

这种女人，是地地道道的拜金主义者。虚荣心控制了她的整个身心，她只会对物质和金钱感兴趣，对于其他事情则毫无兴趣，就连工作也觉得没有意义。她心中想的除了金钱，还是金钱。在她心目中，有了钱就有了一切，有了钱就拥有了世界。

这种女人，花钱无度，永远也不知道满足，有了小钱想大钱，有了小房想大房，有了小车想名车，有了银山想金山，就是把整个物质世界都给

她，也无法填平她那欲望的沟壑。

看似生活得潇洒，穿金戴银，花枝招展，招摇过市，其实她生活得并不如意。日日心烦，月月苦恼，总认为别人欠她很多，社会欠她很多，心中除了抱怨，还是抱怨，心情浮躁，距离幸福越来越远。

物质女人最缺的是精神，可是她却最讨厌精神上的东西。让其追求事业，她会说，事业不值钱，干好干坏一个样。让其读书学习，她会说读书不挣钱，看见文字就头痛。让其培养兴趣。她会说兴趣不来钱，她对任何事情都不感兴趣。

浮躁的社会，畸形的消费，糊涂的教育，市场的误导，造就了物质女人。这是时代的悲哀，人性的悲哀，更是物质女人自身的悲哀。

对于人类，物质与精神互为表里，缺一不可。只有物质没有精神，人类就不会散发出璀璨的光芒；只有精神没有物质，人类就会进入贫穷落后的冰窟。

对于女人，追求物质无可非议，但要懂得适可而止、拿捏有度，更要懂得精神追求同样重要。如果顾此失彼，将会沦为精神的乞丐，不仅危害自己，还会影响他人。

（原载于 2016 年 1 月 3 日中国散文网）

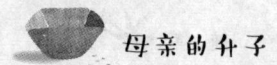 母亲的扑子

今年秋天有点热

  立秋过后，天气反而比夏季更热。可不是吗？连续多日来，气温都在四十摄氏度以上，不说植物受不了，人也受不了了。

  小城旬阳是越来越出名了。没想到，今年是以气温出名，在安康，在陕西，乃至在全国，旬阳的高温都属罕见。

  住在旬阳城的人，被热得透不过气来，就想到凉爽的地方避避暑。可是，到哪里去呢？

  在汉江边上，我遇见一位长者。他身穿一条短裤，手拿一把蒲扇，汗流浃背。他说，假如在过去，这样的晚上，我们都在大河洲上，清凉的河风，绵软的沙滩，摇动的水草，清澈的浅水，无不令人心情舒畅。你看现在，大河洲没有了，浅水区没有了，在江边盖起这么多房子，看着就使人难受。

  在旬河岸边，我遇见一位智者。他凝目遥望，表情严肃，心事重重。他说，旬河过去也是人们休闲纳凉的好去处。那里的河水，那里的沙滩，那里的水草，那里的柳树，都是那样亲切自然，令人回味，使人遐想。住在旬城的人们，多么想有一个属于大家的河堤公园啊！闲暇时光，人们可以在那里散步，在那里聊天，在那里休息，在那里感受大自然的呼吸，在那里静听流水的声音。可是，不知为什么，有人却在旬河岸边堆起了一条钢筋水泥长龙，遮住了河水，挡住了河风，淹没了风景，使人越看越

别扭。

　　旬城的人就爱说旬城的事，他们被热坏了，热怕了，热疯了，热得浮躁了，热得爱发牢骚了。街头遇见的这个人，话虽说得有点难听，但却句句在理。他说，咱老百姓不懂什么理念，也不懂什么设计，只知道山水太极城，有山，有水，有城，你就把山整绿、水弄清、城建美就行了。现在的旬城是高楼林立，密不透风，看不见山，看不见水，看不见绿，看不见美，好像人窝在桶里，不闷才怪呢！

　　作为一个旬城人，说她才是爱她，恨她更是爱她。我依稀记得，在讨论建设"美丽山水太极城"时，曾有人提出学习桂林，山水城市不建高楼的观点。我还记得，有位决策者赞赏道家无为思想，说山水城市房子越少越好，楼层越低越好。然而现实是，房子越盖越多，楼层越盖越高，最后连江边、河边也不放过。小县城要与大城市争雄，其结果不仅比不了大城市，而且失掉了小县城独有的风格了。

　　天热是大气候，地球变暖，全球都热。旬阳只是小气候，小气候决定不了大气候。也就是说，一个小小的旬阳县城并不能决定自然界气温的高低。但是，我们完全可以通过自身的努力改善小气候，让我们的河道宽一些，沙滩长一些，房子少一些，楼层低一些，绿化多一些，空间大一些，通风好一些，热量散一些。我想，小气候最终还是能够影响大气候的。因为大气候毕竟是由若干小气候构成的。

（原载于2016年8月21日"旬河浪花"微信公众号）

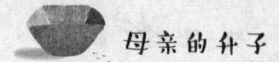 母亲的升子

难忘那些瞬间

生活中经常遇到某些瞬间，令人惊叹和震撼，然后深深印在心里，时时回忆和想起，给人以激励和启迪。

那天，我从老家回城，经过吕河渡口，背靠船舷遥望，天空蔚蓝蔚蓝，汉江碧波荡漾，南岸那只木船，漂在水中摇晃。那是一只淘沙船，眼看江水接近木船吃水线，我真为那船工捏了一把汗。船上的汉子，赤脚光背，只穿一条裤衩，皮肤晒得黝黑黝黑，一门心思在水中淘沙，悠然自得，丝毫没有紧张的感觉。等到装够了沙子，汉子荡起双桨，抛锚上岸，将船上的沙子装到等在码头的车上，点完票子。随后，他一屁股坐在沙滩上，左手捞起一瓶啤酒，右手大拇指一弹，瓶盖飞出老远，仰头张口，咕噜咕噜，一瓶啤酒下肚。啊！好爽！

看到这一幕，我心中好生羡慕，这真是幸福的一刻！从汉子身上，我看到了劳动之美！率真之美！

这年春节前夕某日，听见有人敲门，原来是那个身患佝偻症的孩子回来了，我急忙给他沏茶。我们再相见，彼此都很激动。他对我讲，这一年来他干得不错，工作时间打字，业余时间写作，老板人很好，鼓励他发挥特长，写了不少稿子，发表了不少文章，工资加稿费，生活之外还有积蓄。他越说越兴奋，还提到他想写一本自传体小说，记录多年来追求奋斗的人生足迹。那种收获后的喜悦和对未来生活的憧憬，深深地写在了他的

脸上。

　　望着他迈着蹒跚的脚步离开时的背影，我的内心久久不能平静，这又是一个令人感动的时刻！从孩子身上，我看到了追求之美！奋斗之美！

　　她是一个苦命人，自己没有固定工作，丈夫身患脑梗，言语困难，行动不便，需要照顾，孩子在校读书需要花钱，全家的担子压在她一个人身上。我内心很是为她担忧，这样的日子咋过得下去呢？有一天，我在县医院遇到她，只见她满头大汗，楼上楼下，为各个病房拆洗被褥和床单，下班还要回家为父子俩做好一日三餐，是够辛苦的了。就在这天下午，我去老城体育场散步，发现她搀着他在体育场的跑道上锻炼，笑容满面。她说，每天晚饭后，她都要搀着他到体育场运动，以尽早恢复他的行走能力。现在的他比发病时好多了，扶着已经能够下床移动了，要不了多久，就可以自己行走了。

　　看着她的身影和笑容，我的心灵被感染了，这是一个感受力量的时刻！从她的身上我看到了坚强之美！信念之美！

　　这样的瞬间，被我发现，铭记心间，常常感动着我，激励着我，去面对逆境，战胜困难，从而更加珍惜生命，热爱生活，拥抱自然，努力工作，为实现人生价值勇往直前！

　　这样的瞬间，生活中随处可见，既普通又平淡。可是我觉得，这是生活中不凡的瞬间，精彩的瞬间，伟大的瞬间！正是由于无数这样的瞬间，构成了人性之真，人类之善，社会之美！

（原载于2016年8月10日中国作家网）

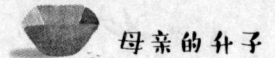 母亲的升子

人不可无趣

　　我这里说的趣，指的是兴趣，我想要阐明的观点是：人应该培养兴趣，而不能没有兴趣。

　　有兴趣的人，人生就不会寂寞，生活就会富有情趣，尤其是在工作之外，可以做些自己喜欢做的事情。

　　没有兴趣的人，除了工作，其他什么都不会，闲了就会着急，尤其是退休之后，更会急上加急，成为热锅上的蚂蚁。

　　八小时之内学干工作，八小时之外学会生活；退休之前研究工作，退休之后经营生活，这样的人生才会丰富多彩。

　　可是，现实中的有些人，往往做不到这一点。八小时之内忙忙碌碌，八小时之外忧忧愁愁；退休之前风风光光，退休之后悾悾惶惶。

　　究其原因，关键在有趣和无趣。

　　有个"老革命"，是农业学大寨时的"修地大王"，因业绩突出，先后被组织提拔为村党支部书记、公社书记、分管农业的副县长，当过全国劳动模范、全国人大代表，见过毛主席，是当时响当当的红人。

　　可是，他只会工作，没有爱好。尤其是退休后，无事可干，心里着急。一急就坐不住了，就要到各单位去串门，找那些过去的同事，或者熟人闲谝。现在的工作节奏很快，那些同事或者熟人基本上身居要职，事情很多，哪里有时间和他神侃？

随着年龄越来越大,他串门的次数越来越多,闲谝的时间越来越长。这就会影响到别人的工作,耽误别人的时间。

那天,我和他闲聊,问他咋不看书。他说,不识字。问他咋不下棋,他说看见棋子就心急。问他咋不钓鱼,他说看见鱼竿就生气。总之,他对任何爱好都不感兴趣。

原来,他在工作岗位上,同事就是他的圈子。现在,他离开了岗位,同事不再是他的圈子。

这时,他应该迅速调整思路,尽快融入社会生活圈子。比如,棋友圈子、牌友圈子、文友圈子等。

然而,他是一个无趣的人,自然融不进各种有趣的圈子。这样,他就成为被人遗弃的人。

无奈,他就要去单位,那是他曾经战斗过和创造过辉煌的地方。可是,时过境迁,好多单位已是物是人非,有事前去说说未尝不可,无事三番五次打扰,未免使人生厌。

有天在报上看到一篇《经营老年》的文章,说人到四十多岁的时候,就要考虑经营老年的问题了,我深有同感。

文章说,人过四十五岁,如果还没有兴趣爱好,就要尽快调整心态,放慢人生的脚步,学些自己感兴趣的事情。比如,读书、写作、书法、摄影、养花、散步、旅游、钓鱼、下棋,等等。这样在退休的时候,就会自然而然地过渡到老年生活,而不至于老之将至,突然失落,一下子进入无所适从的状态。

这是奉劝人们,不论在岗或者离岗,都要做个有趣的人,避免不知不觉成为那种无趣的人,到头来惹人心烦,自己难堪。

(原载于2016年2月6日中国散文网)

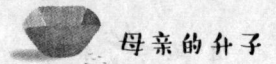 母亲的抔子

善待身边的每个人

　　人往往就是这样，越是司空见惯的东西，越是不以为意；越是自己身边的风景，越是视而不见，老是遥望远方，陷入无谓的空想。

　　难道不是吗？我们是否在心里常说，别人家的孩子总是那么优秀，别人的老婆总是那么贤惠，别人的单位总是那么和美！

　　这是"距离产生美"在作祟。别人家的孩子、别人的老婆、别人的单位，与我们有距离，我们看到的都是人家的优点和阳光面，所以我们就觉得人家好。

　　而身边人与我们朝夕相处，没有距离，直接面对，毫无遮掩，容易暴露缺点。所以，我们就感觉不到身边人的好处，看到的都是身边人的不足和阴暗面。

　　时间长了，我们就对身边人开始厌烦了，觉得家里人唠叨个没完，同事也有些坏习惯，朋友身上的毛病越来越明显。这时，我们就开始对身边人怠慢了，不理不睬了，出言不逊了，做事自以为是了，听不进身边人的意见了。久而久之，就会让家人心冷，同事心酸，朋友心寒。

　　其实，最好还是身边人，是我们身边的家人、身边的同事、身边的朋友。

　　当你患病卧床的时候，陪伴你的是家人，是同事，是朋友。当你身陷逆境的时候，鼓励你的是家人，是同事，是朋友。当你远走他乡的时候，

牵挂你的是家人，是同事，是朋友。当你追求奋斗的时候，帮助你的是家人，是同事，是朋友。当你忘乎所以的时候，提醒你的还是家人，是同事，是朋友。

所以，我们要善待身边的每个人，每天给身边人一份热心、一张笑脸、一点善言。当身边人劳累的时候，我们要主动去帮忙；当身边人困难的时候，我们要积极去援助；当身边人郁闷的时候，我们要用心去化解；当身边人患病的时候，我们要精心去照料；当身边人家中有喜事的时候，我们要快乐地去分享。

俗话讲，"同船共渡，五百年修"。能够成为身边人，是幸运，是缘分。我们要珍惜这种缘分，善待身边每个人，用我们的善心、爱心和宽容之心去爱身边每个人，让人人心情舒畅，过得自在，活得快乐，让家庭和睦，单位团结，社会和谐。

（原载于 2017 年 8 月 25 日《青岛财经日报》）

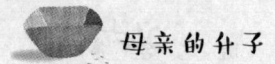 母亲的升子

要让每日不虚度

作为一个凡人，工作平凡，生活平淡，金钱、地位、名利注定与我无缘，成功似乎更不可言谈。我时常突发奇想，问自己这样一些问题：诸如我等凡人，工作到底有多大价值？生活真正有多少意义？我们应该如何面对工作？看待生活？

我不善言语，不爱交际。闲暇时光，喜欢独处，或者户外散步，亲近自然。这天，我走到野外某处空旷之地，眼前一亮。只见山坡上覆盖着一层厚厚的绿草，草间生出密密麻麻的蓝色小花，十分好看，我不由自主地蹲下来仔细观赏。

碧空如洗，万里无云，群山绵延，阳光柔和。这里就只有我和遍地的小花了，非常幽静，美妙极了！初春时节，离清明还有一个多月，树木还没有发芽，百草还没有开花，这些不知名的小草小花却生得那样积极，长得那样茂盛，开得那样芬芳，仿佛在向世人展示着它那顽强的生命力！

即便是一棵小草，也要尽情释放浑身的能量！正是这种绽放生命的精神，才有了大自然的美丽！我的心情豁然开朗，小草犹如凡人，凡人犹如小草，只要具有小草那种尽情绽放生命的精神，凡人也能活出精彩，让那点点微光在这个世界散发出热量！

安邦治国太过遥远，追求仕途比较渺茫，贪图富贵也不现实。我唯独能够做到的是：要让每日不虚度，无愧工作，无愧生活，无愧良心。这应

该是我对自己最基本的要求了。

每天早晨起床，我都会告诫自己：今日定要努力工作，好好生活，切莫辜负了这大好时光。每天晚上睡觉前，我都会写点东西，记下当天工作上的得意之笔，生活上的精彩片段，还要检查一下读书、写作、散步等业余爱好有没有中断。

在单位，我总会提醒自己：工作是立身之本，是我谋生的手段和养家糊口的职业，因此要爱岗敬业。多少年来，不管在什么单位，也不论是什么工作，我都会热爱它，拥抱它，以单位为家，在工作中碰撞出激情的火花。再平凡的岗位，再细小的事情，我都要尽心尽力，精益求精，力求做好，我自称为"精致工作"。

八小时之外，我一直在追求那种闲适生活、惬意生活、恬淡生活，做一些自己喜欢做的事情。比如，上班徒步，饭后散步，天天如此，竟然成为一种习惯。又如读书，闲了多读几页，忙了少读几页，坚持天天读，月月读，年年读，使其成为个人生活的一部分。再如，写作，有灵感了就写，没有任务，没有压力，随心所欲，长此以往，竟然写出了点名堂。由于这些都是自己喜爱的，做起来顺其自然，很有意思，我自称为"雅致生活"。

拼命工作不求升迁，每日锻炼不想当运动员，坚持读书不是为了附庸风雅，热爱写作不是想当作家。我做这些纯属性情使然，让自己每日有事可做，自娱自乐，防止虚度，仅此而已。

我写这些，无意表扬自己，贬低别人。毕竟人各有志，性格不同，爱好不同，生活方式自然不同。不论哪种生活方式，都没有好坏之分，只要自己觉得快乐，没有虚度就好。

（原载于 2017 年 3 月 13 日"旬河浪花"微信公众号）

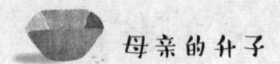 母亲的扑子

劳动的身影最美丽

生活中的美无处不在，只是我们未发现。那些劳动的身影，告诉你朴素简单的人生，编织着美好生活的风景。每次遇见，我都会感叹：劳动的身影最美丽！

这是一家小吃店，地处闹市的一角，招牌上写着两行大字：湖南酸辣粉，湖北热干面。吃粉嫌辣，吃面嫌干，转身欲走之际，突然发现一个身影，美到了极致。于是，我坐下来点了一份重庆小面，慢慢品尝，细细观赏。

这个女子的穿着极为普通：一个粉色发圈拢着黑亮的短发，一件浅色罩衣从上到下呵护着身体，散发出一种简单朴素的魅力。

这个女子的长相极为纯净：明眸皓齿，面容白皙，柳眉弯弯，鼻梁高挺，好似清水出芙蓉，全身散发出一种活力。

这个女子的形态极为优美：身材匀称，动作麻利，言语甜润，笑容可掬，好似幼儿园里的小阿姨，那种不温不火待人接物的神情充满亲和力。

这种美丽，美就美在劳动和笑容。她用辛勤劳动的汗水快乐着自己，也快乐着别人。

这样的身影，我时常碰到。比如，在小城的茶叶店，女主人选茶、沏茶、品茶、装茶的过程，忙而不乱，急而不躁，动作娴熟，体态优雅，面带微笑。画面美得令人陶醉，如闻到茶香一般。

再如，在小城的皮鞋店、药品店、花卉店，还有故乡的水边、路边、

田边，都会发现那些美丽的身影。看到他们劳动着、快乐着、幸福着，我常常心生感动。

这些人，并没有将头发染成五颜六色，但我从他们身上看到了自然之美。

这些人，并没有穿着花枝招展的昂贵衣服，但我从他们身上看到了纯朴之美。

这些人，并没有牵着宠物招摇过市，但我从他们身上看到了生活的真实之美。

或许有人会说，你这个人品位低下，压根儿就是个农民。是的，我是农民的儿子，从小看惯了劳动，参与了劳动，所以，就喜欢劳动，尤其是喜欢辛勤劳动的那些人。

妻子热爱劳动，所以我就娶了她。虽然她有工作，但每天买菜、做饭、洗衣、拖地丝毫都不马虎，将屋子收拾得干干净净，将物件摆放得整整齐齐。我时常端详她忙前忙后劳动着的样子，感到很美。正因为有了她的勤俭持家，才有了我阅读和写作的良好环境。每当遇到所谓"高贵"的女人鄙夷妻子的俗，我就会鄙夷那些女人的"高贵"。

或许有人还会说，你这个人好片面，说来说去只说了体力劳动，难道脑力劳动就不是劳动吗？是的，脑力劳动照样是劳动。比如，那些搞文字工作的人，也在劳动。白天写不完，晚上还要写，他们的身影同样很美丽。但我在这里主要想说的是普通劳动者，对于那些既看不起体力劳动，又不想动脑筋的人，在他们身上是无论如何发现不了美的。

毛主席曾经说过劳动最光荣。这不是套话，而是大实话。人们通过劳动创造价值。一切都是用辛勤汗水换来的，拿着踏实，用着舒心。这样，才能感受到生活的乐趣，活出人性的尊严，难道不是吗？

（原载于2017年3月23日"旬河浪花"微信公众号）

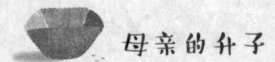 母亲的补子

换一种活法可好

五十岁以前,我的生活是什么样子?可以用一个字概括,那就是"忙"。每日总有干不完的事,忙不完的活,毫不夸张地说,我几乎没有休过假。

由于每天在忙碌中度过,难得抽出时间陪陪妻子、看看孩子、走走亲戚、会会朋友。这样的日子过着过着,不知不觉成了孤家寡人,倍感失落。

时间过得真快,转眼间我已年过半百,到了不得不考虑退下来的时候了,少则一两年,多则三五年,不退不行了,主要是年龄和身体由不得自己了。

我很羡慕那些早早退下来的人,尤其羡慕那些退下来后依然热爱生活、精神焕发的人。看到他们锻炼身体、发挥兴趣、享受生活的精彩片段,内心由衷赞叹!

最近正是酷暑炎夏,小城的气温高达四十摄氏度,热得人心烦气躁。恰好女儿打电话说,她要回家待几天,我突然想休假,准备在家好好陪陪女儿,弥补多年来内心的那种亏欠,感受一下做回好爸爸的滋味。同时,我也想换一种活法,提前体验体验今后的退休生活,以免真的退下来后一下子无所适从。

一个心中没有休假概念的人,想要休假了竟然这么犹豫,担心休假会

影响工作，害怕领导和同事有看法，我在是否请假的问题上纠结了一两天，这恐怕就是身为属羊人的通病了。

女儿回来了，我也休假了。七天时间我是这样度过的：早睡早起是我多年来养成的生活习惯，在假期我一如既往坚持着。每天除了吃饭、睡觉、陪女儿之外，绕城散步的习惯，我也在坚持着。女儿爱学习。在她学习的时间里，我就坚持发挥自己的业余爱好，做了如下几件事情：

记得原县文广旅游局副局长卢平曾与我联系，说旬阳手机电视台要开设"山水旬阳"栏目，向外宣传推介旬阳地域文化，觉得我写的散文《旬阳的山》与《旬阳的水》不错，计划组织拍摄。但是，两篇文章都是十年前所写，需要修改完善，充实新内容。当时上班没有时间修改，现在正好有时间了。于是，我用两个早上完成了这项任务，感到轻松愉快。

我爱读书，过去从来没有充足的时间坐下来阅读，这次有时间了。我先阅读女儿从学校带回来的美国人写日本题材的《菊与刀》。然后阅读我上次从西安图书大厦买回来的柏杨写的《中国人史纲》。这两部书都很好，使我从不同的视角加深了对日本和中国的再认识，增长了知识，开阔了视野，觉得非常舒心。

其间，我还利用两天时间走亲访友。我们一家三口，与八家亲朋好友相聚，与二十余人交流，畅所欲言，谈笑风生，其乐融融，增进了亲情，感觉好极了。当然，交流最多的还是我和女儿之间，我们不仅谈论社会，而且谈论人生。这天女儿说，过去我给她讲的有些道理，虽然她嘴上不说，但心里一直持怀疑态度，不愿接受。现在看的书多了，阅历丰富了，觉得我过去对她说的那些话都是对的。听到这些，成就感油然而生，我为女儿一天天长大和成熟暗自高兴，也为女儿的勤奋好学和善解人意深感欣慰。

最近，正在上映《建军大业》和《战狼》。我家隔壁的南方百货大厦五楼就有影院。好多年没有看电影了，这次利用休假时间，我陪女儿去看

母亲的升子

了看。没想到现在的电影如此火爆,看的人多,拍得很好,新鲜而刺激,愉悦而震撼。

这七天,我始终处于幸福之中,每天都能看到妻子的笑容、女儿的笑容和世人的笑容。同样地,我也是微笑常常挂在脸上。我觉得,以前的生活没有什么不好,但我坚信,以后的生活会过得更好。

(原载于 2017 年 8 月 12 日 "旬河浪花" 微信公众号)

在喧嚣中远离浮躁

我真有点无所适从了。社会喧嚣，人心浮躁，竟然成了这个样子！

到底是个什么样子？我不想多加描述，仁者见仁，智者见智，各人心中自有定论。

问题的关键是，这种环境影响了我。无数次，我在心里告诫自己：不要看，不去听，不能想。可是不争气的眼睛，不争气的耳朵，还有那不争气的大脑，统统管不住自己。

我常常扪心自问，不该看的东西为什么要看？不该听的言论为什么要听？不该想的问题为什么要想？到头来被困惑缠绕，把自己搞得心烦气恼，在这个喧嚣的社会中脱不掉浮躁。

我很羡慕那些大胆释放性情的人，想哭了可以大哭一场，想醉了可以大醉一次，想唱了可以高歌一曲。可是，我身上这些不争气的器官，想哭流不出泪水，想喝胃疼得要命，想唱五音不全。

我还羡慕那些"隐士"，远离凡尘，找一处深山老林，搭一间简易茅屋，与自然和谐相处。"采菊东篱下，悠然见南山"，多好啊！可是，时代不同了，那样的地方还会有吗？就是有，我哪有陶公那样的修养和境界呢？

我曾写过一篇《渴望平静生活》的文章发表在博客上，朋友在博客里留言"心静自然凉"。我也明白"小隐隐于野，大隐隐于市"的道理。这

母亲的升子

两句说的都是一个道理，不论身在何处，也不论环境如何，静心是解决浮躁问题的法宝。

多少年来，我采取不少办法静心。每当浮躁的时候，我会先让身体安静下来，能不出门尽量不要出门，能不会客尽量不去会客，能不办事尽量不去办事，安安静静地坐在屋里。再让心灵安静下来，能不说话尽量不要说话，能不思考尽量不去思考，忘记那些世俗的烦恼，让杂乱的思绪过滤沉淀，回归本源。然后心平气和地读书与写作，生活与工作，让心灵得以净化，思想得以升华。

世间诸事就是这样矛盾，说起来简单做起来难，坚持这样做了，遇事还是浮躁。于是我不得不嘲讽自己，俗人毕竟是俗人，怎能脱得了俗气？尽管如此，我还是要克制自己，保持心静，每天上好班，吃好饭，睡好觉，散好步，读好书，让自己活得舒心，活得健康，活得有意义，毕竟人生不易，不能白活。

最近，我正在构思一篇文章，题目是"有一种情怀，叫心中有爱"。想写一位从我身边退休的老同志。他退而不休，为旬阳的老区建设和慈善事业呕心沥血，因为他爱这里的人民；他对园艺、摄影、书法、古诗词情有独钟，经营花木，寄情山水，挥毫泼墨，赋诗感怀，因为他爱这里的土地。

我常常看着他的身影，自惭形秽。因为他时刻都在旬阳这块土地上辛勤耕耘，没有时间和精力顾及世事喧嚣和人心浮躁，而我却不能。在大爱面前，一切都显得那样渺小和卑微。我要培养的正是这种情怀，远离喧嚣，走出浮躁，用有限的生命去做无限的事情，让自己的人生流光溢彩。

（原载于2017年8月21日"旬河浪花"微信公众号）

一生干不了大事，那就每天做小事

我天生心性高，总想干大事。可是，命运常常捉弄人，一生阴差阳错，干不了大事。

干大事要有平台，我曾经努力过：想考高等学府，却不得不走进安康农校；想到大城市施展抱负，却不得不待在小山沟；想撸起袖子加油干，却不得不处处谨小慎微。

岁月不饶人，眼看一天天变老，再空想着干大事，到头来只能是来到世界白走一遭。

无数个夜晚，我独坐灯下苦思冥想；多少个白日，我登上楼顶遥望故乡。我始终在苦闷和彷徨：难道今生的理想只会成为梦想？

这天，我无意间翻开毕业纪念册，看到有位同学的留言：既是小草的种子，何怨没有大树的雄姿。狂风暴雨到来，大树可能连根拔起，而小草却安然无恙。

这段话是什么意思呢？果真是说我吗？我有点埋怨这位同学，觉得他是在小瞧人，难道我是小草的种子？难道我注定长不成大树？

看着这些话语，勾起了我对往事的回忆。中专毕业时，班主任反复告诫我，说我搞专业或许有所成就，如果从政必将一事无成。当时，我很气恼，反问他这是为什么。班主任语重心长地对我说：性格使然，你太较真了，眼里揉不下沙子。这种认真固执的秉性适合搞专业，不适合从政，如

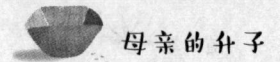 母亲的folder子

果非要从政，只会遍体鳞伤，无所适从。

说我固执，还真是固执。毕业后我反其道而行之，没有按照自己所学去兽医站，而是走进了党政机关，成为一名基层干部。我认为，这样很体面。几十年的实践证明：同学的留言没有错，班主任的告诫没有错，这正应了那句老话"不听他人言，吃亏在眼前"。

人生没有假如，走过的路不能回头。我是一个爱学习的人，也是一个善思考的人。在长期的学习和思考过程中，我想通了，释然了，我觉得个人要适应社会，而不能让社会来适应个人。

我慢慢学会了给自己定位，既然身处社会底层，就不要去想上层社会的那些事情；既然是一棵小草，就不要与大树争高低；既然一生干不了大事，那就每天做小事。

我是这样想的，也是这样做的。每天爬起来，我就去做身边的那些小事，一件一件地去做，一天一天地去做，要做就把它做好，做到精益求精。比如，打扫卫生、接听电话、起草文件、筹办会议、服务群众、管理机关、下乡扶贫等。

近年来，我更热衷于为老百姓办事。其实，是领导在为老百姓办事，我只是做些协调工作而已。比如，修建黄虎路广场、香姣桥、李家庄和双垭村的连接路、黑山步道、龚家庄村的环村路等。这些都是领导先定下来，然后我和办公室的同志一件件去抓落实，有的已经办成，有的正在进行之中。我觉得，这些事情虽小，但意义重大。跑些路，说些话，为老百姓解决些困难，我心里踏实，睡得安稳。

这几天，我正在读《王阳明家书》，深受启发。书中有这样一段话：当你老了的时候，回首一生，检视有多少时间真正属于自己，你会发现，如果你有许多想干又干成了的事，那么这一辈子不管是穷是富，有名无名，你都是成功的。

回首我的人生，有真正属于自己的时间，也有自己想干又干成了，或

者正在干的事情，按照书中的说法，我是成功的。聊以自慰。

（原载于 2017 年 9 月 26 日 "旬河浪花" 微信公众号）

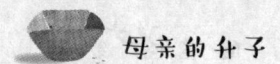
母亲的升子

再忙也不能忘记阅读

散步和阅读,这是我多年来养成的生活习惯。

散步养身,阅读养心。对于我这种弱不禁风的体格来说,要想健康长寿,最好的运动就是散步。对于我这种浅薄浮躁的心灵来说,要想安静成熟,最好的选择就是阅读。

为了自律,我给自己定下了规矩:日行万步,日读万字。

八小时之外,如果不是很忙,每天除了散步,我都会坐下来阅读,平均每月读书两部以上,年均读书二三十部。

可是今年,这种良好的阅读习惯没有坚持下来。

这个周末,我坐在家里梳理思绪,情不自禁地翻开日记本,那上面有我的读书印记。

五个月来,我的阅读断断续续,整个3月和4月,竟然中断了。

我苦思冥想,今年我都干了些什么?时间都到哪儿去了?是忙工作,忙写作,忙家事,还是忙交友?其实,这些都不是借口。

怪就怪自己的心灵依然浮躁,易被俗事干扰,乱了心性,失去了静心阅读的心境。

"人生除了生死,一切都是小事",我突然想起这句话,并深刻感悟出了其中的内涵。有了这样的心态,我顿觉释然。

于是,我走进书房,翻开尚未读完的《尼采生存哲学》。利用周六一天时间，我一口气将其读完。并打开日记本，写上今年阅读的第三部书籍的名字。

周日清晨5点多，我就起床，翻开尚未读完的《陈忠实自选集》。整整一天时间，读完剩余部分，并在日记本里写上今年阅读的第四部书籍的名字。

做了这些之后，心情舒展多了。我觉得，这个周末没有虚度。走到阳台，发现花草对我微笑，我急忙为其松土浇水。进入院子，看见小狗对我摇尾，我立即返回楼上，为它取来王中王火腿肠。

今年4月份，我家被县上评为2016年度"十佳书香家庭"，我个人被聘请为"旬阳县全民阅读推广人"。面对书房里鲜红的证书和聘书，我深感惶恐，尤其是最近的阅读表现，更是令人自责和不安。

我觉得，自己目前的阅读状况，与组织所给的荣誉和人们寄予的期望不符，内心有愧。回想过去，那么忙碌，那么艰难，那么烦躁，我都没有忘记阅读。正是有了长期阅读的积累，我的知识增长了，眼界开阔了，修养提升了，工作干好了，家庭和睦了。

我常想：如果离开阅读，我就不会在事业上有所追求；如果没有阅读，我就不会在文学上取得成就；如果不去阅读，我就不会在生活中永葆激情。

痛定思痛，我在内心严厉告诫自己，再忙也不能忘记阅读。这是我对自己提出的基本要求。

古人讲"修身齐家治国平天下"。作为身处社会底层的我们，做不到"治国平天下"，最起码要做好"修身"和"齐家"，然后再去爱岗敬业。如果真能做到这些，也就不会愧对人生了。

（原载于2017年5月21日"旬河浪花"微信公众号）

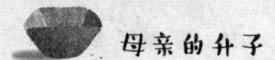 母亲的升子

笔耕与感恩同行

学生时代,我爱好语文,工作之后热爱写作,多年来笔耕不辍,个中滋味有艰辛,也有喜悦,但更多的是感恩。

刚参加工作的时候,区上领导发现我有写作兴趣,积极鼓励。于是,我就去写,由新闻通讯,到散文随笔,再到调研报告,越写越多。后来,不论是在宣传部,还是在组织部,领导对我的写作都给予了大力支持,尤其是到了人大常委会,进入我写作的黄金时代,特别是散文写作颇有收获。试想,如果没有良好的工作环境和写作氛围,要想一路坚持写下来,那是根本不可能的事。我常常在写作之余,心怀感恩,感谢身边的领导和同事对我写作的理解和包容。

关于我的文学创作,得到了许多名家指点,使我少走弯路,不断成长。多年来,我先后聆听过莫言、梁晓声、贾平凹、林非、王宗仁、刘庆邦、红柯、蒋建伟、陈长吟、和谷、李国平、张虹等作家的辅导讲座。每一次听讲的过程,都是一次学习的过程、调整的过程、提高的过程。他们的某些观点、某些经验,或者是某些话,往往就是解决我在写作中遇到的问题的"金钥匙",使人茅塞顿开。

我曾经与不少文学前辈面对面交流。他们都会一针见血指出我散文写作的缺点。这点是很难得的,尽管当时心里有点不舒服,但事后总会倍加感激。比如,陈长吟老师认为,我的散文写作选题过于宽泛,没有重点。

蒋建伟老师认为，我写"感悟人生"题材没有出路，并说"小人物"感悟一百句也不如"大人物"说一句，到头来只能是无病呻吟。王宗仁老师认为，我生活在乡村，写老房子、古村落、旧物件，都比写那些游记散文强得多。他们不约而同地建议我多写乡土散文。我常想，假如没有这些老师的金玉良言，也就不会有我的新乡土散文，更不会有我的《留住乡愁》。我对他们心存敬意，正因为有他们的正确指引，我才不会迷茫。

安康当地文学前辈对我的关注，既是鼓舞，又是鞭策，常常使我深刻反思，不敢停步。王保老师曾经主动与我联系，索要我的《秦巴放歌》，读完之后发来短信，内容是"读完该书，总体不错，觉得你已将米做成了饭，如果将米做成酒，那就更好了。我相信你能行"。张胜利老师通过梁真鹏联系到我，我带着《留住乡愁》与他见面，进行了长谈，他直接指出我的散文还没有脱掉新闻的影子，缺少意境，这可能与我长期从事新闻宣传工作不无关系。李茂询老师从曾德强老师那里得到我的电话，主动与我联系，说看好我的散文，寄来他的散文集《瞬时玄灵》，并让我寄去《留住乡愁》。读着他的散文，我明显感觉那是一种享受，与之相比，我的那些散文还很肤浅。这些文学前辈对我的厚爱，以及他们对我提出的建议，我由衷地表示感谢！是他们让我知道了缺点，找到了差距，明确了改进的方向。

一个人的成长离不开各方面的关爱。对于业余作者而言，报纸副刊和文学期刊的支持至关重要。稿子写好了，如果能够发表，那是最幸福的事了。每当看到自己的文章变成铅字，激动的心情起码要持续好多天。高兴之余，更多的是对编辑老师的崇敬和感激之情。这些老师，有的认识，有的不认识。不管认识不认识，我都会将他们的名字牢牢记在心间，对他们的严谨作风和无私奉献由衷地赞叹！

现在流行一种新名词，叫文学生活。我对这个词的理解是，它涵盖了作者、作品和读者之间的关系，主要反映了读者对作品的阅读情况，以及作品对读者、对生活的影响。特别是网络时代，文学越来越走进生活。这些年来，我先后开通了QQ空间，新浪博客，手机微信，以及"旬河浪花"微信公众号。我将写出的文章放在里面，同时还将发表的文章通过链接进行分享。我很感谢各位读者，他们的每次阅读，每次评论，每次赞赏，对我都是极大的鼓励。不论是表扬，还是批评，或者是指出文章中出现的错误，我都很高兴，这种互动，推心置腹，本身就是朋友间最真诚的学习交流，多好啊！看到微信公众号上的文章被读者纷纷转载分享，看到众多好友对我的散文写作寄予厚望，我暗下决心要认真写，争取每篇都要写好，这样才能对得起读者，对得起良心。

这些年来，我写出了不少新乡土散文，出版了《留住乡愁》。这部散文集所选的文章，都是我耳闻目睹和亲身经历的事情，地域仅限于家乡旬阳这块土地。这里是我出生、成长、工作和生活的地方，这里有我太多的故事，太多的感动。五十年来，家乡的一山一水，一草一木，都会令我触景生情，家乡的父老乡亲带给我的是浓浓的乡音乡情。这些时常让我产生灵感，成为写作的源泉。我对家乡常怀感恩之心，总想用自己的实际行动好好报答，可惜的是人微言轻，力量有限，唯一能够做到的是干好工作，过好生活。除此之外，充分发挥自己的业余爱好，写好家乡，让更多的人了解家乡，热爱家乡。

（原载于2017年12月7日"旬河浪花"微信公众号）

为平凡的生命感动

元旦过后，天空飘起了雪花，气温变得更低了。

我去户外运动，发现路旁的小草，在积雪的覆盖下，顽强地支撑着身体，显得更加碧绿，更加干净。我不由自主地蹲下身来仔细观赏，发现雪在融化，水在滴落，花在仰头，心中顿生一股暖流。数九寒天里，这种平凡的生命着实令人感动。

看到小草，我突然想到了一个人。

可以说，这个人我每天都能看见。不论天晴下雨，也不论冰天雪地，他总是在家属院外的墙角处摆摊。他肢体残疾，行动不便，看起来非常可怜。在这样的季节里，他穿着单薄，身边也没有火。

我认识他至少有二十多年了，算是老朋友了。但是，我们从来没有深谈过，见面不是他对我点头笑笑，就是我对他点头笑笑。那笑容里，包含着他对我的友善，我对他的尊重。

最早认识他是在街上，那时我住在老城。街头拐角处，铺上棋盘，摆出残局的人就是他。经常有人与他对弈，身旁围着一堆人助战，结果还是下不过他。看来，他的棋艺高超，凭着这种本事挣钱糊口。收摊了，他卷起象棋，拄着拐杖，一瘸一拐地回家去，很是神气，我从他身上看到的是满满的自信。

后来，他改行了，开起了残疾人三轮车。可能是下棋收入微薄，无法

母亲的扦子

正常生活。也可能是下棋挣了钱，买得起车了，想改变现状。不管怎样，我觉得，开车比下棋好，起码开车挣钱多，生活有保障。他态度好，坐他车的人多，我也爱坐他的车。在他开三轮车的那些年里，生意不错，心情也很好，我经常看见他在笑。

前几年，县上对三轮车进行整顿，决定取缔县城区的三轮车，他失业了。有一段时间，我没有见到他，不知道他在做什么，估计他曾经郁闷过。间隔不久，我又在县城看见了他，而且是在家属院门口的墙角处看见他的。他在那里摆摊，身边围了不少人，等着他给补鞋。这样，我每天出门和进门都会看见他，还是那样，互相点头微笑，很默契，很和谐。

他这个人做事很认真，下棋是"棋王"，开车是"把式"，补鞋也补出了"名气"。这天我去补鞋，人多得排不上队，我害怕耽误上班，就没有补成。在一个礼拜天，我去找他擦鞋，他一丝不苟，把鞋擦得锃亮锃亮的，还不收钱。我笑着说："鞋擦得这么好，怎么还不收钱呢？"他笑着对我说："我们是熟人，收熟人的钱不够意思。"但我觉得，他靠补鞋为生不容易，非要给钱不可。

有天出门时没有看见他，竟然不习惯，心里老是惦记他。我在心里不停地问自己，今天他怎么了？是病了，还是家里有事？该不会出事吧？直到第二天又看见他在墙角处补鞋，心里才踏实了。

他是小县城中再平凡不过的人了，就像路边的小草一样渺小。但他从不抱怨，身残志坚，不畏困难，与命运抗争，在生活中打拼，靠勤劳的双手，去创造生命的价值，令人尊敬和感动！

（原载于2018年1月31日《陕西工人报》副刊）

生活其实不简单

我是生活的傻子，属于衣来伸手饭来张口那种，在家里除了读书和写作，家务活啥都不做。就连女儿也开玩笑说："爸爸简直像个小老爷，如果放在农村，可能连媳妇也找不到的。"

因此，我们的家务活就由妻子一个人承担，看她整天忙里忙外，忙前忙后，我心中不解，百余平方米的房子，两个人居家生活，有多少事情要做呢？我对她的忙碌视而不见，有时还觉得有点烦。

这天晚饭后，我们去散步。河堤与大桥接口处还没有修好，妻子不小心摔倒了，右手腕关节受伤，医生说，至少一个月内不要干活。这下我着急了，看来不亲自上手做家务不行了。

面对油盐酱醋和锅碗瓢盆，我糊涂了，竟然是老虎吃天——无处下口。妻子在旁指导，让我从最简单的饭菜做起。我就开始学做面条，面条自然是从外边买来的，我只是把面条煮熟就行了。

就是一碗简单的酸菜面，我却费了九牛二虎之力。先是把原料洗净，再把生姜切成丁，葱白切成段，辣椒切成条，酸菜切成末。然后在烧红的油锅里放进姜丁、葱段、辣条和食盐，刺啦一声，油烟冲天，我吓了一跳。接着放进酸菜翻炒，然后添些清水煮开，舀出来装进瓷碗，这就是臊子了。等到把锅里添加的清水烧开，将面条放进去煮沸，添加少许冷水再煮，反复三次，面条就煮熟了。最后把臊子倒进面锅里，搅匀，稍煮，就可以吃了。虽然是数九寒天，我却累得满头大汗，原因是每个环节，我都

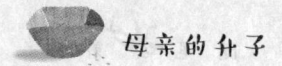 母亲的升子

做得费劲和别扭，往往是前后颠倒，手忙脚乱。

学蒸米饭比较简单，将米淘净放进电饭锅里，添水少许，按下按钮，蒸到保温为止。关键是炒菜难，讲究搭配，讲究火候，还要讲究色香味。炒一盘家常菜，把吃奶劲都用上了，结果不是淡了，就是咸了，有时还煳了。幸亏有妻子鼓励，我才树立信心，坚持天天炒。功夫不负有心人，我终于学会了"四菜一汤"：酸辣土豆丝、醋熘白菜、酸菜炒魔芋、青菜炒蘑菇、西红柿鸡蛋汤。

每天做饭把我累得够呛，但这只是家务活的一种，其他要做的活还很多。比如，买菜、洗菜、洗锅、洗碗、洗衣服、烧开水、晾晒被褥、打扫卫生，等等。如果遇到家用电器坏了，必须马上找人维修，不然生活就会出现"肠梗阻"。那天，厨房电灯坏了，晚上我们打着手电做饭，真是狼狈不堪。每天八小时之外，我都要忙在家务上，过去坚持多年的读书与写作，基本没有时间去接触了。有天晚上，我给女儿发微信说："如果长期被家务缠绕，业余爱好就要中断了。"不料女儿很会做思想工作，她说："做家务也是体验生活呀！我相信你体验得越多，将来会写得越好，况且这种情况是暂时的，等妈妈康复了，一切都好了。"说得多好啊！

不到园林，哪知春色如许；不去体验，哪知生活滋味。假如没有经过这段时间的磨砺，我将始终感受不到家庭生活的艰辛。看到妻子粗糙的双手，我感到十分内疚。结婚二十六年来，她日复一日，年复一年，为生活奔波，为家务操劳，其中的付出怎能说得清、道得明啊！我不由得对女性产生了崇敬，我希望我们男士都来呵护女士，因为她们往往是幕后英雄。

我时常欣慰自己能够利用业余时间，坚持读书和写作，朋友也都对此羡慕不已。我过去习惯于认为：这是自己兴趣高雅，具有顽强的毅力，做到了持之以恒。现在看起来，并非如此。如果不是妻子承担了全部家务，为我腾出了宝贵时间，我要想长期坚持，那简直是天方夜谭。生活真是一门学问，永无止境啊！所以，要活到老，学到老。

（原载于2018年1月21日"旬河浪花"微信公众号）

买菜记

这天是周六,我本来想睡个懒觉,可五点多就醒了,于是起床,锻炼,买菜。

我家住在烟草公司家属楼,紧挨着"南方百货",旁边就是菜市场,虽然近在咫尺,我却去得不多,原因是我不会买菜。

早晨起来,妻子说女儿马上毕业了,买几斤桃子给她带过去吧。于是我们径直来到菜市场,在一个慈祥老者跟前停下。看来,妻子和他是老熟人了,既不挑选,也不问价,很快成交。看到这种桃子,我一下子有了亲切感,多年来,我一直就吃这种桃子,个大浑圆,白里透红,清脆可口,味道香甜。妻子说,她买老汉的桃子已经好几年了,老人有桃园,结出的桃子特别好吃,价格合适,人也诚实。原来,买卖之间也有门道。

我爱吃苦瓜,妻子爱吃黄瓜,正好有个摊前既有苦瓜又有黄瓜,那苦瓜表皮泛白,长得顺溜;那黄瓜浑身嫩绿,大小整齐。妻子就在那里挑选,讨价还价。那个男的满脸堆笑,向我打着招呼,说你要买的话,两斤黄瓜加一斤苦瓜共六块钱。我知道这已是最便宜的了,可是,妻子还在那里讲价。我说别讲了,是熟人。那人说,都是同村人,收钱都有点不好意思了。这几年老家吕河到县城的公交车开通后,村里种菜的人越来越多,在县城遇到老家卖菜人早已不是稀奇事了。

在另一处菜摊前,有位长者招呼我,要免费送我蔬菜。原来,又是一

母亲的扑子

个熟人，我想起来了，他姓冯，我参加工作时，他在那个区的林业站任站长，我称他冯叔，现在已退休多年了。我以为他在贩菜，在我的记忆中他老家是神河人。他告诉我，自己在县城周家沟廉租房住，别人给了一块地，闲来无事就在地里种菜。这些辣椒、茄子、豆角、葱、蒜都是自己种的，目的不是挣钱，主要是自己喜欢劳动，并邀请我去他家做客。看到他年纪那么大，身子骨那么硬朗，我暗暗称奇，羡慕不已。

我们买了一把葱白，叶子留得过长。走到另一处摊前，葱白叶子截得较短，我说这里的葱好，叶子多半都切掉了。没想到，这个卖葱的农村妇女竟然安慰起我来，她说我手上拿着的葱白，葱根比她的粗壮，根茎也比她的稍长，这应该是最好的葱白了，没有吃亏。听了她的话，进行比较，觉得她说的是实话，不由得对她肃然起敬！听多了假话，对说实话的人，我就会另眼相看，我喜欢这些心地善良的农村人，他们活得多真实啊！

我还看到这样一幅画面：街角处，有个背笼，里面装满麦糠，糠里放着鸡蛋，那个老婆婆，坐在墙角，低垂着头，看不清面部，只能看到她一手撑着膝盖，一手扶着背笼，原来她正在那里打盹。我真为这一背笼鸡蛋担忧，害怕稍不留神，背笼侧倒，鸡蛋落地，跌得粉碎。我猜想，老婆婆昨晚肯定没休息好，早上又走了很长时间的山路，疲劳过度。此情此景，使我想到了母亲。三十多年前，我的老母不就是日夜操劳，整天累成这副模样吗？

在菜市场一圈走下来，我顿生感慨：这些卖菜人，实在是不容易，那些新鲜美味的蔬菜，不知包含着他们多少心血和汗水呀！那一张张饱经风霜的面孔，那一双双不停忙碌的手，那一幅幅创造生活的画卷，无不令人心生感动。是他们用辛勤的劳动，让我们品尝出了生活的滋味，我们应该感谢他们。

（原载于2018年6月28日中国作家网）

难熬的夏季

一年四季，我最害怕的是夏季，不是怕热，而是怕冷。

空调是个好东西，我却望而生畏，享受不了。在办公室，我不敢开空调；在家里，我还是不敢开空调。

所以，到了夏季，我就不敢出远门，只能待在小县城。否则，不是我影响到别人，就是别人影响了我。幸亏单位领导和同事对我理解和宽容，不然我在夏季将会寸步难行。

今年6月，第一期人大干部培训，作为办公室主任，必须跟随领导前往深圳，我却未能参加，看到领导和同事远去的身影，心中很是内疚，觉得没有尽到责任。进入7月，第二期人大干部培训开始了，我还是没有前去。不少同事问我，为什么前后两次都没有参加培训。我搪塞说单位忙，其实只是找个借口而已。

遇到开会和出差的机会，我总会请单位同事代劳，因为不论是在车上或者会议室，都会置身空调的冷空气里，那样身体肯定会出问题。

记得有年夏季外出开会，会议室里空调温度太低，冷得人直打哆嗦，骨头都有点疼了，几个喷嚏过后我开始咳嗽。我起初没有太在意，以为是小感冒，吃点西药就好了。没想到，越吃，咳嗽得越厉害，换种西药再吃，还是不管用。一个月后，我去打针。扎了左手换右手，扎了右手换左手。后来，血管看不清了，左右两手都扎不成了，还是一声接着一声咳嗽。两个月后，我去看中医。医生说，咳嗽得时间太久了，引起支气管肺炎，非常麻烦了。我吃了一个月中药，咳嗽还是没有止住。医生说，中药能够治本，但见效慢，不要急，坚持吃，于是又吃了一个月中药，然而咳嗽仍在继续。这时，秋天已经过半，医生说入冬前如果止不住咳嗽，那就治不好了。我小心翼翼配合中医治疗，又吃了一个月中药，结果奇迹出现了，咳嗽消失了。

停药前，医生再三叮咛：避免吹空调，坚持锻炼，别太劳累，防止复发。如果出现反复，就会落下终生顽疾。从此以后，每到夏季，我就度日如年，熬过一天是一天。我时常在内心提醒自己：在夏季，保住身体不出问题就是最大的胜利。

有年夏季，我忘乎所以了，竟然外出参加培训，同住一个房间的那人怕热，他每晚将空调温度设定为十八摄氏度。等他睡着了，我偷偷起床将温度调至二十六摄氏度。当我被冻醒的时候，发现温度又降到十八摄氏度。我这个人向来都会为别人着想，认为他怕热可能与我怕冷一样，都是一种病，那就由着他吧。三天过后，我咳嗽了，不敢马虎了。于是和他协商，说我得过支气管肺炎，害怕空调，能否将温度调至二十六摄氏度。不料人家说，温度设定高了等于没开空调，受不了。一周下来，我的旧病复发了。

回到旬阳，放下行李，急忙去找中医。医生生气了：你的身体，你不爱惜，我有什么办法呢？去不了就不去嘛，干不了就不干嘛，有什么比身体更重要呢？我悔恨交加，无言以对。他使我想到钟南山的《最大的成功就是健康地活着》这篇文章，有了健康并不等于有了一切，没有健康就等于失去了一切，说得多好啊！我心里明白，老中医的生气，是对我的关爱。这次他下足了药量，用上了秘方，医好了我的疾病。但他告诫我，从今往后，每逢夏季，必须用黄芪和西洋参当茶喝，以补中气，提高机体免疫力。虽然这不是茶，而是药，味道也不好喝，但又有什么办法呢？

炎热的夏季，朋友相邀出去转转，我推辞了；同事喊我出去坐坐，我谢绝了；文友叫我出去聊聊，我也不能答应。久而久之，我就成了朋友眼中的怪人，清高、孤傲、离群索居。他们都没有错，只是把我当成了常人。有些熟人，坐在空调房子里纳凉，却让我冒着酷暑给他写稿，还说这些事情在我手里"简单得像个一"，就有点让人无法理解了。

有个周末，在家热得烦闷，我就来到一处林荫蔽日的山沟，走到深处，有间石板房，还未近前，恶狗汪汪狂吠，向我扑来。我拔腿就跑，脱险之后，发现有条毒蛇正在身后游走，我心惊胆战，继续飞奔。最后终于摆脱，腿上却被荆棘划出血口，手上也被毛虫咬起疙瘩。我在沟边小溪蹲下身来，洗脸擦手，耳边蚊蝇嗡嗡直叫，稍不留神又被蚊虫叮咬多处。看来，夏季有意与我为难，处处都是陷阱，还是快快回家为好。

我每天记住服药，坚持早晚锻炼，远离世俗喧嚣，保持恬淡安然，本着"心静自然凉"的法则处世。同时，安分守己，待在单位的办公室或者家中的书房，以免因自己的脆弱，让环境伤害了身体，给工作带来麻烦。

（原载于2018年7月29日"旬河浪花"微信公众号）

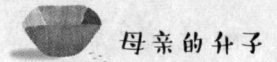 母亲的升子

路边卧着的狗

前几年,我和妻子每天散步的路线是:出烟草公司前门,左拐再左拐经过旬河大桥,然后由小河北桥头的木梯走廊下到河边的人行步道,走到康花园的时候左拐经过康花大桥,再左拐沿祝尔慷大道返回家里,这一圈走下来,有一万多步。

这天,我们从小河北桥头木梯走廊下到人行步道,走了不过二三十米,看到路边卧着一条狗。这是一条狼狗,高大威猛,全身黄毛,腿长,尾巴长,耳朵长,眼里射出惊人的光芒。我蹑手蹑脚从它身旁经过,生怕招惹了它。

以后每天经过那里,我都会看到那条狗,有时卧着,有时站着,有时来回走动,有时望着行人,有时摇着尾巴,好像很孤单、很郁闷。我分析那是一条流浪狗,要么是主人不要它了,要么是它找不到回家的路了。

有天,我们经过那里的时候,发现路边的草丛里有塑料袋,里面还有吃剩下的饭菜。我知道这是有些好心人产生了怜悯之心,将剩饭剩菜拿来喂它了。后来,我几乎每天看到有人拿些饭菜来,悄悄地放在那里。

这天晚饭后,我们照例要去散步。妻子说,我们也把这些剩余的饭食带过去喂狗,这家伙怪可怜的。我欣然同意。我们走到那里,狗不在,于是我们将塑料袋子放在草坪。刚刚转身,那狗从前方狂奔而至,狼吞虎咽起来,看来它确实饿坏了。

此后，我们有了剩菜剩饭就拿过去喂狗。每次见面的时候，那狗望着我们，摇摆尾巴，我知道这是它的肢体语言，表示感谢的意思。有时，我们走得很远了，回过头来发现那狗还在望着我们。我知道，这是它舍不得我们离开。我懂它，因为小时候家里一直养狗。

有天晚饭后，我们又去散步，走到那里的时候，发现那狗从老远的地方摇着尾巴朝我跑来，眼巴巴地望着我们。这时，我们方才想起，今天忘记给狗带来食物，心里感觉很愧疚。

某散步，我们又有了新发现。路边有棵小树，树上挂着一块牌子，上面书写两行大字："你可以不爱它，但你无权伤害它。"牌子的右下方画着一条狗。我想可能有人打了狗，刺痛了这位好心人一颗善良的心，才制作了这块木牌。触景生情，我急着见狗，在不远处的一角，我看见了它，腿部受了伤，眼睛在流泪。

后来的日子，我们又有了新发现。那狗行动迟缓了，肚子一天天大起来。我问这狗咋了。妻子笑着说："难道你连这也看不出来？它怀孕了。"我恍然大悟，原来这是一条母狗，它也有自己的情感生活呀！在这段时光，人们对狗更加友善，喂它的人越来越多，因为人们知道它需要补充营养。

不知是哪一天，我们路过那里的时候，看见了一群小狗，我数了数，是六条，母狗生产了。那些小狗，其中一条是黄毛，遗传了母亲的毛色；一条是花狗，黑白相间，很是漂亮；还有四条全是黑毛，可能父亲是一只黑狗，受到了父亲的遗传。这些小狗，依偎在妈妈怀里吃奶，前后蠕动，油光发亮，甚是可爱。

慢慢地，这些小狗长大了，经常在一起打闹嬉戏，它们的妈妈将有限的食物让给孩子，自己舍不得多吃。路上的行人走到那里，纷纷驻足观看，暗暗赞叹，多幸福的一家呀！

我每次走到那里的时候，总会不由自主地去数那些小狗。这次我数了

母亲的衣子

一遍又一遍，结果只有四条。我问，小狗为什么少了两条呢？妻子说，有天你下乡不在家，我一个人出去散步，老远看见有人拿着一把锄头，狠砸那些小狗，硬是把两条小狗砸死了，惨不忍睹。如果不是行人出面阻止，恐怕这些小狗都会遭殃了。听了这话，我义愤填膺，咬牙切齿，这些小狗坏了你的啥事？人类呀，为什么总有这样的败类，缺乏人性，残忍到家，豺狼心肠，猪狗不如！

这天散步，发现小狗又少了两条，仅仅只有两条了。我说，那两条小狗去哪儿了？会不会又遭到不测？妻子说，或许是被那些爱狗的人抱去喂养了，别想多了。是呀！如果真的被人抱走，那就好了，起码它有个家了，有人关爱它了。看到那条狼狗带着两条小狗，在人行步道上行走，那亲昵的动作，那欢快的模样，心里有种说不出来的滋味。我庆幸它们母子三个还好好地活着，快乐地玩着；我担心它们明天的生命，还会不会和今天一样幸福安然？

新的旬河大桥开始修建时，小河北过不去了，我们改在老城散步。祝尔慷大道外侧的河堤修好后，我们又改在新堤散步。从此，我再也没有去过小河北大桥头下的人行步道，自然再也没有见到那条狼狗和它的两个孩子了。但是，对它们的记忆却留在了我的心里。

狼狗的故事让我看到了世间百态，认识了什么是善良和恶毒。我喜爱那条狼狗和它的孩子们，我更热爱那些同情狼狗与呵护狼狗的人们。我希望天下的所有人都心怀一颗善良之心，尊重生命，热爱生命，那么我们的世界将会更加美好！

（原载于2018年第5期《旬阳文艺》杂志）

人生常会陷入两难

有一天，朋友在我办公室，大谈交友之重要，说她闲时总会把亲朋好友聚在一起，打打牌，吃吃饭，谈谈心，其乐融融。她说，朋友的邀请，轻易不要拒绝，这样友情才能长久。

朋友讲得津津有味，我也听得如痴如醉，我觉得她说得太好了。

我认为，人生三件事情很重要：工作、爱好、交友。反思多年来我所走过的路，上班时间忙工作，业余时间忙写作，但唯独没有好好经营友谊。

不论过去在组织部、宣传部，还是目前在人大办，我的工作总是那样忙。事情琐碎，头绪繁多，终日整得人晕头转向。下班了，或者到了双休日，我总想歇歇气，松松劲，然后喝喝茶，看看书，写写稿，散散步，让紧张的生活节奏慢下来，享受一下人生的独处与清闲。

俗话说：鱼与熊掌不可兼得。想干好工作，想保持爱好，就要割舍亲戚朋友之间的交往。于是我的生活轨迹就成了两点一线：单位、家庭、上下班的路线。除此之外，其他的场所很少涉足。这样，亲戚有事尽量不去，朋友邀请基本回绝，社团活动概不参加。

前不久，西安有个朋友来玩，三天时间我和他只见了一面。因为这三天我都在下乡和开会，没有抽出时间好好陪他。要走了，朋友编辑了一封信，通过微信发给我，字里行间流露出失落和伤感，惹得我好多天心绪不

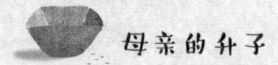 母亲的升子

宁，彻夜难眠，谴责自己慢待了朋友，造成了遗憾。

我是一个性情中人，十分注重情感，并非那种冷血动物。朋友的肺腑之言，触动了我的心灵，让我决心改进和调整。以至于我上周每天都在外面会客、吃饭，书看得少了，也没有时间写了。到了周五，朋友邀请我周末参加礼仪培训班结业仪式，我答应了。又有朋友邀请我周末参加蜀河镇曼湾村菊花节活动，我又答应了。还有朋友邀请我周末参加文学交流活动，我也答应了。

可是，到了周五下午，西安市鄠邑区人大常委会发来传真，下周一要来旬阳学习考察乡镇人大工作。常州市天宁区人大常委会也发来传真，下周二要来旬阳开展对口友好交流活动。汉滨区人大常委会也来函确定，下周邀请安康市人大代表旬阳代表组交叉视察。县人大办扶贫工作队也打来电话，要求帮扶干部周末必须进村入户，说上面要来检查。单位领导也打来电话，说下周一上午召开主任会议，要提前做好准备。成堆的事情压来，我的头都大了。有什么办法呢？只有硬着头皮召集干部，制订方案，分解任务，周末加班。

到了晚上，办公室干部还在四处联系，请示领导，商定方案，我也不时接到电话，听取各个方面的反馈意见。这时，我突然想到白天答应朋友的事情，急忙拨通电话，一一说明情况，逐个推掉邀请。看来，要做到工作、爱好、交友三兼顾，确实不行。人啊！为什么总是这样难？为了工作，有时不得不舍弃爱好与朋友。可是，以后没有了工作，爱好和朋友还会记得你吗？

（原载于2018年11月10日"旬河浪花"微信公众号）

冬日里的暖阳

冬日里，气温降低，棉衣加身，我也越来越离不开火炉，但却越烤越冷。每到冬季，人们都会盼望晴天，好去户外享受阳光。

我们在县委大院上班，正好利用中午休息时间，漫步身后的太极城森林公园，也可以抓住下乡扶贫的契机，去追赶那冬日里的暖阳。如果遇上晴好天气，那才是最幸福、最惬意的时光。

大雪过后，温度下降。可是，天气却格外晴朗。我们迎着和煦的阳光，走在公园的人行步道上，全身温暖、心情舒畅。

我看到那阳光，一丝丝，一缕缕，洒向山头、树林、公路、凉亭，一切都显得清新、干净、明朗，赏心悦目，暖意洋洋。

我看到树上的叶子，深冬季节了，还是那样碧绿，因为公园里人工栽植的多为常青树。在阳光的照耀下，它们反射着惹眼的光芒。当然，有些树木的叶子没有了，那是自然生长的野树，枝条上悬挂着白色颗粒的是乌桕树，黄色小球的是苦楝树，褐色风铃的是红椿树，红色串珠的是火棘树，它们在阳光的抚摸下，显摆着风情。

我看到林子里，横在树身的那根枝条上，一字排列着五只鸟儿，伸长脖子，一动不动，立在那儿静静倾听。那是什么鸟儿呢？是斑鸠、灰鸽，还是其他野鸟？我判断不准。它们在干什么呢？这时，我听见了悠扬的歌声，从亭子里传来。那些民间艺人在那儿吹着长号，练着歌，声调婉转，优美动听。原来这些鸟儿正在欣赏音乐。歌声停歇了，鸟儿飞下树枝，叽叽喳喳地叫着，四面八方的鸟儿也一起鸣叫起来，这些声音不同于音乐，却胜似音乐，非常悦耳。如果放在春季，花儿绽放，蜂蝶飞舞，鸟儿齐鸣，音乐助兴，那该是多么生动传神的一幅图画啊！

路上的小车川流不息，有的是刚来的，有的是返程的。这些车辆，车型繁多，牌号各异，天南海北，应有尽有。开着小车的人，来看什么呢？我想，他们肯定是到观景台去了，去看那个世界罕见、中国唯一的"中华太极城"。关于太极城的风景与故事，我为它写过不少文章了，在这里不想再费笔墨进行介绍。仁者见仁，智者见智，神奇不神奇，美丽不美丽，全靠个人的感觉和悟性，说得再多也没有用。

我看到人行步道上，三五成群的人，来来往往，谈笑风生，阳光灿烂。这些户外运动者，有机关干部，有普通群众；有男性同胞，有女性朋友；有青年情侣，有老年夫妻；有婆媳牵手，有爷孙嬉戏。他们都在阳光下慢慢走着，咯咯笑着，尽情谈着。他们在说些什么呢？自然是有啥说啥，还有那些悄悄话。在如此和谐的氛围里，人人放松了心情，放慢了脚步，放开了怀抱，与自然融为一体，活得真实，说得开心，笑得爽朗，玩得尽兴。每个人都有一张阳光般的笑脸，光彩照人。

我继续在人行步道上走着，不知不觉来到了山顶。放眼望去，整座太极城尽收眼底，好美的地方啊！那青山绿水，那花草树木，那人流车流，那蓝天白云，那歌声鸟语，都沉浸在冬日的暖阳里，是那样生动，那样妩媚，那样幸福，那样骄傲，那样自豪，一切都是那么美好！触景生情，我浮想联翩：这世间任何阴影在阳光面前都会自惭形秽，无地自容。做人何尝不是如此呢？假如我们能够除去心中的阴霾，像这冬日里的暖阳，内心敞亮，充满阳光，给他人带来温暖，给社会带来欢乐，浑身散发出满满的正能量，那么，我们的人生就会多云转晴，放射出无限的光芒！

（原载于2018年12月17日中国作家网）

池中睡莲

楼下的院子有一泓水池，弧边围裹，形如花朵。池中有水，水中有鱼，水面漂浮着睡莲。

这天心里烦闷，我走到院子，看鱼儿争食，看睡莲展叶，看池水泛波，看树的倒影。

住在院子十年了，我还是首次静心观莲。因为平时总是马不停蹄，步履匆匆，无心他顾。

池中的睡莲共有两兜。一兜在水池这边，一兜在水池那边。我数了数，每兜有二三十片圆形的叶子，浮在水面，绿绿的，亮亮的，是那样悠闲，那样清雅。

我还发现，绿叶丛中，有嫩嫩的荷苞伸出水面。这边立着三颗，那边也立着三颗，颤颤巍巍地在水中晃动，好像电视剧中的"宝莲灯"。这种美的意境，我用苍白的文字无法形容。我猛然想到"小荷才露尖尖角"，对！这样的描写方才恰到好处。

这天是周六，我难得地有空闲。天气晴朗，万里无云，太阳光慢慢地从山那边走过来，走进院子，走进水池，走近睡莲。我的心情一下子舒展开来，一扫心中的阴霾，亮堂起来。

阳光是有手的，只见它轻柔地抚摸着睡莲的叶子，抚摸着睡莲的荷苞，抚摸着碧绿的池水，抚摸着游动的鱼儿。阳光是会说话的，只见它悄

母亲的扣子

悄地对睡莲说:"醒来吧,睁开眼吧,寒夜过去了,阴霾逃走了,世界多光明啊!"睡莲听到阳光的呼唤,感受到阳光的温暖,慢慢地从梦中醒来,睁开惺忪的睡眼,露出了笑脸,和阳光热情拥抱,心花怒放。那粉红色的花瓣,围坐花蕊身边,尽情地向四周伸展,在绿叶的映衬下,越开越娇艳,这就是睡莲花!多美啊!多神奇啊!

我显然是兴奋过头了。这天,我三番五次地上楼下楼,心中想着睡莲花,不停地去看睡莲花,越看越生动,越看越高兴。到了下午,接近黄昏了,太阳依依不舍地离开了。望着阳光渐渐远去的背影,池中阴暗下来,盛开的睡莲花有了心事,慢慢地闭上了眼睛。

翌日,我起了个大早,去看睡莲,它还在睡着。等到十点,它还是没有睁眼。为什么呢?我估计是太阳没来。是的,今天天气很不好,漫天都是雾沉沉、灰蒙蒙的,有时还夹杂着狂风暴雨,飞沙走石。遇到这样的环境,睡莲就是醒着,也会装睡,因为它喜欢太阳,憎恶阴霾,任凭说啥也不会开。

又是一个阳光明媚的日子。中午下班后,我一般会在单位吃饭和休息,但今日我想知道睡莲是否开花,毅然决定回家。走进院子,来到水池,我惊叹了!睡莲开得好漂亮,仿佛身着彩衣的美少女,在清水里洗涤,在阳光下沐浴,令人目醉神迷。一连好几天,天气晴好,睡莲都是太阳出来时开花,太阳落去后闭合。真没想到,睡莲如此具有灵性,追求阳光,花期也长。它洁身自好,一尘不染,沉静安详,始终保持着高贵的品性,让人羡慕,值得赞扬!

我不由得想到有本书叫《心静如莲》,是挚友黄开林送我的散文集。这本集子我是从头至尾读完了的,深受启发。我喜欢黄老师的文章,尊敬黄老师的为人。读他的文章,学他的为人,能够让人远离喧嚣和浮躁,心归宁静。心静如莲,是一种生活追求,是一种处世方法,是一种人生境界。可是,我这个人却不能免俗,内心容易被外因干扰,世界喧嚣我就喧嚣，社会浮躁我就浮躁。我觉得，这是我自身的问题，修炼不够，定力不足。俗话说"心静自然凉"。想那睡莲，人们为什么叫它睡莲呢？奥妙就在这个"睡"字。在阴暗的时光，让心灵安睡，任尔风吹雨打，我自岿然不动；在晴朗的日子，敞开心扉，拥抱阳光，蓓蕾绽放。这是多么深奥的处世哲学，多么崇高的人生智慧啊！

（原载于2019年8月9日《安康日报》文化周末，2019年秋《安康文学》转载）

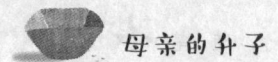 母亲的升子

芍药的哭诉

2017年清明节,我回到老家,为已故的亲人挂清。从大哥坟头回来,路过表哥门前,我看到绿油油的芍药,很是喜欢。表哥挑选最为茂盛的两株,连根带土挖起,装进两个花盆,让我带走,说回去不用移栽,当年就能开花。

我很高兴,因为我爱花,平时也喜欢养花。我将两盆芍药搁在阳台,精心照料,时常松土、施肥、浇水。遇到高温,或者大风天气,我还会将其端离阳台放在室内。我天天细心观察,等着它开花。一天天过去了,一月月过去了,家乡田野上的芍药开放了。可是,我家阳台上的两盆芍药一直未开。我觉得奇怪,是不是苗子太小,或许再长一年,等到明年长高了,长壮了,就会开花了。

2018年清明节到了,我又回到老家,再次路过表哥门前,看到表哥房前屋后的芍药花蕾鼓胀,眼看就要开放。我问表哥,去年他家的芍药开得咋样?表哥说,开得可多啦,每朵都有拳头那么大,花瓣重重叠叠,颜色有白有红,好看极了。回到县城,走进阳台,看到我那两盆芍药,既不见长高,也不见长壮,更不见花蕾,细细的秆,小小的叶,一副病恹恹的样子,要死不活,一看就让人生气。

我想,或许养花要有耐心,不能操之过急,只要细心呵护,到时定能开花结果。于是,我增加施肥和浇水的次数,照管得更加细心。不料,其

中的一株不知不觉渐渐枯萎，最后竟然死掉了。另一株虽然勉强活着，却低矮瘦弱，无精打采。我丝毫不敢马虎了，夏天担心它晒着，冬天害怕它冻着，挪出挪进，精心管护，不但希望它能顽强地活下去，而且希望它在来年能够开出花朵。

2019年春天来了，草木萌发，我家阳台的那盆芍药也生出嫩芽。我内心喜滋滋的，马上为它松土、施肥、浇水，还把它放在楼顶沐浴阳光。到了四五月份，县委大院花园里的芍药开花了。我急忙回到老家，看到故乡大地上的芍药竞相绽放。表哥房前屋后的芍药长得更加苗壮，开得更加夸张。回到旬阳，望着家里的那盆芍药，枝叶枯黄，丝毫没有开花的意思，我彻底失望了。

我对那盆芍药厌倦了，嫌弃了，心里对它咒骂不已，说它占着茅坑不拉屎，好吃懒做，不争气，讨人嫌，我不想再见到它了，不如死了算了。晚上做梦，那株芍药很委屈，在哭泣。我生气地说，你还好意思对我诉苦。它分辩说，这能怪我吗？要怪你就怪那盆泥土吧，可怜巴巴地那么一点点，我整天吃不饱喝不足，忍饥挨饿，生不如死，能够勉强撑到今天，已经很不错了，越说哭得越伤心。

听了芍药的哭诉，我动了恻隐之心，觉得错怪它了。这使我更加生气，觉得泥土不是东西。于是，我在梦中将愤怒转嫁到泥土身上。我痛责泥土：你也太不像话了，我辛辛苦苦把你弄来，常年管护，容易吗？可你不知感恩，只想偷懒，天天睡在盆里，不给花苗提供养分，害苦了它，真是不知好歹！泥土听到训斥，号啕大哭，也为自己辩解：这能怪我吗？你要知道，我只是一点泥土，并不是大地，过去我依偎在大地母亲的怀抱里，吸吮着丰富的乳汁，供养着无数的生命，比谁都勤快，现在我有家不能归，有娘不能认，犹如孤魂野鬼，每天都处在流离失所的痛苦之中，度日如年啊！

梦醒之后，我陷入了沉思，原来是我犯下了不可饶恕的错误。花果是

◆ 母亲的扣子

植物的孩子,植物是泥土的孩子,泥土是大地的孩子。它们是不可分割的生命共同体,相依相偎,休戚与共,谁也离不开谁。可是,我却为了一己私欲,将它们生生分离,做出了有悖常理的事情。由此及彼,古树生于山林,钟乳生于沟溪,山水生于自然,动物生于旷野,一切都是那样和谐。可是,我们有些人总是只顾自己,让它们骨肉分离,演绎着无数悲剧,令人痛惜。我想,如果大家都能够从我做起,克服自私心理,尊重自然,热爱生命,保护生态,那么我们的家园岂不更加美丽!

(原载于2019年6月10日中国作家网)

凡人小事

　　县烟草公司大门外有个补鞋匠。他肢体残疾,身躯佝偻,头发斑白,五六十岁的年纪,终日在那里以补鞋为生,样子甚是可怜。每日上班下班,进进出出,迎面就能看到他。我渐渐对他产生怜悯之心,想找机会接近他、帮助他。可是,我那几双鞋子偏偏不理解我的心思,久穿不烂。无奈,我就去擦皮鞋,给他钱,他说啥也不接受,说我的鞋子只是落点灰尘,并不脏,不能收钱。我那双运动鞋脱胶了,让他给粘牢,给他钱,他还是不愿接受,说这点小事,既不费功夫,又没用材料,怎么能收钱呢?终于等到有双皮鞋穿烂了,我急忙去找他修补。只见他动了剪刀,用了两块皮子,还动了补鞋机,用针线将破洞补得天衣无缝。我给他十元钱,担心还没有给够,可他非要给我找回五元钱不可。我说他费了好大劲才将鞋子补好,十元钱都是少的,不用找了。他说,这点小活只值五元钱,多收的话,良心过意不去,硬是将那五元钱塞到我的手中。我内心为之一震,不由得对他肃然起敬!以后我们见面总会相互点头微笑,有时还要闲聊几句,随之成为朋友。

　　县脱贫攻坚指挥部有个门卫,原是一个农民,早年外出务工,染上疾病,不能干重体力活,生活陷入困境。为了生存,他找到了这份差事,为单位守门。我对他的尊重,起初是因为他身残志坚,热爱生活,坚持写作,精神可嘉。直到发生了后面的事情,我才对他有了更深的了解。有天

母亲的扑子

上午,他站在门房的窗口向外眺望,大街上车水马龙,人来人往。突然,他发现有人身上掉下东西,急忙奔跑过去拾起来。见是五张一百元面额的人民币,他边喊边追赶那人,很快就赶上了。他问那人是否丢了东西,那人伸手摸摸口袋,说钱丢了。他问丢了多少,那人说五百元。核实清楚,他笑着将钱还给人家。返回的时候,有人说他真傻,自己本身没钱,捡到钱还不要。他说,君子爱财,取之有道。这钱本身就不是我的,我又怎么能要呢?

旬阳老城有位环卫工,他的爱人有病,孩子正在上学,自己工作辛苦,收入微薄。他对工作高度负责,起早贪黑,手脚不闲,将其分管的区段收拾得干干净净,让人身心舒坦。这天,他打扫完街区卫生,顺便到商店买了些生活用品。由于粗心大意,找钱时没有清点,回家后发现店家多找了他二十余元。于是急忙从家里出来,奔向大街,找到那家商店,说明情况,将多找的钱退还了人家。他对朋友说,拿着别人多找的钱,好像自己做错了事,心里着急得不行;等到把钱还给了人家,好像一块石头落了地,心里一下子踏实了。朋友笑他真是一个老实人。

上面三个人都是平凡的人。他们处在社会的最底层,干的是最辛苦的工作,与"地位、金钱、名誉"无缘。可是,他们靠勤劳的双手养家糊口,靠道德和良知对待生活。他们从来没有想到向社会索取,更没有为社会增添负担。他们的生活离不开钱,他们比任何人更需要钱。但是,他们坚守做人的底线,不贪钱。从这些凡人小事中,我更加深刻理解了什么叫人格,什么叫品德,什么叫高尚。反观现实生活中的某些有地位、有身份的人,却沦为金钱的奴隶,显得多么可悲,多么卑贱啊!

(原载于2019年8月29日中国作家网)

快乐源自于心态

清晨起来,春光明媚,外边还有点乍暖还寒的感觉。我照例走路到单位上班。

早晚散步是我坚持了二十多年的生活习惯。过去住在老城的时候,从家里走到单位需要四十分钟,我就早上6点半从家中出发。后来搬到新城烟草公司家属楼居住,从家里走到单位需要二十分钟,我就早上7点从家里出发。

路上遇见三个熟人,一个是统战部的,两个是财政局的,几个单位都在同一方向,于是我们边走边聊。统战部那个人姓李,不仅健谈,而且幽默。他给我们讲了他们村里一位高寿老人的故事。

他说,这个老人一生没有忧愁,一年四季满面春风,生活过得有滋有味。就说喝水,在那生活困难的岁月,老人只喝白开水,经常端着水杯边喝边说:白开水好啊!既清白,又养胃,多喝白开水,好处多啊!后来,老人在山坡放牛,顺便采摘一些金银花回家,就用沸水冲开来喝,经常端着水杯边喝边说:金银花好啊!既清凉,又保健,多喝金银花,身体好啊!再后来,家庭生活好过了,子女们每年都要买回绿茶孝敬他。老人就用开水冲泡茶叶来喝,经常端着茶杯边喝边说:茶叶好啊!既有味,又清香,多喝茶叶,精神爽啊!

听着老李风趣的语言,我笑了,财政局两人也笑了,你一言我一语说

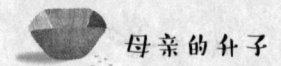 母亲的朴子

开了：老人热爱生活，懂得珍惜，知道享受，健康长寿完全是出于他有一个良好的心态。

到办公室后，我的心情很好。按照昨天商定的事项，我和办公室几个同志要到人大办牵头的"双创"（创建国家园林城市，创建国家卫生城市）第六片区检查。我们一行几人边走边解决辖区内存在的问题。当走近黄虎路刚刚建起的社区文化广场时，看到地面砖铺好了，体育健身器材安装了，新栽的绿化树成活了，广场办公室建起了，我们非常高兴。

看到广场上边有户种花的人家，我提议进屋看看。这家老两口都已六七十岁，手脚麻利，笑容可掬，对我们很是热情。我们看到他家的一楼放着根雕和许多花盆。二楼门外有一个院子，不大但很精致。院子中央有座假山，造型奇特，池中有水，水中有鱼。假山的旁边是钢管支起的葡萄架，葡萄藤蔓有臂膀粗细，架上的葡萄枝条正在吐苞发芽。院子四周摆放着花盆，品种繁多，花草茂盛。院墙外边，绿树成荫，风景优美。

我望着那盆含苞待放的君子兰问男主人，这盆君子兰长得这么好，不知为什么，我养君子兰总是养不活呢？他笑着说，君子兰不喜水，水浇多了根会烂；君子兰怕暴晒，要经常放在阴凉处；还有君子兰对土质也有要求，多放些腐树叶护养根部。我又望着那盆栀子花问男主人，这盆栀子花绿绿葱葱，而我家栀子花的叶子为什么都变黄了呢？他还是那样和蔼可亲地笑着说，那是缺铁，栀子花喜铁，要用硫酸亚铁泡水浇灌。

男主人慈眉善目，心态平和，知识渊博。我觉得，这是一位有文化、有修养、有品位的人，看样子不像是普通的农民。于是，我就问他过去干过什么。他说，二十世纪六七十年代在公馆地质队待过，后来回到陕西省地质队住到西安，再后来转行到白河县人民银行工作，最后调到旬阳县人民银行，前几年到龄退休了。他说，虽然自己不是当地人，但妻子是旬阳县赤岩镇人，在旬阳落户好多年了。我问他姓什么，他说姓华，随后又补充说是中华的华。我问他退休后急不急，他笑着说，退休后锻炼、养花、

栽树、读书、学习，忙着呢！不急，不急。看到他那开朗乐观、睿智豁达的样子，我深受感染。我说，你的心态真好！他的妻子说，老华这人一辈子都不知道啥叫忧愁，整天乐呵呵的。看随行的马主任特别喜欢花，老华爽快地送给她四盆花和十个花盆，还送给我八个花盆。

  我经常想，有的人有吃有喝有工作，却整天怨天尤人。而有的人，像老李讲的那位长寿老人，还有老华这些人，条件并不优越，但他们热爱生活，热爱生命，热爱自然，珍惜自己拥有的一切，用良好的心态和乐观的精神影响着身边的人们，社会上多些这样的人，那该有多好啊！

（原载于 2015 年 1 月 29 日作者新浪博客）

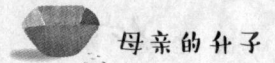 母亲的升子

人生的热爱与无奈

到了周末,按照往常的习惯,我会利用双休日难得的空闲时间写点东西。可是现在却写不成了,因为我患了一种疾病。说来也不是什么大病,更要不了命,但是这种疾病却限制了我的兴趣。我热爱写作,一生都在和文字打交道。可是今年进入5月以来,我的手指根本不敢触及键盘,一动肩膀就会疼痛,有时竟然感觉头晕与恶心,晚上翻身都很困难,搅得人心烦。

同事和家人都在劝我,快去医院检查,身体马虎不得。于是,我去做了核磁共振,拿着报告单去见医生,诊断结果为:椎间盘突出,颈椎曲度变直,骨质增生。医生对我说:"你的四节颈椎都出了问题,已经很严重了,这是长期伏案造成的,必须注意休息,住院治疗。"医生还劝我,以后不要再写了。

我想不通,好端端的一个人,怎么一下子病成这样?这时,我对自己的身体开始反思了。其实,我的颈椎病应该早就有了,只是没有注意而已。记得在小河区工作的时候,有次区上召开企业会议,我为了赶写材料,昼夜加班,竟然晕倒,事后肩膀疼痛多日。还记得,在组织部和宣传部工作的时候,因疲劳过度,也曾先后晕倒过两次,出现过肩胛疼痛的症状。但那时人年轻,抵抗力强,一旦工作就像"拼命三郎",小病根本不太在意。"冰冻三尺,非一日之寒"。身体也是一样,不是说垮突然就垮了

的。此时,我才理解"健康是一,其他都是零"这句话的深刻含义。人生没有后悔药,早知如此,何不当初就学会劳逸结合,倍加珍惜自己的身体呢?

一个视写作为生命的人,身体不让他写了,心里是很难受的。半个多月来,我总是打不起精神,时常感到失落,就像掉了魂一样,来回游荡,思想彷徨,性格也变得暴躁起来,动不动就发脾气。我想,不能写就干脆放弃算了,每天除了干好工作之外,坚持锻炼和阅读,这样或许更轻松些。

我开始调整了,坚持每天到河堤散步,边走边甩动双臂,活动筋骨,多做引体向上,牵引脖颈,夜间睡觉垫着圆枕,矫正颈椎曲度,步行上下班,保证日行万步。遇到疾病,着急无用,最好的办法是保持良好的心态,靠信念和锻炼战胜疾病,对这点我很有信心。坐在办公室里,我一反常态,能不动电脑尽量不动电脑,能站立办公尽量站立办公,避免久坐伏案,影响颈椎,压迫神经,引起疼痛。业余时间,多读书,多学习,多思考,我觉得这样也没有什么不好。

可是,我的心里时常出现一种不踏实的感觉,好像生活总是缺点什么。有个周末,正好赶上母亲节,手机微信朋友圈互相转发关于母亲的文章,使我想起了我的母亲。我想写篇回忆母亲的散文,由于颈椎疼痛,无奈作罢,整天心情不好。这个周末,我从河堤锻炼回来,继续阅读《最美的散文》,读到余光中的《听听那冷雨》和林非的《离别》,我就坐不住了。我被这些文字感动了,猛然来了灵感,想写了。但我清楚地知道今天是不能写的,因为早上刚刚服药,妻子才给按摩过。如果再动键盘,一切力气都是白费。我很苦恼,这说明我对文字爱得太深,它已成为我生活中的一部分,我离不开它了。

这些天来,我想了很多很多,是放弃,还是坚持?放弃吧,不甘心;坚持吧,有困难,心中异常矛盾。我常常在办公室,在书房,在楼顶,在阳台，来回走动，心神不定。许多往事涌上心头，我想到写作路上的奋斗历程，想到喜欢我的许多读者，想到支持我的许多朋友，还想到写得不错的那些散文，怎么能到此为止呢？我内心不由得产生了继续写作的动力和勇气。由于停笔多日，时间宽裕了，我去户外的机会多了，看到青山绿水，看到白云蓝天，看到花鸟草虫，看到行人匆匆，心中不时萌生一种激情和感动，自然多美呀！家乡多美呀！生活多美呀！我爱自然，我爱家乡，我爱生活。这些爱都需要通过文字来表达，不写怎么能行呢？

于是，我有了新的想法，翻开日记本写下这段文字：想写而不能写，是对人的一种折磨，难道我的写作生涯从此就结束了吗？我想绝对不能，因为我立志担负作家的责任，记录现实生活，发现人世间的真善美，怎能半途而废呢？我坚信，凭我的坚忍和毅力，身体是能够恢复的。万一身体恢复不了，也不要紧，那就改变方式，把生活中的精彩片段，或者心中产生的灵感，随时写在日记本里，待形成完整篇章的时候，再请人打印出来，或许我的写作能够继续。但愿如此，并祝好运！

（原载于2019年5月19日"旬河浪花"微信公众号）

在假日感受生活

我平时很忙,以至于疏远了生活。

国庆节放假,不想随流去旅游,我只想自由自在地去感受生活。

10月1日,我想用一天的时间陪伴家人。多年来,妻子忙里忙外操持家务,女儿远在他乡,只身苦读,我则常年忙于工作,很少关照她们。这天,我们早早起床来到农贸市场,妻子买菜,我和女儿帮忙。我们买的菜蔬种类繁多,准备女儿最爱吃的火锅。备齐原料,我们一起动手洗菜、切菜、煮锅。这顿饭吃得有滋有味,其乐无穷。下午,我陪她们逛街。这些年来,都是她们给我买衣服。今天,我要给她们买衣服。我们精挑细选,货比三家,讨价还价,终于为她们买到了称心如意的衣服。接着,我陪她们做头发,妻子去的地方是黑发王,女儿去的地方是王中王,女儿在王中王做了刘海,这是她喜欢的发型,自然心中高兴。

10月2日,我们一家三口回到老家。这些年来忙于奔波,老家渐渐被淡忘了。我们先看了老宅,屋瓦脱落,墙壁开裂,蛛网缠绕,摇摇欲坠,这个宅子在这里风雨飘摇了一个世纪,实在是难以支撑下去了。老宅的房后,一边是千年古木,一边是母亲坟墓。那株古木是皂角树,粗壮无比,历史悠久,是老宅的风景。母亲勤劳持家,本分守土,百年之后还睡在这里为子孙守护家园,令人肃然起敬。老屋门前是一块竹园,四季常青,苍翠欲滴,与屋后的千年古树遥相呼应,成为老宅又一风景。我们又去看了

母亲的升子

屋前的吕河及屋后的平定河，两条河流在这里交汇，使老家所在的来家垭三面环水，一面傍山，好似漂浮水中的仙岛，美到极致。吕河在毛公山下，平定河在卧牛山下。两座大山将老家所在的观音堂村围成盆地，土地肥沃，风景秀丽。我们还去拜访了七十六岁高龄的四姨和舅娘。这两户人家和我家构成来家垭的主体住户。她们对妻子和女儿讲了很多我的童年故事，女儿笑得前仰后合。她们建议我和妻子退休之后回来居住，说老家是块风水宝地，我觉得她们讲得很有道理。

10月3日，我们去了安康，因为安康是妻子的娘家。我们的到来成为妻子家族的喜事，五个家庭聚集城中的女儿小姨家，大大小小十三口人，家长里短，人情世故，无所不谈，气氛相当热烈。我被这种和谐氛围所感染，决定为他们做点事情。女儿小姨的儿子今年考上安康中学尖子班，这是家族中的一件喜事。我表示祝贺，孩子说想买足球，我陪他找遍了安康的商店，竟然没有找到他喜欢的足球，最后回家在网上买到了他满意的足球。妻子大弟的女儿陈夏和我的女儿赵柳被学校确定保研，这又是家族中的两件喜事，我用不同的方式对她们分别进行了奖励。

10月4日，妻子大姐的女婿过生日，我们都去了。由于考虑孩子们爱吃火锅，他们就安排在一家火锅店。尽管我不太适应火锅，但是看到孩子们那样兴奋，我也感到很高兴。

10月5日，女儿从安康坐火车到西安去了，我和妻子返回旬阳。我请来水工，把坏了多时的厕所水管修好了。这些事情在过去我是从来不管的，现在我不但请人来修，并且主动帮忙，是想尽点作为家庭成员的义务。妻子忙着打扫室内卫生，我也主动帮忙，妻子感到高兴，我也觉得幸福。妻子整理、清洗从吕河老家和安康娘家带回来的蔬菜，我也帮把手。妻子剥板栗，我也跟着剥，虽然很难剥，指甲都弄疼了，但还是坚持了两个多小时。

假期的最后两天，我要静下来读书和写作，这是我的老本行。一天不做心发痒。我先后读了《雅舍小品》《假如给我三天光明》《这个世界无须仰视》。《雅舍小品》是女儿高中时的班主任王老师推荐的。他说，梁实秋的随笔写得轻松自然，对我的随笔写作会有帮助。后两本是两个残疾人写的书，一个是美国作家海伦·凯勒写的，人们可能熟悉；一个是旬阳作家王庭德写的，人们不一定知道。王庭德是旬阳县铜钱关人，身残志坚，事迹感人。两人所处时代不同，国度也不同，但他们的精神鼓舞世人，值得学习。读书的同时，我在假期还写了两篇随笔，一篇是《老宅古树》，觉得写得不错，回头想投向报刊发表；另一篇是《在假日感受生活》，随心所欲，不伦不类，只有放到自己的博客，供自己和好友欣赏了。

（原载于 2014 年 10 月 7 日作者新浪博客）

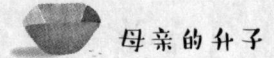 母亲的升子

自作多情

我在河堤散步,迎面来人笑得可爱。只见他神采奕奕,大步流星向我走来,口里朋友、伙计之类的招呼接连不断。我被他感动了,急忙满脸堆笑,伸出右手,迎上前去准备寒暄。突然身后窜出某某人来,与迎面来者相握相拥,亲热得要命。

妻子说,你又自作多情了。我说,有什么办法呢?人家对你如此热情,你再不做回应,如果真是冲着你来,不是把人得罪了?何况,因与人打招呼而得罪人的事还少吗?所以宁愿自作多情,也不能让朋友或者熟人觉得你怠慢了他。

不知是我笨,还是我反应迟钝,在与人交往中,经常遇到不和谐。原来的领导,原来的朋友,在退居二线或者退休之前,见了面互相握手和打招呼,是那么地亲热和自然。可是,在他们离退之后,却出现一种反常现象,明明看到他们从对面来了,也是看见了你的。然而,他不是把脸侧向一边,就是把头低下看着地面,有的还绕道走开,从来不会主动和你打招呼。遇到这种情况,不管他们出于什么原因,我必须反应灵敏,争取主动,只有这样做了,过去的情分才能保留。

后来遇见熟人,我都充分发挥主动性,主动笑,主动伸手,主动打招呼,主动套近乎。但是,这种主动有时也使人陷入难堪境地。比如,有一次在旬阳县城,遇到一个女子,很熟,她和我打招呼。我也很热情地和她

打招呼，她身旁的男人我不认识，但知道他是她的爱人，于是我热情地招呼他，并伸出手想和他交个朋友。没想到人家脸色突变，转身扬长而去。我僵在那里，好久说不出话来。妻子说，又自作多情了，我无奈地摇摇头，走了。

我有次到安康参加会议，发现市直部门某局长坐在那里。此人是我的老朋友，过去曾共过事。我有种"他乡遇故知"的激动，于是走上前去招呼他。可我喊了几声，人家没有抬头。我在他的肩膀上拍了两下，他把头抬起来了，但眼睛无神，口中无语，好像不认识我一样。我急了，说："局长！我是攀强呀！"只见他把头点了点，又低下头去。我讨了个没趣，坐回自己的座位，心中不是滋味，又是一次自作多情。到这时，我对那些离退干部见人不打招呼算是理解了，他们也有自己的难言之隐啊！

以后遇见熟人，该主动的要主动，该被动的要被动。至于哪些人要主动，哪些人要被动，因人而异，张弛有度。我的原则是：遇到退职的熟人要主动，遇到普通的群众要主动，遇到职务比自己低的同志要主动，对那些有钱有权有势之人，最好是敬而远之，避免难堪。

（原载于2014年9月6日作者新浪博客）

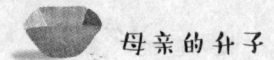 母亲的升子

原来我是一只笨鸟

不论是家乡父老，学校师生，还是单位同事，我在他们心目中似乎"聪明绝顶"。多少年来，我也是稀里糊涂，还真以为自己比较聪明。

可是，我每做一件事情都是那么艰难，不仅丝毫没有聪明的快乐，而且常常生出笨拙的烦恼。

比如学车。科目二的倒库，班上的学员都倒进去了，我却无论如何倒不进去。教练急了，建议我不要跟班考试，多练些时间下期再考。我的性格很倔强，偏偏不听教练的话。校长急了，将他个人用车的钥匙交给我。于是，我就天天使用专车，训练的时间和次数超出别人数倍。科目一和科目四的理论，我天天在网上练习，晚上常常练至深夜，最后练出肩周炎，还是不敢休息，担心考不过关。几个月下来，我一路"过关斩将"，不仅顺利拿到驾照，而且在科目一、科目二、科目四的考试中，接连考出三个100分的好成绩。许多朋友说我太聪明，接受能力强。其实，只有我自己知道，自己是靠时间磨出的"功夫"。

还有写作。不要看我发表了那么多文章，获了那么多奖，还挤进中国作家协会会员和中国散文学会会员的行列。说实话，我并没有写作天赋，写出的东西也不能登大雅之堂。那是我刚从安康农校毕业参加工作时的一件事情。我写了一篇关于母亲的散文，兴致勃勃地来到县城，找当时县上一位有名的作家请求赐教。没想到那位作家看了一眼后说，你写的这篇稿

子好像小学生作文。受此奚落，我感到很自卑，怀疑自己不是一块写作的材料，想放弃写作。但是，我内心确实热爱写作，于是就把想写的东西写在日记本里，自个儿欣赏。后来，有个老乡调到市报工作。我鼓足勇气将自认为写得较好的一篇文章寄给她。没想到人家说，这篇稿子根本无法修改。我想，可能我没有文学细胞，写也是白写，算了吧。可是，我时常萌生一种写的冲动，于是拿起笔来又写。有个老乡任省报记者，我拿着一篇文章让他看看。不料人家却说，这篇文章与省报的用稿标准相差太远。后来，我谁也不找了，稿子也不让任何人看了，胆战心惊地直接投向报社，多数也是泥牛入海无消息。再后来，我调到县委宣传部工作，就把自己过去写的部分散文发在宣传部的网站上。直到有一天，无意间发现有篇文章被全国各地的报刊网络转载上百次，仅读者在线阅读近百万次，真是令人兴奋不已。那天，陕西日报社驻安康记者站的杨站长来到旬阳，我把那篇叫《幸福在哪里》的散文拿给他看，问够不够在陕报发表的标准。杨站长就将这篇散文送给陕报总编，总编看后认为写得不错，批示在陕报发表了，顿时鼓起了我的写作自信。陕西省散文学会会长陈长吟也将此文推荐给中国散文网发表，并在陕西省首届网络文学大赛中获得一等奖。此后，我一边坚持写作，一边将过去写作的散文整理发表，还出版了三部散文集。不少朋友说，我是笔杆子，有才华。其实我知道自己仅是执着而已，并无才华可言。

  我的从政也是如此。自从十九岁那年，我参加工作开始就进入政界。二十多年来，发表新闻作品千余篇，理论调研文章百余篇，推出典型十余个，受过表彰奖励六十余次，同事都认为我有头脑，能力强，贡献大。其实我知道自己只会空守孤独，默默无闻地拼命工作而已。可不是吗？这么多年来，我除了辛苦还是辛苦，一点小小的进步，别人用了一分的精力，我却要用十倍的努力。同时分配到乡镇的同学，别人两三年就可调到县直部门，我却一干就是十年。同样是提拔副科级，别人只走一步，我却走了

母亲的补子

五步：三十岁才当上股长，从股长到副主任科员，再到副科级组织员，再到县委通讯组组长，最后终于熬到副部长，其间整整用了八年时间，还是一个副科级。在宣传部，十年换了五任部长，我却在那里一干又是十余年。人生啊！会有几个十年？回想起来，有人年年都会向组织提出要求，我却在二十多年间，竟然没有想到要向组织提出任何要求，如此木讷和笨傻，只会让人笑话。

到头来，我才深刻地认识到，当年故乡的那个"神童"，学校的那个"学霸"，单位的那个"拼命三郎"，原来只是一只笨鸟。

（原载于2016年第12期《民情与信访》杂志）

亲山亲水亲生活

我陪女儿参加一帮年轻人组织的露天野炊活动，时间是星期六，地点在张坪大峡谷。

张坪位于汉江北岸的羊山脚下，属秦岭余脉一处自然风景区。这里高山环绕，森林密布，溪流潺潺，河水清洌，气候凉爽，被人们誉为天然氧吧。

我们乘车从旬阳县城沿 102 省道向北开拔，经过白柳旬河大桥进入白张公路，逆河而上前往目的地。女儿惊喜好奇沿途发问，我和司机小赵兴致勃勃，不停讲解。

路旁的这条河流叫冷水河，发源于羊山的岩石裂隙之中，是真正的矿泉水、裂隙水，水质甘甜，富含微量元素。前几年建成的冷水渠，将冷水河的水引入县城，供居民饮用。

"山势好险啊！"随着女儿的惊叹声，我们来到了"三里峡"，这里高山入云，相互拥抱，将河道和公路挤压腋下，形成三里峡谷，奇险无比，令人惊叹。我还对女儿讲，再往里去，还有"七里峡"，那里的"断肠谷"和"一线天"，令人心惊肉跳，非常刺激。走完峡口，就会到达远近闻名的牡丹村——杨家院子，穿过这个村子，陕南奇景——南羊山风景区就在眼前了，可惜我们今天时间太短，这些地方无法去了。

"好美啊！"顺着女儿手指的方向，我们看到了河对岸的山涧瀑布。这

母亲的斗子

里的瀑布共有三条。左边的那条形如帘幕，极像《西游记》中的水帘洞。据说，水是从山中的黑龙洞流出的。中间的那条笔直高悬，长如白带，自然垂落，美妙绝伦。右边的那条水流最大，但因山上黄龙洞的洞口被炸，溪水在洞外的乱石中左冲右突，流入冷水河中，失去了黄龙洞瀑布昔日的风采。

正因为张坪境内有冷水河、三里峡、七里峡、瀑布、牡丹村、南羊山的神秘，才有各地游客的神往。

我们的野炊地点选在离瀑布不远的冷水河上游。这个地方有一块河边沙滩，正好被身后那夸张前倾的山崖遮住太阳，形成大片阴凉之地。报名参加这次野炊活动的人员有二十多人。他们从车子后备厢取出锅碗瓢盆、牛羊肉、蔬菜瓜果、啤酒饮料等。然后，男子上山拾柴，女子洗菜切菜，小孩戏水玩耍。女儿兴奋异常，一会儿帮忙切菜，一会儿帮忙烧烤，一会儿回收竹签。大伙津津有味地品尝着自己的劳动成果，赞不绝口。那种惬意和情趣，可以用妙不可言来形容。

这时我发现，从沟口进山的人越来越多，有的是单位组团而来，有的是几个家庭相约而来，有的是同学或者朋友相聚前来，有的是情侣携手前来，应有尽有。

看到我们团的人都在忙，我一个人悄悄来到瀑布上面一处河湾，河的中间有一块很大很平的石头，我坐在河中石上，双脚浸在水中，举目四望，放松精神。这时，我看见瀑布处有一帮人在拍照玩耍，有个小孩赤身来到我的身边。从小孩的口中得知，那是他妈和他姨两家六口人。

快到下午了，有两个赤着上身的男人，怀里各自抱着幼儿，竟然过河进入了我们的"领地"，坐在沙滩一角的河边。不久又有两个女人过河，分别坐在了两个男人的身旁，逗弄孩子取乐。河对岸的公路边，并排坐着两位老人，望着这岸河边的男女和孩子，慈祥地笑着，轻松自然的幸福感写在他们的脸上。女儿对我说，这可能是爷爷、儿子、儿媳和孙子组合的

270

两个家庭。他们应是当地的农民，因为从一旁的婴儿车判断，他们是从附近把孩子推过来的。

周六的张坪之行，使我切实感受到了这里的山美、水美、人更美！

（原载于 2013 年 7 月 28 日作者新浪博客）

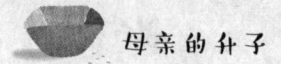
母亲的朴子

作家要靠作品说话

时下的人们浮躁、虚荣和自我标榜意识很强。在这个小县城,经常可以听到人们之间这样介绍:这个是著名作家,那个是著名诗人,某某是著名小说家……

那年,县上召开文联工作会议,县委领导让我做会议主持人。这时,我已调离宣传部,不愿去。领导说,你对旬阳文艺界熟悉,说话又实在,你来主持能说些真话。

于是我在会议小结时就老老实实地说了。我说,作家要靠作品说话,要谦虚、低调,不能是发了几篇小散文、几章小小说、几行小诗歌,就自认为是大作家了,觉得自己了不起了,同行间也开始互相标榜了。长此以往,旬阳的创作就没有前途,旬阳也出不了作家,希望大家认真阅读,深入生活,埋头写作,用读者喜爱的作品去替自己说话。

出外办事,或者参加文学活动,送给我的那些名片上面,不是著名作家,就是著名学者,或者是著名文艺评论家,等等。既然是著名作家,那就应当有惊世名作。可是,很难看到他们的优秀作品。

文学社团热衷于组织各类评奖活动,文学作者也执迷于参加评奖。好像获得某某奖,自己就会身价百倍,就是著名作家了。其实不然,到头来人们记住和认可的是你的作品,谁又能记住那些五花八门的证书和奖牌呢?媒体曾经热议茅盾文学奖和鲁迅文学奖评奖过程中的某些问题,可见人们对这些文学大奖的关注程度。有的作家说得对,获奖的作品不一定都是好作品,没获奖的作品不一定就不是好作品。曹雪芹的《红楼梦》、罗贯中的《三国演义》、施耐庵的《水浒传》、蒲松龄的《聊斋志异》可能都没有获过奖,但是流传下来了,而且会流传千古。鲁迅没有获过诺贝尔文学奖,但并不代表鲁迅的作品比莫言的作品差。

现在还有一个误区,就是文艺活动泛滥,什么笔会呀,采风呀,论坛呀,讲座呀,培训呀,征文大赛呀,多如牛毛。组织者为何热衷于组织此类活动,我不想去探究。但参加者为何如此踊跃要去参加这些活动,我觉得主要还是一种贪图虚名的心理作祟。有些人认为,参加这样的活动多了,接触的名家多了,认识圈内的人多了,就被认可了,就成名成家了。但是这些人忘记了,圈内人可能根本不看你的作品,阅读作品的是读者,是大众。不去脚踏实地创作大众喜爱的作品,一味倾情于小圈子内频频串门溜达,不是脱离大众越来越远,圈子越来越小吗?

当然,形成上述怪圈有一定的社会原因,也与目前人们的"以名取人"不无关系。记得有次参加论坛,我所在的那桌酒席坐的都是省城的作家,唯独我和志勇是小县城的人。身旁的老者是省直机关某系统颇有名气的作家,他听说我和志勇是旬阳人,就将我俩冷落一边,只和省城的那些作家热情交流、交换名片,就连敬酒也没我和志勇的份儿。我提醒他,志勇虽是旬阳人,但在省城报社工作。他马上起身:"认识你很高兴!以后多多关照!"说着端起酒杯向志勇敬酒,并主动掏出名片与志勇交换。我以为我已引起了他的注意,但他看都没有看我一眼。

难怪人们都想到省城、北京图谋发展,都想套个某某协会会员、某某协会理事、某某协会副主席、著名作家等光环。也难怪某省书法家协会换届选举,新当选的书协领导班子成员多达六十余人。

不论怎样,时间会说话,读者会说话,历史会说话。这是拿作品说话,拿实力说话,有好的作品,才会实至名归;没有好的作品,只是徒有虚名而已。

(原载于2012年12月21日《安康日报》)

母亲的朴子

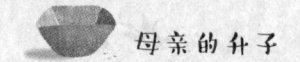

大宋为何受尽欺凌

宋代（公元960—1279），可以用"积弱不振，受尽欺凌"八个字来形容。先是受制于契丹族的辽和党项族的西夏，后又臣服于女真族的金和蒙古族的元，内外交困，奴颜婢膝，令人扼腕叹息。

其实，宋朝完全有条件成为继西汉盛世、大唐盛世之后的第三个盛世。北宋开国之后，用十几年的时间结束了安史之乱以来持续了二百年的藩镇割据局面，实现了南北统一。"秦皇汉武，唐宗宋祖"常相提并论，国人也常以大汉、大唐、大宋并称，这充分说明宋初奠定的基业是何等辉煌。

可是，后来的大宋不但没有开创出像汉唐那样的盛世，而且地盘越来越小，国力越来越弱，屈辱越来越重，这是为何？

姑且不论外部因素，单从宋朝自身的问题剖析，就能找出很多原因。

"战略失误"使大宋由盛转衰。北宋建国初期的形势，与汉唐初创时期的情况基本相似，都面临着他人的威胁。汉唐面对凶猛的匈奴和突厥，对外采取"怀柔政策"，签订盟约，和亲嫁女，赠送钱物；对内"休养生息"，发展经济，富国强兵，最终赢得了战胜强敌的时间和实力。而北宋在对待契丹的问题上，急功近利，采取了与对付匈奴、突厥不同的策略。他们在条件不成熟的情况下大举征伐，从宋太宗即位的976年到986年，十年间发动了四次大规模的对辽战争，每次均以失败而告终。不仅损兵折将,而且劳民伤财,耗空了国力,从此北宋对辽的战争进入转攻为守的阶段。

"重文轻武"使大宋屡吃败仗。五代十国时期,武将专权,皇位更替频繁,五十三年出现了十四位帝王。宋朝为了避免像其他王朝一样被权臣篡位,大力削弱了武将的权力。当时的武将地位很低,主帅一般由文官担任,武将最高也只能充当副帅,试想这种"外行领导内行"的情况下,仗怎么去打?还有,那时实行的是"养兵制",战争结束,主将就要交出帅印离开部队,士兵则调回京城休养,再开战端时,临时授印派将,这种"兵不认将,将不识兵"的军队,其战斗力可想而知。另外,宋代作战,都是皇帝画好作战路线图,由将领照图作战,缺乏灵活性。在宋代,只有雄才大略的宋太祖具有高超的军事指挥才能,其他皇帝大多缺乏军事能力,其制订的军事作战方案本身就值得怀疑。由此可见,宋朝军队败多胜少,那是意料之中的事情。

"体制腐朽"使大宋积贫积弱。宋代本来就"民不富,国不强",加之体制的问题,使其负担沉重,矛盾重重,国家软弱,百姓劳苦。不论是对辽,还是对金,宋朝均与之签订有屈辱的条约,每年需要进献巨额的钱粮布帛。宋朝养着大批的"闲官"。这些人物,有些是前朝归顺的割据势力,有些是本朝的元老功臣,朝廷对他们削权安抚,施之大量金银财宝和良田美女。宋朝还养着大批的"闲兵",他们既不打仗,也不生产,终日守在京城周围养尊处优。宋朝最大的问题还在于法纪松弛,腐败成风,那些朝廷命官、地方大员,贪污腐化,鱼肉百姓,就是告到皇帝那里,皇帝也是睁一只眼闭一只眼,放任自流。进献、养官、养兵、腐败,需要大量的钱财,这些负担自然都要转嫁到老百姓头上,苛捐杂税繁多,百姓苦难深重,国家举步维艰,积贫积弱局面的形成,那是肯定无疑的了。

"墨守成规"使大宋一蹶不振。宋太祖在开创之初制定的一些政策,是为了适应当时的形势,巩固赵氏政权的需要,具有进步的历史意义。后

母亲的抖子

来,形势逐渐发生变化,需要进行变革。可惜的是,宋朝的皇帝一代不如一代,只知遵守"祖制",缺乏改革胆略(尽管也有宋仁宗、宋神宗、宋孝宗变法和改革,但没有抓住主要矛盾,改革极不彻底)。如果在宋太祖之后,大宋能够出现一两个像汉武帝、唐太宗或唐玄宗那样开拓进取的皇帝,那么在中国历史的大舞台上,很有可能出现一个绚丽多彩的大宋盛世!

(原载于2017年8月10日"旬河浪花"微信公众号)

"李广难封" 是西汉考核标准不科学

李广是西汉名将，人称"飞将军"。就是这位精于骑射、威震敌胆的百战将军，竟然没有封侯，最后落得个悲愤自杀的下场，令人百思不得其解。

从古到今，人们对造成"李广难封"的原因说法不一。有的说是运气不好，有的说是生不逢时，有的归结为性格问题，有的分析为竞争对手过于强大，还有的认为与皇帝的好恶有关。自然，这些说法都有各自的道理。但笔者认为，造成"李广难封"的主要原因是，当时的军功考核标准不科学。

西汉时期的军功考核标准重视两个方面：一是斩获敌军；二是攻城略地。由于匈奴是游牧民族，只有帐幕没有城池，多数土地汉军无法占领，因此，斩杀敌人首级成为军功论赏的主要标准，且执行非常严格。且看李广在匈汉几次大战中的角色和表现，就可窥见其不得封侯的某些端倪。

公元前129年，汉武帝派四路大军出击匈奴：车骑将军卫青直出上谷，骑将军公孙敖出代郡，轻车将军公孙贺出云中，骁骑将军李广出雁门，每路带兵一万，互不统属，分段截击。那时，匈奴的侦察和情报工作做得很好，他们对汉军的行军部署了解得一清二楚。匈奴认为，李广是块硬骨头，于是集中优势兵力对付李广。这位李将军刚一出塞，就碰到匈奴单于亲自带领的主力部队数万人在那里等候。敌军是汉军的数倍，李广陷入团

母亲的扑子

团包围。他虽然拼命抵抗，但寡不敌众，战败被俘，后趁机逃脱。其他三路：公孙贺出云中没有碰到匈奴军队，原路回师；卫青出上谷所遇之敌非匈奴主力，卫青击溃敌军后一路追击，斩首七百多人；公孙敖在代郡遇到了敌人，吃了败仗。皇帝论功行赏，论过处罚：卫青有功赐爵关内侯；公孙贺无功无过不奖不罚；李广兵败被俘，部队伤亡惨重，应当斩首，后用钱赎罪，贬为平民；公孙敖也被剥夺了将军印。这次战役使人不由得提出这样的疑问：假如不是李广吸引了匈奴主力对决，卫青能否长驱直入杀敌立功？公孙贺能否未遇敌军全师而退？

公元前128年，匈奴卷土重来，伺机报复，边关告急。关键时刻，汉武帝想到的还是两个人：李广和卫青。他任用李广为右北平太守，安定边境；令卫青统兵三万，直出雁门，正面迎击。由于李广名气太大，匈奴人不敢轻举妄动，右北平随之安定；卫青一到前线，就与匈奴展开激战，最终匈奴惨败，被斩杀数千人。卫青这次出征大获全胜，立即成为汉朝对匈奴作战的主帅，而李广无功不受封。公元前127年，匈汉战争再次爆发。当时，匈奴的主力分东西两部：匈奴左贤王部的数万大军盘踞在东部，与右北平太守李广对峙；匈奴右贤王部的数万大军在西部活动猖獗。此时，汉武帝将战略重点转移至西部，派卫青统率大军攻占高阙、陇西等地，斩杀数千人，虏获牲畜十多万头，卫青因功受封长平侯。此后两三年间，匈奴右贤王部不甘心失败，数次侵扰西部。公元前124年，卫青再次出兵高阙，千里奔袭，大获全胜，斩杀和俘获匈奴数万人。至此，匈奴右贤王部被消灭。皇帝加封卫青为大将军，并将卫青麾下十几人封侯。西部三次大战期间，盘踞在东部的左贤王大军并未向西增援，也未加入右贤王部，似乎毫无作为。其实，人们不应该忘记，这期间的右北平太守一直是李广，他在镇守右北平的六年间，不仅使东部边境太平无事，而且使匈奴左贤王部大军无法西顾，给卫青大胜右贤王解除了后顾之忧。这样的功绩，可惜雄才大略的汉武帝没有看到。

郎中令石建死，汉武帝从前线召回李广接任郎中令，主管宫殿门户的守卫。右贤王部被消灭后，汉武帝决心深入大漠，寻找匈奴单于主力决战。此次战役就是历史上有名的漠南会战，汉军主帅为卫青，编制为中、左、右、前、后五军，李广以郎中令的身份出任后将军。十八岁的霍去病主动请缨，以骠姚校尉的身份随同出征。公元前123年春天，卫青十几万大军刚出定襄，就遭遇伊稚斜单于主力，卫青只能采取以硬碰硬的对策。经过激战，双方伤亡惨重。考虑作战意图暴露，加之天寒地冻，卫青决定回师边境休整。当年四月，卫青再度率军前出定襄，两军交战后，厮杀非常激烈，双方互有伤亡。正在这时，匈奴的两支援军赶到，一支是单于本部人马，另外一支则是左贤王的部队，他们突然出现在右前方。卫青闻讯，立即下令右将军苏建和前将军赵信，保障主力右翼安全。经过一昼夜的激烈拼杀，苏建、赵信人马伤亡殆尽。赵信兵败投降匈奴，苏建单骑逃脱。局势发展至此，已经无法继续再打，伊稚斜单于率先退兵。此时，霍去病突然带领本部人马八百骑，展开追击。他深入敌境数百里，斩杀敌军两千零二十八人。这次战役没有达到预期目的，皇帝没有加封卫青。但霍去病表现英勇，被封为冠军侯。李广无功。苏建有罪，贬为庶人。

公元前121年夏天，汉武帝命令霍去病带领公孙敖出征河西，又派卫尉张骞、郎中令李广出右北平，钳制左贤王，策应霍去病作战。根据部署，李广带四千骑兵，张骞指挥一万人马，从右北平分进合击。李广出塞行军数百里，在约定的时间、地点没有发现张骞的影子，却遇上了左贤王主力四万人马。敌军人数十倍于李广，汉军将士个个惊恐万状。李广镇定自若，指挥部队布阵抗敌。匈奴大军合围猛攻，箭如雨下，汉军死伤过半，箭也马上射光。危急关头，李广让士兵全部拉满弓弦，但不要发射，他自己手持强弓"大黄"，专门瞄准匈奴带队冲锋的将领，百发百中，先后射杀匈奴多员神将、副将。匈奴人大惊失色，谁都不敢上前，包围圈因此而逐渐宽松。此时天色已晚，李广气定神闲，整顿部队，鼓舞士气，坚持抵抗。第二天,张骞依然没有出现,李广只得浴血奋战。他们以区区四千人马,与十倍于己之敌鏖战两日,张骞才姗姗而来。此时左贤王不敢再战,匆匆退去。此时,霍去病西部大捷,匈奴投降者两千五百人,被斩杀者三万余人。战后李广因为部队伤亡太大,功过相抵,没有得到封赏;张骞延期当斩,以爵赎罪,贬为平民。这次战役,李广以四千人马完成钳制左贤王的任务,给霍去病西部战场以有力配合,实现了西部全胜的辉煌战果,李广表现突出,功不可没,可最后还是无法封侯,可谓悲哀!

公元前119年,汉武帝发动漠北之战。他令霍去病、卫青各带五万骑兵,同时派出数十万步兵出征。本来这次出征将军名单中没有李广,但是李广数次请求,武帝许之,任命为前将军。据说临行前,汉武帝私下授意卫青,说李广运气不好,临战时可以公孙敖代之。于是,卫青下令,前将军李广与右将军赵食其从东路进兵,自己带领公孙敖从正面出击。东路道路遥远,缺乏水草,行军困难,不是主攻方向,李广拒不接受。因为他很清楚,这恐怕是他人生中的最后一战,毕竟这时李广已是六十岁的老人了。卫青见难以说服李广,最后强行下达命令。李广愤恨而出,改道沿东路出发。李广和赵食其进入茫茫沙漠后,向导逃亡,因此迷失方向,耽误会合日期。等卫青回师漠南,李广所部才现出行踪。李广羞于接受调查和问责,遂于家中自杀,一代将星就此陨落。

纵观李广在汉朝对匈奴的战争中,每次都在关键时刻发挥过重大作用。要么以少量兵力与数倍于己的匈奴主力苦战,为其他将领减轻了作战压力;要么镇守东部边境,有效钳制住匈奴左贤王部主力,为卫青、霍去病驰骋西部战场消灭匈奴右贤王主力提供了极大帮助。可是,西汉朝廷只按斩杀敌军首级和俘获人数论功,只注重考核"显绩",而忽视了"潜绩",对李广在历次大战中所发挥的潜在作用或者间接作用,不予认可。或许有人要问,卫青、霍去病能在西部战场大显神威,杀敌无数,你李广为什么不在东部战场杀敌立功呢?这不能怪李广,因为当时汉武帝的战略思想是：东守西攻，在西部派出的是重兵，而在东部并未下达作战命令，也未多派兵，作为镇守东部边境的守将李广，兵力十分有限，根本不具备大兵团出击作战的条件。能够保证东部边境无事，并牵制住左贤王东部主力不能西移，已经是最好的结果了。历史就是这样残酷，现实也是如此无奈。那种不科学的考核指标体系，如果不认真思考，"不让老实人吃亏"就永远只是一句空话。

（原载于 2017 年 8 月 18 日 "旬河浪花" 微信公众号）

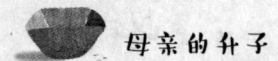 母亲的升子

张居正算不算中国名相

我在不少图书资料中发现,人们对张居正的评价很高,说他是明朝中后期的政治家、改革家,是中国名相,还有资料称其为"宰相之杰",也就是中国最杰出的宰相。

张居正在明万历时期担任内阁首辅十年,巩固边防、整顿吏治、丈量田亩、改革税制,使国库充盈,社会稳定,功不可没,被史学家称为"万历新政"。但是,他缺乏开阔的襟怀,思想封闭保守。所以他掌权时,明朝错失了发展的良机。

我们不妨将16世纪的西欧国家与中国进行比较,看看他们分别在干些什么?这样,就可以对张居正在历史上发挥的作用作出准确的判断。

随着哥伦布发现"新大陆"和麦哲伦"环球探险"之后,欧洲开始进入大航海时代。葡萄牙、西班牙、英吉利、荷兰等一大批西欧国家迅猛崛起。他们通过控制海洋主权实行殖民扩张,进行世界贸易和发展民族资本主义,从而拉开了世界近代史的序幕。而这时的中国明朝,在张居正的主持下,实施"海禁"高压政策,使中国丧失了与世界接轨的发展良机。翻开历史,那时的中国并不是没有希望的曙光,张居正的前任内阁首辅高拱,已经解除了海禁,开始造船、通海。可是张居正上台后重申海禁,硬是把前任刚刚敞开的对外开放大门给关上了,将历史的车轮重新拉回了闭关自守的老路。可以这样说,张居正的海禁政策,开了历史倒车,为中国

后来数百年的被动挨打局面种下了祸根。

16世纪的西欧国家，正处在文艺复兴和宗教改革的鼎盛时期，人文主义的传播，思想观念上的更新，个人精神的彰显，为近代西方提供了自由、平等、民主、民族国家等基本概念，促进了封建制度解体和资本主义形成。可是，明朝万历年间的内阁首辅张居正，则用专制的高压手段，钳制思想言论。一方面，强化对学生的言论约束，严格规定学生不能过问政治，违者开除，并且严禁讲学、查禁书院；另一方面，对那些标新立异而又不接受改造者进行迫害。

航海和文化启蒙运动，促进了欧洲国家商贸空前发展。欧洲航海家进行的"地理大发现"航海活动之后，西方航海持续不绝，关键在于西欧商品货币经济的发展和资本原始积累的需要。可以说，重视发展工商业是西欧国家当时的主要经济活动。而同一时期的明朝内阁首辅张居正却采取"重农抑商"政策，彻底将前任内阁首辅高拱的鼓励发展工商业改为限制发展工商业，错过了在国际大舞台角逐的契机。在他执政期间的"国库充盈"，其实是通过压缩开支、丈量田亩、改革税制实现的，并不是靠发展工商业实现的。

通过上述三方面的中西对比，放在大历史的背景下分析，张居正并不是具有大智慧大胸怀的人，也不是睁开眼睛看世界的人。他的作为没有顺应历史潮流，更谈不上推动国家和社会的进步。用毛佩奇先生的话说，张居正对旧制度修修补补，使其加固，如同给垂死的旧制度服了一剂强心剂，延长了它的寿命。但是，通过加强专制巩固旧制度，是与当时迅猛发展的社会经济和思想解放潮流背道而驰的。这样的宰相，应该算不上中国名相。

（原载于2014年3月6日作者新浪博客）

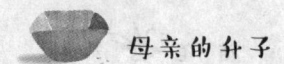 母亲的扑子

徘徊山海关

山海关的举世闻名并不在山海关本身,而在于改写了中国历史的一场战争。

来到关前,除了"天下第一关"的雄伟令人震撼之外,让人想得更多的是那场战争。

李自成、吴三桂、多尔衮,是这场战争的三个核心人物。

当时,农民起义军首领李自成已经占领北京,明朝最后一位皇帝崇祯自杀,明朝灭亡。吴三桂占据山海关抗拒不降,李自成一怒之下亲率大军征讨。吴三桂被打得招架不住,投靠关外的清廷,被封为平西王。清朝睿亲王多尔衮挥师入关,与吴三桂两面夹击,打败李自成。从此中国历史进入清代。

每每想到此处,我的心情都比较沉重,常常同情李自成,并为农民起义军的失败扼腕叹息。

假如李自成及其所领导的农民军没有出现一连串的失误,鹿死谁手,尚未可知。

李自成的第一个失误是目光短浅,缺乏胸怀全局的战略谋划。在李自成的心目中,只有明军,而没有清军的概念。农民军攻占北京后,李自成认为招降或者打败吴三桂,传檄平定江南,就会稳坐天下。对当时战略重点发生转移缺乏清醒的认识,对历经三世,经营三十余年的关外强敌置若

罔闻。岂不知那时的清廷实力已经十分强大,入主中原的想法由来已久,并虎视眈眈,蠢蠢欲动。在李自成"御驾亲征"吴三桂的同时,多尔衮统率大军日夜兼程,及时赶到山海关下,把农民军打了个措手不及,致使李自成损失惨重,元气大伤。

李自成的第二个失误是进驻北京后忘乎所以,失去民心。攻破北京后,李自成及其农民军将领刘宗敏等滋生骄傲自满情绪,做了一系列错事。一是军纪败坏。军师宋献策、李岩曾建议大军驻扎城外休整,以防不测。可是,李自成、刘宗敏等坚持率军入城,以致军民混杂,烧杀抢掠,奸淫妇女,屡禁不止。二是追赃逼饷。农民军进城,本应该开仓放粮,赈济灾民,宽释旧官,稳定人心。但是,李自成、刘宗敏等反其道而行之,对明朝旧官严刑拷打,敲诈勒索,就连吴三桂的父亲也未能幸免。三是强占宫女。李自成入驻北京,将明朝皇宫的大批宫女赏赐有功将士,使那些苦难深重的女子陷入更加苦难的深渊。农民军上述的所作所为,使天下百姓大失所望。若说李自成前期的成功,主要是得益于老百姓的支持;那么,李自成后期的失败,主要是失去了老百姓的支持。在山海关大战期间,沿途百姓仇视农民军,人走室空,钱粮无存,使农民军失去援助,苦不堪言。在李自成退出北京后,各地军民纷纷反叛,农民军陷入腹背受敌、两面作战的被动局面。

李自成的第三个失误是流窜作战,没有建立稳固的根据地,使之进退失据。早在李自成攻打河南之前,李岩就提出"经营宛洛,授官理民,图谋发展"的战略思想。可是,李自成不以为然,依然是"打一枪换一个地方",每攻下一城,抢劫一空,四处流窜。攻取西安后,军师宋献策、李岩,大将田建秀等建议,巩固西安,连接荆襄、河南、山西等地,发展农桑,操练军队,形成稳固的根据地后,再图北京。可是,李自成、刘宗敏等将帅急功近利,想一口吃成个大胖子,草率出师,使农民军陷入孤军远征的危险境地。当农民军在山海关失利,退出北京后,竟然没有一处牢固

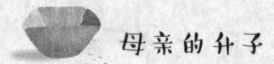 母亲的升子

的立足之地与清军抗衡，导致节节败退，迅速灭亡。难怪明军、清军都称农民军为"流贼"。

李自成的第四个失误是猜疑心重，杀戮成性，未能团结天下英雄，最终导致众叛亲离的结局。明末的农民起义军有许多股，俗称"十三家"。在高迎祥为闯王的时代，十三家义军曾联合一处，形成了强大的反明势力。到了李自成为闯王的时代，就再也没有联合过。倒是袁时中投靠过李自成，不久就叛逃而去，后来为李自成所杀。罗汝才也投靠过李自成，后也为李所杀。还有张献忠也投靠过李自成，为李所不容，随之离去。比起汉高祖刘邦的团结韩信、彭越、英布，合围项羽，李自成是大大地不如了。尤其让人想不到的是，李自成对自己人也很不放心，在李自成退出北京之后，军师李岩建议由自己带两万人奔赴河南稳定局势，由李自成亲率大军坚守山西抵御清兵，形成掎角之势，则西安就会成为稳固的大后方，败局可能会扭转。这本来是一步妙棋，可是李自成怀疑李岩谋反，错误地将李岩诛杀，动摇了军心。另外，李自成的农民军将士以陕西人为核心，李自成看重的是陕西将领，其他地方的将士未免有失落之感。这些都会影响军队的战斗力。

山海关下独徘徊，往事如烟空悲切。昔日那旌旗招展，战马嘶鸣，炮声雷动，刀光剑影的场面依稀就在眼前。农民军将士在与关宁铁骑和清兵浴血奋战时，那种撕心裂肺、血肉横飞的景象，震撼山河，激荡千秋，哪是一本《明末遗恨》和一把千古英雄泪能够了断的呢？

（原载于2014年春《安康文学》）

剑门关感怀

那天到剑门的时间晚了些，夕阳已遁，黄昏渐暗，但剑门关集"雄、险、幽、秀、奇"于一体的身姿，我还是领略到了。

关于剑门关的描述，不用我在这里多说。千百年来，无数文人墨客慷慨激昂地写过无数的文字，史料中也有多处的记载："剑门关位于四川省广元市剑门县城北 30 公里处。它居于大剑山中断处，两旁断崖峭壁，直入云霄，峰峦倚天似剑，绝崖断离，两壁相对，其状似门，故称剑门。"由于这里是关中入蜀的"咽喉"，地势险要，历来为兵家必争之地。三国蜀汉丞相诸葛亮曾在此筑石立关，派兵镇守，剑门关由此得名。

我是去参加第五届中国中西部散文家论坛暨"剑门蜀道行"笔会的，同行的作家众多。来到剑门关前，作家们极为震撼，有的惊呼，有的跳跃，有的出神，有的争先恐后占据有利位置拍照，总想多留些在剑门关前的身影。我则被关内的一组群雕所吸引，塑像中的四个人物，神态各异，栩栩如生，再现了蜀汉大军丢失汉中，退守剑阁时的悲愤和无奈情景。

剑门关下独徘徊，浮雕面前空悲切。触景生情，使我不由得想到三国末期的三位英雄人物：姜维、邓艾、钟会。他们在剑门关前斗智斗勇、殊死较量的一幕幕仿佛就在眼前。是他们让剑门关的威名远近传扬，是他们给后辈留下无限遐想。

那是公元 263 年的事了。魏国派镇西将军钟会统领十几万大军大举伐

母亲的扑子

蜀。同时，派大将军邓艾统领三万人马牵制姜维。蜀国大将姜维率军抵抗，终因寡不敌众，放弃汉中，退守剑阁。钟会率军跟进，直抵剑门关外，与姜维长期对峙，后因粮草不济，准备撤军。而此时，邓艾率军从阴平由景谷道小路进入蜀境，在绵竹战败蜀将诸葛瞻，后主刘禅向邓艾请降，邓艾进驻成都。不久后主下令劝降，姜维看到大势已去，遂放下武器，投降钟会，蜀国灭亡。

每每想起这段历史，都会令我无限感伤，从而产生许多联想。

看着雕塑上的姜维右手挂剑，仰望蓝天，我深深为之痛惜，并在内心责怪姜维并非大将之才，断送了蜀汉的大好河山。或许有人不同意这种看法，他们会说：参加这次战争的魏国总兵力多达十五六万，而蜀国据守剑门关的兵力仅仅三万人马，兵力悬殊，根本没有胜算的可能。从双方兵力分析，似乎这是真理。其实不然，魏国胜利的关键是邓艾抄小路出奇制胜；而蜀国失败的根源则是阴平景谷道疏于防守。造成这样的局面，姜维肯定脱不了干系。记得诸葛亮在的时候，虽然阴平景谷道荆棘丛生，根本无路可走。但是，诸葛亮在那里设有许多岗哨，每个岗哨派有兵士把守，既能拒敌，又能互通信息。到了姜维统军，认为在那些插翅难飞的地方设岗驻兵，浪费钱粮和人力，不如集中兵力正面防守。于是，那些地方人去岗空，给邓艾留下了可乘之机。由此可见，姜维比诸葛亮差之甚远，其虑事不周，可见一斑。

我也曾经站在魏国的方面思考这场战争，认为邓艾和钟会实在过于厉害。这两人都是魏国的大将之才，文武兼备，谋略出众，均能独当一面，统军布阵。尤其是邓艾，智谋过人，擅长出奇制胜，在这次"灭蜀之战"中，如果他不另辟蹊径，从阴平小道突袭蜀国后方，而是与钟会合兵一处，在剑门关外长期对峙姜维，其结果不外乎是人马疲惫，粮草匮乏，最终只能是无功而返罢了。

当然，我们不能用现在的眼光评价历史人物，历史的发展要看历史的趋势。那时的魏国，地大物博，国力雄厚，兵强马壮，人才济济，人心归附。魏国灭蜀，乃至后来的西晋灭吴，实现国家的统一，那是发展的大势，历史的必然，不是人力所能抗拒得了的。假如姜维具备诸葛亮的雄才大略，阴平小道早有防范，也只能做到延后蜀国灭亡的时间而已。

由此可见，长城虽坚，挡不住异族的铁蹄；剑门虽险，也免不了蜀灭的命运。事业的发展和民族的强盛，在于人才和人心。中华民族的伟大复兴，关键在于坚持以人为本啊！

（原载于 2015 年 6 月 9 日中国散文网）

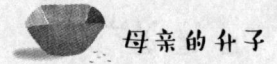 母亲的饺子

快乐的手艺人

我的皮鞋破了,妻子建议到"兄弟修鞋店"去补,说兄弟俩修鞋的技术特好。

我不以为然地到了那里,兄弟俩和蔼可亲,干起活来一丝不苟,做工精细,确实无可挑剔。

这是旬阳县城临街的一家门面,上有"兄弟修鞋店"的醒目招牌。据说,兄弟俩是四川人,来旬阳修鞋已有二十多年。

我的心中很是纳闷,兄弟俩已近中年,有各自的妻子和孩子,仅靠一间小小的店铺修鞋,真的能够维持生计吗?

我对这个"兄弟修鞋店"格外关注起来,结果每次都有新发现。

"兄弟修鞋店"总是门庭若市,热闹非凡,前来修鞋的人不是排着长队等候,就是与兄弟俩亲切交谈,人人心情愉悦,气氛和谐。有人说,自己在这里定点修鞋已经十多年了,兄弟俩技艺高超,远近难找。凡经他们修好的鞋子就像新的一样,看不出破败的痕迹。有人说,自己是这里的回头客,兄弟俩诚实可信,童叟无欺,修鞋的价格非常便宜。还有人说,兄弟俩性情温和,心地善良,凡来这里修鞋的人都会高兴而来,满意而归。

我对兄弟俩产生了好感,并由衷地赞叹。他们是平凡的人,但他们的人生却很有价值和意义。他们靠勤劳和智慧在自己的领域干出了成绩,打响了品牌,得到了社会的认可,真是难能可贵,这也充分说明了"七十二

行,行行出状元"的深刻道理。于是,我再也不为他们的生计担心了,因为他们生活得很好,日子过得也很充实。

清晨上班,我都要从"兄弟修鞋店"门前经过,看见他们的门面开得很早,兄弟俩总是笑脸迎接每天的朝阳;晚上散步,我发现他们的店铺关得很晚,总是有收获的喜悦挂在脸膛。多少年了,日日如此,风雨无阻。

我经常在"兄弟修鞋店"看见这种动人的场面:有时客户太多,实在忙不过来,两家人同时动手,仿佛进入一个加工车间,飞针走线,人人都是行家里手,个个都能独当一面。到了吃饭时间,两个女人回家做饭,吃过再来替换,真是精诚团结,配合默契。他们兄弟妯娌之间有说有笑,关系融洽,幸福深深地印在他们的脸上。

这是最平凡不过的生活了。但我觉得,这种平凡生活真好,它体现了家庭的和谐,人心的稳定,以及通过勤劳的双手对美好生活的追求和向往。家庭是社会的细胞,家庭和谐了,社会就和谐了,平凡生活对社会的贡献显而易见。

我以为,一个人如果能正直、诚实、勤劳地度过自己的一生,他就不仅为自己的儿女,而且为整个世界留下了一份丰厚的遗产。他就是在坚持不懈地追求一种美好的生活,在这种看似平凡的生活中蕴含有极珍贵的精神财富。这个人的一生就是追求美好道德的、反对不道德行为的真实写照,他就给世人上了正义的一课。对于所有过这种生活的人,世上的其他人都会由衷地感激他们,尊敬他们,追忆他们。因为他们为儿女和其他人树立了光辉的榜样。

(原载于 2015 年 10 月 21 日《陕西工人报》)

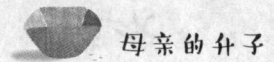 母亲的升子

草原的故事

女儿的假期是我最高兴的日子，不论寒假还是暑假，她都要回家。这时，我们会有说不完的话，家里充满着幸福的滋味，笑声弥漫着整个房间。在女儿研究生阶段的舍友中，有位家住内蒙古草原的姑娘叫苗苗，性格开朗，热情健谈，经常把那些草原故事讲给女儿。由于这些故事太奇妙太搞笑，女儿喜欢得不得了，又不厌其烦地一遍又一遍讲给我听，常常把我逗得大笑，妻子也跟着抿嘴笑。

冬季的草原天寒地冻，气候多变。这天临近黄昏，气温突降，刮起大风。苗苗的父亲关紧门窗，敦促家人早点休息。早上起床，父亲推门，使尽力气也没推开。于是打开窗户，将头伸出窗外看个究竟，发现厚厚的积雪把门封堵了。父亲拿起铁铲，从窗户爬出去铲雪。过了好一会儿，门打开了，父亲累得满头大汗，身上沾满雪水。苗苗走出门外，发现草原变成了雪原，漫天雪花飞舞，白雾茫茫，她家的房子深埋雪里，只能看到窗户及以上的部分。这时，父亲套好驴车，送苗苗姐妹三人去上学。女儿便问我："爸爸，你见过这样大的雪吗？"我说："没有，草原上的雪真大呀……"

住在草原，总会有牛羊相伴，这些牲畜是草原人主要的食物来源。苗苗家养牛，也养羊。有次姐妹三人帮助父亲宰羊，父亲将羊摁翻在地，让姐姐和妹妹每人捉住一条前腿，苗苗一人捉住两条后腿。然后父亲手握柳

叶刀，瞄准位置，斜刺下去。不知是孩子们胆怯，还是父亲疏忽，抑或是羊乱动，竟然刺偏了，眼见刀子刺进了羊的胃里，一股热乎乎的粪草直喷苗苗脸上，鼻子、眼睛、嘴巴全被糊住了，活像一个大粪球，腥臭难闻。苗苗气坏了，一屁股坐在地上，腿脚乱蹬，大声哭叫。父亲、姐姐和妹妹站在一旁，看到苗苗的滑稽模样，笑得前俯后仰。女儿讲完自个儿乐了，我也笑出声来，觉得这个故事形象生动，富有生活气息，很有意思。

　　这天，女儿又提起了草原。她问我："爸爸，你知道草原的狗吗？"我说："知道，在电视里看过，在《狼图腾》里也读过。"女儿又问："草原的狗有什么用处呢？"我说："主要是看家，还可以帮主人撵狼，保护牛羊。"女儿说："你只知其一，不知其二，草原的狗还能当作礼物送人呢！"说着，她又给我讲起送狗的故事：苗苗家的邻居比较贫穷，没有东西给亲戚送礼，向苗苗的父亲借了一只家养的黄狗，当作礼物送给了亲戚。没想到亲戚竟然将那只黄狗当场宰杀烹调，用香喷喷的狗肉招待客人。他们猜拳行令，大碗喝酒，大块吃肉，豪爽洒脱，神气活现。听了这个故事，仿佛亲眼看到了草原人民在我面前喝酒吃肉的场面，着实令人感叹！

　　女儿还给我讲到苗苗家的拖拉机，那是苗苗父亲的运输工具，经常靠它拉运青草、肥料，还有生活用品。有天，父亲开着拖拉机去拉草，坐在副驾驶位置的苗苗心情激动，跃跃欲试，想尝试驾驶。父亲笑着说："你来试试。"苗苗与父亲互换位置，坐上驾驶台。父亲简单给她讲了挂挡、刹车和油门的使用要领。苗苗挂好前进挡，踩下油门，拖拉机摇摇晃晃地向前驶去，然而道路坑洼不平，车子颠簸得厉害。苗苗很紧张，想踩刹车，把车子停下来，不料错踩了油门，一头撞上了路旁的大树。多亏有父亲帮忙，人和车子都不要紧，可怜的大树没有了皮，叶子撒了一地。父亲笑坏了，说她真是个毛小子，哪里像个姑娘。女儿给我讲，说苗苗的父亲总是把她当男孩子来养。因为全家五口人，除了父亲，其他四人都是女性，加之苗苗是男孩性格。所以，在一家人的心目中，她就成了"准男

母亲的升子

孩",被戏称为"二哥"。

去年底我到西安交大,女儿说西电研究生阶段的舍友们毕业了,先后参加了工作。那个草原姑娘苗苗从老家寄来两袋牛肉干,女儿让我把一袋带回旬阳,与她妈妈一起品尝。看来她们同学之间建立了深厚的友谊,我感到很欣慰。吃了这袋牛肉干,我觉得这是纯正的内蒙古草原牛肉干,味道鲜美,好吃极了,吃了还想再吃。

我曾经三次去看草原,到过的地方有金银滩草原、鄂尔多斯草原、呼伦贝尔草原、海拉尔草原,可惜从来没有写出一个字,心中一直感到遗憾。因为我在草原停留的时间太短,看到的是草原的风景,只有画面没有生活,如果仅仅停留在走马观花的写景上,感到力不从心,因为我的水平实在无法描绘出草原之美。直到听了女儿讲述的这些故事后,突然来了灵感,觉得有啥可写了!现在写出来的内容就不那么单调了,而是有了丰富的生活。我想,假如有机会在草原住上一年半载,那么写出来的东西就会更加生动活泼了。所以说,写作离不开生活呀!

(原载于2019年3月16日"旬河浪花"微信公众号)

笑傲千年，却无奈今天

前几天下乡，我在山上发现一棵古树，粗大无比，树冠遮天。我们几人围在古树周围左摸右看，前后拍照，不停赞叹。有人问，树龄有几百年了吧？主人说，一千多年了。又有人问，这是一棵什么树呢？主人说，是岩桑树。

主人不仅好客，而且健谈。他招呼我们到屋里坐，还告诉我们说，有人出价五千元要买这棵古树，说是要移栽到他们的公园里。我们急忙劝告他，千万不要卖，这棵古树守在门前，是风景，有灵性，如果卖掉移植，是栽不活的。

从乡下回来的那天晚上，我翻来覆去睡不着，老想着那棵古树的事。我在为古树担忧，害怕它重走宋家岭观景台那棵桂花树的老路。

那是一棵千年古桂，初来乍到的时候，是那么葱茏，那么粗壮，那么"神采飞扬"。可是，慢慢地，它怀乡了，抑郁了，枯萎了。它离开故土寝食难安，它看不见同伴天天心烦，它思念老家的山水，老家的风情，老家的百姓。尽管有人给它打着吊瓶，百般呵护，千般挽救，可是它依然在愁思中死去，留下对人世间的无奈和遗憾。

想着想着，我又想到了老家，屋后那棵千年古树现在可好？那是一棵传说树龄已三千年的皂荚树，它的形态，它的气势，它的命运，我都写在《老宅古树》一文中了。我写此文，是为了保护那棵古树。记得那次发现

母亲的升子

古树的九枝被人砍掉一枝，我心里难受极了。后来，听说有人愿出五千元购买那棵古树，我急了，找到主人，告诉她古树是老家的风水和守护神，是卖不得的。如果卖掉，这棵古树就会走到生命的尽头，还会危及房子的安全。再后来，我回老家的次数越来越多，主要还是放心不下古树，无数次去查看古树还在不在原地。

那些隐藏在秦巴深山的古树啊！它们什么没有见过？惊涛骇浪见过，狂风暴雨见过，自然灾害见过。干旱奈何不了它们，雨涝奈何不了它们，病害奈何不了它们。可是，它们笑傲了千年，却无奈今天，听到响动就战栗，看到人影就担心，见到机械就惊悚，实在是提心吊胆，度日如年啊！

现在的人们越来越讲究幸福指数，追求人生享受，不进山就想看到大树的风姿，于是出现了"大树进城"的奇异现象。

绿化城市本来无可非议。我要说的是，人们在搞"大树进城"的时候，是否来个换位思考，考虑一下古树的感受、山水的感受、自然的感受、生态的感受，以及老百姓的感受。

如果非要"大树进城"不可，我觉得，可以将那些年轻的大树移栽到城市的公园、道旁，或者花园里，美化环境，供人观赏。千万不要把那些深居大山，树龄在百年甚至千年以上的古树，连根挖出，移到城里。毕竟，它们已经步入老年，需要的是静心休养，叶落归根，实在是经不起折腾了呀。

（原载于2016年9月9日中国作家网）

第五辑

游记

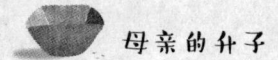 母亲的升子

楼房河印象

这是一条神秘的小河,与溪相比,她有些大,与河相比,她有点小。尽管如此,你可不能小瞧了她,那种清澈、幽静、深沉、优雅的感觉随风拂来,令人陶醉。

谈到楼房河,有人或许不知道,但提起双河口古镇,那可是如雷贯耳,因为它是陕西省文化旅游名镇。双河口古镇的闻名,多半应归功于楼房河。是她与梨树河交汇形成双河口的奇特地貌特征;是她引导人们溯河而上直达古都长安;是她穿越秦岭和巴山连接起中国子午道。正是她的这种特殊作用,才使双河口古镇成为古汉阴北区政治经济文化中心和连接南北的商埠重镇,盛极一时。

楼房河发源于秦岭山中,自北向南流淌而来,由于山势变化,水随山转,蜿蜒自然。

最令我感到亲切自然的是这里的流水和石头。那些石头不仅多,而且奇,高低错落,形状各异。那条流水性情温和,娇柔可爱,紧紧依偎在她的爱石上,摆弄出各种造型。一会儿是高山流水,飞瀑直下;一会儿是相依相偎,涓涓细流;一会儿是情意绵绵,拥着一潭。如果在晚上,一定会是"明月松间照,清泉石上流"了。

写到这里,人们不禁会问,这条小河为什么叫楼房河呢?其中大有故事。据随行的汉阴县作协主席孙远友介绍:明清以来,小河两岸古楼林

立，灯火通明，南来北往客商会聚于此，繁荣昌盛，故称楼房河。不难想象，长达千米的吊脚楼，红灯笼，千百年来，那些红男绿女不知要演绎出多少爱恨情仇的故事呢！那样的夜景，那样的传奇，怕是不会逊色于沈从文笔下的凤凰古城吧。

孙主席给我们讲到他的父亲。那是民国时期，其父是一个小商贩，他经常挑着担子，把陕南的丝绸、茶叶、木耳等山货挑到西安出售。然后，又把关中的瓷器、食盐、洋火等日用品挑回陕南变卖，往返一趟大约需要二十天时间，中途都要在楼房河与双河口一带停留休整。那时，像他父亲一样来往楼房河的客商，又有谁能数得清呢？

在楼房河，我们还看见了三件宝：石板桥、古驿站和将军路。

石板桥是楼房河中段的一座小桥，河道两边的桥墩用石头砌成，桥墩中间的桥面，由悬架的两块石板并行排列铺成。人们走在上边很惊险。其实，是有惊无险，原因是两条石板很厚很长且质地很硬，不知放在那里多少年了，依旧稳固坚实，安然无恙。

古驿站在河对岸的山脚，过河踏石梯而上，进到院子有一棵古树，古树后边就是古驿站遗址。古驿站由好几所院子组成，除一座院子完好外，其他院子已经破败不堪了，但意韵犹存。

将军路是沿楼房河北进的那条路，在古时是山间小道，现代才修成公路。之所以叫将军路，是这里曾经走出将军何振亚和大校刘光华。这两位都是楼房河人。可见，楼房河不仅在古时非同凡响，而且在近代也声名远播。

时间虽短，意味悠长，楼房河的故事还有很多很多……

（原载于2015年4月13日《陕西工人报》）

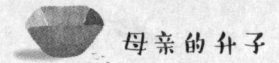 母亲的朴子

去天门山探险

在旬阳生活了几十年,天门山听说了无数遍,但我一直没有去看。2013年3月21日这天,是周六,也是春分,正好雨后天晴,阳光灿烂,几个朋友相约,驱车前往天门山去探险。

出旬阳县城,我们驱车沿汉江北岸的316国道东下。朋友开车,我坐副驾驶位置悠闲自在。偏头右望,汉江碧波荡漾,江边油菜花黄,山上的草木开始发芽,嫩绿可人,与那巴山上空的蓝天白云融为一体,好一幅美丽的"空山新雨图",让人陶醉。

不知不觉到了关口镇,车子左转要进山了。镇子坐落在汉江北岸的秦岭余脉末端,山很大,一条关子沟将两山分开,溪流从山上奔涌下来,汇入汉江,入口的地方叫关口。我们沿沟旁的一条进山公路盘旋而上,路很窄,山很险,有点当年西康高速未通之前坐班车翻越大秦岭的感觉。

车行山顶,没路了,我们下车。看到刻着"八卦山"的石碑立在山头。人们说,旬阳县城是太极城,周围有八座山形似八卦,看来天门山应是其中的一座吧。站在碑旁远望,天门山跃入眼帘。我惊呼:"到了!"朋友说,看着很近,走起来很远,没有两三个小时怕是到不了跟前。

我们一人找了一根木棍,拄杖前行。因为才下过春雨,路面有些湿滑。走过一座山梁,其中两人累了,不愿再走,就地休息。我和另外一人觉得来一趟不易,坚持继续前行。

拦在我们面前的似乎还有四座山峰，山不是很大，但山势奇险。我俩稍事休息，起步爬山。这座山很陡，脚尖和鼻子尖都快要贴到山崖了，浑身大汗淋漓，气喘吁吁。我们一鼓作气，上到山梁，发现多处寨墙遗迹。原来这里过去建过山寨，住过土匪，或者义军。我们坐在寨墙上休息，想着这些石墙是建于明代还是清代？这里曾经发生过什么惊心动魄的战斗？

我们开始翻越下一座山峰了。走过两座山峰间的洼地，我们就到了另一座山峰的半山腰了。抬头，山崖陡峭，直插云霄；低头，万丈深渊，望不见底；那条小路窄得难容双脚。我们吓得发抖，紧贴山体行走。好不容易翻过这座山峰，已是腿脚发软，四肢无力了。

天门山已经近在咫尺了，再翻一座山峰就可抵达，我显得异常兴奋。朋友说，我们已经徒步两个多小时了，剩下的这点路程，没有个把小时怕是不行。时间已经是下午4点，我们丝毫不敢耽搁，挪步准备下到两山之间的凹地。朋友没走两步吓得退了回来，说没路了，不如返回去算了。我不甘心，试着下去，刚走两步就吓得直打哆嗦，只见怪石嶙峋，无处下脚，确实下不去了。

我在那里停了很久，觉得前功尽弃，十分可惜。这时朋友说，身后好像有路能通山下。我们疾步返回，从那条几乎看不见的羊肠小路下山，绕了好大一圈，方才走到另一座山峰面前。没想到，这座山峰比刚刚翻过的那座山峰更险，路更窄。我俩手把着山石边的枝条，相互照应，谨慎爬行。有些路段，有用铁丝捆住树干做成的简易护栏，我们就牢牢抓住它，担心稍有不慎会命丧黄泉。突然，眼前出现断崖，幸亏有人用粗细不一的木棍搭了个扶梯，方才攀爬上去。

翻过这座山峰就来到了天门山前，我们惊呆了！天门山太美了！我们放声呼喊，回音在山谷飘荡，荡气回肠。天门山是两镇分界线，洞这边是关口镇地域，洞那边属双河镇管辖。我们在洞内来回穿越，不停地照相，想把这大自然的美景永留身边。我们在天门山前谈天，猜想大自然到底是

母亲的扣子

如何鬼斧神工辟出这座天门山？我们还猜想，是不是外星人来过这里，特意留了个记号？不论怎样猜想，最终找不出满意的答案。

从天门山回家，已经夜深人静。第二天，我用微信发了几组天门山的照片，引来未曾谋面的安康文艺界老前辈王保的关注。他说："天门山是沿袭张家界的叫法，双河当地叫穿崖山，还有一段美丽的神话故事呢，攀强有时间再访当地土著吧。"

本来我想有机会再去一次，等挖掘出精彩故事之后，写出一篇像样的文章。但又担心时间久了，登山时的那种感觉消失，难以回味。于是，草草写下上面的文字，以免留下遗憾。

（原载于2013年3月28日作者新浪博客）

山水太极城

陕南安康有个叫旬阳的地方，汉江与旬河在这里拥抱，秦岭和巴山在这里密语，大自然妙笔生花，描绘出一幅天然"太极图"，成为山水城交融的杰作，阴阳极演绎的绝唱。

陕西境内的秦岭，介于关中平原与汉水谷地之间，巍峨绵延。发源于秦岭垭南侧的旬河，与秦岭相依相偎，一路欢歌笑语南下。当它们来到旬阳，望见汉江的时候，按捺不住激动的心情，放慢了脚步，扭动开身姿，摇摆着裙裾，跳起了舞蹈。南岸的巴山被那优美的舞姿深深吸引，跃跃欲试，无奈被汉水阻隔，只能望江兴叹。文人墨客写出了"汉水南流，旬河北绕，阴阳回旋，形似太极"的诗句。但是，在天然山水太极城面前，还是显得有些苍白无力。

太极城是个美丽的地方，美就美在这里的山，这里的水，这里的城。不论是秦岭，还是巴山，皆险峰林立，哪座山峰不是奇山？不论是汉江，还是旬河，皆碧波荡漾，哪条河流不是秀水？还有那座县城，建在山水太极图上，形成一幅"城在山中，山在水中，水在城中，人在景中"的自然画卷，成为陕南奇葩，中华一绝。踏步旬阳，映入眼帘的，不是青山绿水，就是白云蓝天，真乃天然氧吧，人间仙境。难怪国家要将这里的汉江确定为"南水北调工程"中线水源涵养区，为的是让京津地区的人们喝上清纯甘甜的汉江水啊！

母亲的补子

　　太极城是个神奇的地方，奇就奇在这里地形险要，历史悠久，自古为兵家必争之地。它地处秦楚蜀的接合部，是过去通往荆襄、川渝和三秦的"咽喉"。正因为如此，秦时就在这里"设关"，派军驻守。到了西汉开始"置县"，设立衙门。在春秋战国以及三国时期，这里战事频仍，狼烟四起，鼓角争鸣，归属多变，"朝秦暮楚"说的就是这个地方。位于旬阳老城对面的王家山上有孟达塔和孟达墓，相传为三国时代"旬关"守将孟达的墓地。地处旬阳老城衙门口的文庙，馆藏文物三千多件，年代可追溯到新旧石器时代。其中不乏"独孤信印""象牙算筹"等稀世国宝，由此可见太极城的昔日非同凡响。

　　太极城是个神秘的地方，其神秘之处就在于这里"兼济南北，文化交融"。不论是地域风情，语言特点，还是饮食文化，均能看出荆楚、巴蜀和三秦文化相濡相融的印迹。尤其是儒释道文化在这里共同彰显，映射出太极城人的开阔胸襟和包容情怀。老城的文庙给人讲述的是儒家文化的源远流长。城东的灵岩寺，给人阐释的是佛教文化的博大精深。明代地理学家罗洪先，曾苦读于寺内，后考中状元，成为流传于太极城的一段佳话。老城六家巷下的道冠群，给人演绎的是道家文化的玄虚奥妙。无中生有，道法自然，阴阳和谐，不正是山水太极城的深刻寓意吗？你看，那水随山转，随弯就曲，山水相依，阴阳回旋，妙趣天成，哪一点不是在向人们解析自然的规律和人生的哲理呢？

　　太极城不仅仅是一个地标，更是一种文化。这里山清水秀，人杰地灵，成为汉水文化的缩影。中国汉水航运博物馆就建在老城的龚家梁上，来到这里仿佛看见汉水船帮的白帆，听到雄浑悲壮的汉江号子，感受波澜壮阔的汉水怒潮，体验汉江儿女自强不息的奋斗精神。城北的王愚纪念馆，记录着中国当代文艺评论家王愚的生平事迹。由此可见旬阳太极城文化之一斑。在太极城这个弹丸之地，活跃着十五个文艺社团，会员人数超过三千人，形成陕西文化的"旬阳现象"。生活于斯的人们，十分懂得崇尚自然，尊重自然，热爱自然，保护自然。打造"中华太极城文化"品牌的理念，以及建设"山水生态园林城市"的实践，无不充分说明了这一点。太极城人在建设"太极森林公园"和实施"汉江两岸绿化"工程中，少了那些人为的因素，多了按照自然规律办事的精神。尤其是在"宋家岭观极台"的建设中，充分体现出道家"无为"思想，远观山上只有绿色，没有景点，及至近前，方见山上有台，台下有景，那幅山水太极图猛然间展现眼前，惟妙惟肖，活灵活现，令游客无不惊叹！到了晚上，不由得让人想起清代旬阳县令黄金台写的"满城灯火列星案，一曲旬水绕太极"的诗句，那种"夜色斑斓美"真是妙不可言。看来，旬阳太极城被评为"中国十大最美县城"，确实名不虚传。

（原载于2017年第3期《陕西文学界》）

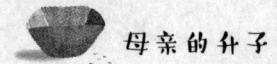 母亲的斛子

我的蓝田情结

孩提的时候，在我幼小的心灵里早已装上了蓝田。那时，父亲常常在我和母亲的耳旁提起蓝田。

父亲说，他是长安人，中华人民共和国成立前，为了躲避国民党抓壮丁逃到陕南。叔父也到蓝田过继给张姓人家当儿子，改名张自清。我还听说中华人民共和国成立后，父亲带着大哥去过一次蓝田，婶娘眼睛不好，叔父家日子过得贫寒。从那时起，我就时刻留心和关注着蓝田。

上学后，我在课本里发现了蓝田，这是一个不断出现奇迹的地方。我先是知道，蓝田是人类先祖的发祥地和华夏文明的萌发地之一，考古学家发现的蓝田猿人生活的时代，距今115万年到65万年；后又知道，蓝田是出产美玉的地方，蓝田玉与新疆和田玉、河南独山玉、辽宁岫玉并列为中国四大名玉，素有"玉种蓝田"之美称，早在新石器时代即被开发利用。

那时候，我的心中就有了一个梦，梦想有朝一日能有机会去看蓝田，因为那里有我的亲人我的根，还有那些令人神往的美景和奇迹。可惜的是，父亲和大哥过早离世，没有给我留下叔父家的详细地址和联系方式。

到了2007年7月间，女儿小学毕业放假，我们一家三口到西安玩耍，顺便租了一辆出租车去了趟蓝田。这次虽然没有打听到叔父家的任何消息，但是我们却参观了蓝田的玉器加工坊。那些质地温润、形态各异的玉雕器皿，让人眼花缭乱，心灵震撼。尽管那时我家经济拮据，但我还是花

钱为女儿买了一对精美的玉手镯，悉心收藏，留作纪念。

后来，我在新华书店发现著名作家陈忠实写的《白鹿原》，看到介绍白鹿原所处的地方就在蓝田，我就买下一本细心阅读，为书中的故事情节深深感染，为白鹿原的地域风情沉迷陶醉。我还主动推荐女儿和朋友阅读《白鹿原》。我多么希望有机会再去蓝田，寻找那里的叔父，看看那里的白鹿原。

直到2014年5月16日至18日，我应邀参加了在陕西蓝田汤峪古镇召开的"第四届中国西部散文家论坛"，才又一次有机会长时间感受蓝田。这次，还是没有打听到叔父家的任何消息，也没有安排参观白鹿原。但是，我们有幸参观了汤峪温泉小镇、悟真寺，以及被誉为"第二敦煌"的蓝田水陆庵。晚上，我们浸泡在汤峪温泉古镇碧水湾阳光浴场的幸福之中，回忆着水陆庵雕塑的美妙绝伦，畅想着蓝田美玉的温润细腻。返回陕西汤峪会议中心的时候，我们边走边看街道两边的玉器店，鳞次栉比，琳琅满目。我想为妻子购买一件精美的玉坠首饰，尽管失手将玉坠跌落地上损坏一角，但还是将其买下精心保管。

时间到了2016年4月22日至23日，我再次被陕西省散文学会会长陈长吟老师邀请，参加陕西散文家"走进美丽蓝田"采风活动。这是我第三次到蓝田，我想我和蓝田真是有缘，这次一定好好看看蓝田，写写蓝田。更重要的是，好好打听一下叔父家的情况。

我见了蓝田人，就像见了亲人一样，无比亲切。蓝田人见了我很是热情，无微不至，细心关照，使我产生一种回到家里的感觉。蓝田县文联专职副主席、陕西省散文学会理事鲁建与我交流投契，他对旬阳也非常关注，曾到过旬阳羊山、蜀河古镇和太极城写生。陕西省散文学会会员、"幸福蓝田"微平台主编赵欢锋，听说叔父的名字后，立即打电话请人查询，十多分钟后告诉我："有张自清这个人，家住蓝田县三官庙镇新房村，七十多岁，已经亡故，家中有个孙子继承家业。以后若去寻找，我可以陪

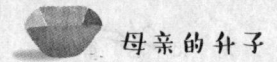 母亲的升子

同引导。"听到这个消息,我心情异常激动,蓝田人真好!

上述这些,都是我们在参观白鹿原影视城和白鹿原民俗文化村途中交流的。亲临白鹿原影视城,看到那些陈年老宅、古壁画、古村落、古戏楼、古石磨、古井、古门洞、古土墙、古碾盘,均似曾相识,十分熟悉。那原上的地情地貌、一草一木都是那样亲切自然,活像小说《白鹿原》和电影《白鹿原》场景的再现。

由于在白鹿原影视城的流连忘返,以至于耽搁了时间,将本来安排上午要看的白鹿原民俗文化村放在了下午。看过这个民俗村,给我的感觉是比袁家村有过之而无不及。它地形奇特,上下五层,错落有致,十分壮观。它既兼容了陕北、关中和陕南的民俗风味,又突出关中白鹿原的地域风情,使人看了就想吃,吃了就想喝,喝了就想玩,玩了就想乐,乐了就想睡,有点不想走了,确实是个"吃喝玩乐"的好地方啊!

这次采风还安排有蔡文姬纪念馆、公王岭蓝田猿人遗址、蓝田县灞源镇青坪村等文化旅游景点,由于我家中有急事需要返回,于是提前离开,留点遗憾,等着下次再去参观。

回来这么多天,我一直想着蓝田。为什么蓝田会出现那么多奇迹?比如,蓝田猿人、汤峪温泉、白鹿原、水陆庵、蔡文姬、蓝田玉等,这需要深入挖掘和潜心研究,才能找到答案。我多么希望再去蓝田,尽快见到那里的亲人,尽快找到这个答案。

(原载于2016年5月4日丝路金融网)

陕南秋色

秋是有颜色的,尤其是陕南的秋季,更是色彩斑斓。

我喜欢在这深秋的陕南,穿行于山岭之间,看漫山的红叶,看树上的红果,看蓝天的流云,看山水的倒影。

任意走到哪里,均可见红绿相间,层林尽染。那红色有时点缀在山头,有时缠绕于山腰,有时镶嵌在河边。

随着空间的移动,那红色图案,有时星星点点,有时整片整片,有时万山红遍。我时常为眼前的秋景赞叹,觉得这是大自然挥毫泼墨描绘出的精彩画卷。

不论是在汉江南岸的巴山深处,还是在汉江之北的秦岭山脉,我都被那一幅幅水彩画迷住了双眼。置身其间,我终于看清了,那红叶多数为黄栌树叶,也有枫树叶和乌桕树叶;那红果多数为红柿子,也有红火棘和红辣椒。

家住山水太极城,要山有山,要水有水,那水是旬河与汉水,那山是秦岭与巴山。若看红叶,不用出城,随意在太极城森林公园走动,那片片红叶就会映入眼帘,赏心悦目,经久耐看。

旬阳是文化大县,摄影爱好者尤其活跃,他们整天跋涉于这里的山山水水,拍摄秋天的红叶。每天,我们都会在微信里有新发现和新惊喜,原来旬阳的秋色是如此美!

母亲的升子

　　无数的美篇，让人们知道了水泉坪和任家湾，更让人们领略了宋家岭和南羊山。其实，旬阳的美景随处可见，无法圈点。稍不注意，你就走进了毛公山、天门山、万寿山、王莽山，还有县城后面的大黑山，山山都是名山，处处都有奇观。

　　陕南秋色不是一种颜色，红色居多，但黄色、绿色和蓝色也不示弱。盛产于冬青和烂滩沟的狮头柑，生长于水泉坪的银杏树，还有试种于十字岭的金丝皇菊，黄澄澄，金灿灿，也是一道亮丽的风景线。陕南的秋天，秋高气爽，天天可见白云蓝天和绿水青山。

　　这些颜色交相辉映，在阳光照耀下，流光溢彩，斑驳陆离，幻化无穷，美不胜收。说它是水彩画，那是委屈了它，因为水彩画是静止的，不会说话的，而陕南秋色是流动的，会说话的，它是七彩的仙女，流动的精灵。

（原载于2018年第2期《耕耘》杂志）

秋天的早晨

妻子五点就起床了,说要去晨练。由于是周六,有的是时间,我也就陪她一起去。

家属院的后门没开,我们走的是前门,绕过一段街道,穿过一条小巷,来到河堤的人行步道。

天还没亮,身边的景物模模糊糊,看不清楚,但陕南秋天早晨的清爽和凉意,我却感觉到了。

那种似雨非雨,似露非露,似雾非雾的东西,像游丝,像水汽,轻吻着脸颊,湿湿的,凉凉的,滑滑的,从未有过的一种美妙感觉滋润心田。白露已过,夜间的露水是有的;临近中秋,绵绵秋雨是有的;四面环山,浓浓的雾气是有的。我觉得这是三种东西的混合物,权且称作"巴山云雨",或者"山城雨雾"吧。

我听见了哗哗的流水声,那声音来自旬河。我们驻足聆听,这声音是那么响亮,那么震耳,那么激荡,与童年故乡的水声一模一样。我驻足遥望,隐隐约约看见了旬河的流水,以及河上的大桥。在桥下,那清清的河水与桥墩打闹嬉戏,泛起朵朵浪花,白天我是看到了的,现在虽然看不见,但耳闻其声,更具有诗情画意。

河堤两边的绿草丛里,发出悦耳动听的虫鸣声。我不知道有多少秋虫在这里安家宿营,也不知道它们是在密语,是在唱歌,还是在上课?难道

母亲的衬子

它们比人类起得还早？反正我觉得它们很快乐，你听，那叫声一声接着一声，那么清脆，那么激昂，那么积极向上，可能是它们看到了黎明的曙光，按捺不住了，开始拥抱新生活了。

河堤路下有个背影，那是个人吗？走近了，看清了，那是个老人，他在那里打太极拳。走过河堤广场，每天晨练的那些人还没有来，因为时间还早。前面又有两个黑影，迎面向我走来，等到走得近了，我看清了，又是两位老人。这是母子二人，母亲八九十岁了，是已故县人大常委会邢主任的遗孀，儿子也是六十多岁的人了，他带着母亲来到河堤锻炼身体。看着母子二人的身影，我感慨万千，多好的母亲啊！多好的儿子啊！不由得让人肃然起敬！

返回来的时候，天慢慢亮了，一切都看清楚了。远山的绿色显现出来了，山头云雾缭绕，若隐若现，仿佛山在云端，云在天边。"山水相依、云天相接"应该是眼下景物的真实写照了。旬河的水，河滩的沙，河岸的柳，都是那么干净，那么赏心悦目。河边的蒿草，随风轻拂，来回摇摆。绿叶上的露珠，晶莹剔透，亮得刺眼，清得可爱。这时前来锻炼的人越来越多，音乐响起来了，舞蹈跳起来了，红男绿女，挤满了河堤。

晨练结束，我们来到商贸小区，那些摊点先后开张，热气腾腾，叫卖声声。吃点什么呢？还是面皮吧，因为陕南面皮既可口又简单。最早我喜欢那家"汉中面皮"。后来有人建议我尝尝"梁家面皮"，去吃了几次觉得不错，这家的洗面皮尤其好吃。再后来有人建议"王家面皮"，品尝后觉得朋友说的并非虚言。有天闲谝，又有人推荐"铁牛蒸面"，吃了觉得味道更好，早上不打商量，直奔"铁牛蒸面"。一个小小的商贸小区，就我知道的已有四家有名的面皮店。这些门面，以及撑起门面的人们，靠吃苦耐劳在市场打拼，靠服务质量在市场竞争，他们既在创造自己的生活，又在改善别人的生活，作家体验生活，不去这些富有生活气息的地方，又能去哪里呢？

早点结束我们又去买菜，菜市场里稀稀拉拉，摊位星星点点。这不能责怪蔬菜市场不繁荣，是我们起得太早了，那些农村的菜农还在路上呢！他们要来卖菜，得先起菜，洗菜，装菜，还要半夜鸡叫起来做饭，吃个早点，然后挑着菜担，在山路蹒跚。早来的是路途较近的，来晚点的肯定是路途较远的，或者是年龄较大的，腿脚不便的。我知道这些农村人的辛苦，所以我买菜的时候不讲价钱，因此家人就剥夺了我的买菜权。这样也好，既省事又清闲，何乐而不为呢！

回到家已是早上七八点，我泡杯紫阳绿茶，翻开最近阅读的小说，开始了我的周末生活。我喜欢这样的慢生活，它能嚼出生活的滋味，悟出人生的真谛。

（原载于2018年9月17日中国作家网）

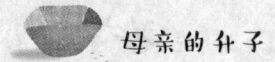 母亲的升子

陕南的雾

  陕南多山，多水，因其山清水秀，多有美景，令人神往。陕南多雾，却未曾引起人们的关注，不论是春夏，还是秋冬，你都可以领略到云雾弥漫山水之间的奇景。这些变幻无穷的美丽图画，更加彰显出陕南山的神秘，水的灵性。

  这是10月的早晨，我们从县城出发，沿汉江东下关口，这就是我的山下看雾了。316国道在汉江的北岸，我从窗口向南遥望，近处是汉江，风平浪静，碧波荡漾，那水清得出奇，绿得可爱。对岸是巴山，蜿蜒连绵，森林覆盖。由于已是深秋，山上已是色彩斑斓，那红色的、黄色的、粉色的、绿色的树叶，相互点缀，形成一幅水彩画。那些云雾在山峰间飘忽不定，哦，那不是云，而是雾，因为它是从群山之间冒出来的，好似山坡上长出的白毛，又像是树林披着的白霜，还像是悬挂于沟壑间的白纱带，随风飘拂，缓缓移动，变换着各种各样的图案。慢慢地，朝霞透过云层，来到山顶，那柔和的光束接触到浓雾，使它变得稀薄了，隐遁了，继而山峰凸显了，树木清晰了，一切都是那样清新和干净。

  这是4月的早晨，我们从县城出发，来到双垭村三组，徒步登上大黑山，这就是我的山上看雾了。站在山巅某处平台俯瞰山下，我们被眼前的景象惊呆了。山下云雾缭绕，大雾包围着群山。只见那团团白雾，像紧挨

着的棉花疙瘩，又像孩子们堆起的一个个大雪球，上下翻滚，前后奔腾，一会儿朝东飞舞，一会儿向西涌动。大黑山的土地、石林、花草、松林，在大雾弥漫下，显得扑朔迷离。那些白雾发现了我们这些不速之客，争先恐后向我们袭来，我感觉到了，那游丝般的润滑，那湿漉漉的清凉，亲吻着我的额头、脸颊、鼻尖、脖颈、手臂，使我更加证实了那不是云，而是雾，是极小极小、极轻极轻的小水珠形成的水雾。我想，大概只有天然氧吧的陕南，才会生出这样的水雾吧。

还是10月的早晨，我们从县城出发，来到双垭村玄峰寨下。由于来得太早，太阳还未露头，山上、山下被大雾笼罩，一切都看不清楚。我们站在山下等候。不一会儿，太阳出来了，近处的雾气渐渐散去，山上的小路显现出来，于是我们开始登山。此处山峰不高，没费多少力气就登上了山顶。山上有庙，叫火神庙。四周有墙，全是石头围成，形成山寨，叫玄峰寨。这里居高临下，地势险峻，远处四面环山，景色优美。这时太阳照亮山谷，天气晴朗，近处的大雾都被日光赶到了远山。漫山遍野，白雾蒙蒙。我看到那水雾，由谷底慢慢向山坡飘移，逐渐聚集到山头。然后由深谷向谷口游动，越聚越多，越来越浓，有的像马，有的想龙，有的像树，有的像花，形态各异，变化万千。有时浓雾覆盖整个山头，有时山头伸出浓雾，仿佛雾在动，山也在动。那曲里拐弯的山间公路，一会儿钻进雾里，一会儿走出云雾，似乎那就是天上人间。寨前的草坪上，开满黄花，蝴蝶飞舞，远远望去，像是开在云端，使人置身仙境。这就是我的远山看雾了。

看雾必须赶在清晨，因为此时温度较低，有利于雾气的生成；如果太阳出来再去看雾，多数是看不到了。我在有篇文章里描写黑山云雾之美，有人说我在吹牛，说他去就没有看到。那是因为他去迟了，雾早就跑了。我还发现一个秘密，雾与温差有关，如果早晨雾大，下午气温一定偏高，天气晴朗，万里无云，碧空如洗。我还觉得，雾与生态有关，越是山大林深、草木葱茏的地方，雾越是可爱，越是好看。比如，南宫山、南羊山、天门山。不信，你可以到陕南来看看。

（原载于2018年10月22日中国作家网）

棕溪走笔

旬阳作协主席姜华打电话，邀请我参加"精准扶贫乡村行"文艺采风活动。姜主席曾经与我在宣传文化战线携手多年，既是良师，又是益友。今年他多次组织开展作协活动，由于我忙于办公室日常事务，始终没有时间参加，眼看快到年末了，不去心里实在过意不去。

11月23日早上8点，我们从县城出发前往棕溪镇。汽车行进在江南路上，路下汉水碧波荡漾，路上巴山蜿蜒连绵，镇辖的村庄院落就隐藏在这大山深处。不要看这里山高石头多，出门就爬坡，名气却大得很。就在这大山里头，曾经出过享誉全国的"修地大王"王良甲，全国农村党支部书记的好榜样陈分新，陕南的烤烟重镇也说的是这里，可以和赵湾镇相媲美。

不知不觉来到了展元村，我们朝山上一个叫塔云寨的地方走。那个寨子地处山巅，非常奇险。寨子下面是片森林，树大根深，落叶遍地，蜜蜂飞舞。我们看到了那些蜂箱，高低错落，排列组合，安放在树下，点缀着山坡。养蜂人井兴田介绍，他投资十万元建起塔云寨生态合作社，主要从事野生养蜂，目前已发展到105箱，预计年收入5万元，可以带动15户贫困户脱贫。林子下面的坡地里，栽植着拐枣，苗子上套着塑料袋，主要是防冻。听镇干部说，这是村上的千亩拐枣种植基地，为脱贫攻坚的长效产业之一。

母亲的升子

在展元村陈家沟，我们收获了意外的惊喜，见到了民间艺人罗龙军和他的皮影队。这支队伍好生了得！吹拉弹唱，锣鼓喧天，皮影晃动，技艺娴熟，尤其是领头人罗龙军，浓眉大眼，器宇轩昂，唱得威风，耍得神勇，那高昂的声调，那美妙的音质，使人十分震撼！我不由得心生感叹：高手在民间啊！据介绍，这支皮影队不仅在村内、镇内、县内演出，还多次到县外演出。曾代表县上参加安康市第十四届龙舟节综艺节目演出获得一等奖，参加陕西省首届农民戏曲节演出获得优秀表演奖，其"道情皮影"被陕西省人民政府确定为非物质文化遗产，真不简单！

我们还来到了展元村的"关圣帝君庙"。庙宇建在汉江岸边，地势平坦，视野开阔，从庙宇四周的残垣断壁可以看出，这里的附属建筑气势恢宏，可见其昔日的兴盛和繁荣。我们看到了江边的渡船，渡口有位老者，他向我介绍：这里是古时的水陆码头和交通要冲，曾经设过"堡"，南来北往，客商云集，好不热闹。自从公路修通取代了水路，才开始衰败萧条下来。我站在渡口遥望汉水，江面风平浪静，微波粼粼，那渡船形单影只，空无一人，在江边来回摇荡。我猛然想到"野渡无人舟自横"的诗句。时过境迁，景象迥异，不由得让人感到人间的沧桑和岁月的无情。

采风活动安排的还有王院村，由于沿途修路，我们从镇政府步行到村口，然后乘车进村。该村远近闻名，全国先进、村党支部书记陈分新是中共十六大和十九大代表、十一届和十二届全国人大代表，全国劳动模范。过去我多次到过王院村，对这里的自然山水和风土人情有所了解，对陈分新带领群众脱贫致富奔小康的生动事迹熟记于心。这次由于他有事外出，村主任李光明带领我们参观了王院村村史展览室，观看了专题片，看望了贫困户，并就脱贫攻坚工作开展情况进行座谈。关于王院村今后的发展，李主任说，村上的路是过去组织群众自己修的，标准低，路面窄，远远比不上近年来周边那些贫困村新修的通村水泥路，计划结合实施乡村振兴战略，将通村路改造为五米宽的柏油路；同时进行民居改造，改善村民居住环境；在产业发展和农民增收方面，"长中短"相结合，长抓拐枣和油用牡丹，中抓黄花菜，短抓烤烟，建成两千亩产业示范基地，让群众有稳定的收入来源。

这次来到王院村，我们还想见见农民作家柯长安。遗憾的是，他有事到西安去了，没有见着。当车进山的时候，司机指着坡上的那处房子，说那就是柯长安的家。我随着他手指的方向，隔着车窗眺望山上，心生敬慕。返回的时候，司机又向我们介绍柯长安家的地理位置，车上的采风团成员无不向上望去，谈论着有关柯长安的话题。为何大家都想见他？我想各位与我的想法可能一样。柯长安是个农民，早年在外务工，染上尘肺病，生活异常艰辛。但他凭借顽强的毅力，与命运抗争，一边为生计奔波劳碌；一边热爱文学，笔耕不辍，用生命讴歌生活，追求人性的真善美！这种昂扬向上的生活态度，这种坚韧不拔的奋斗精神，难道不是值得我们每个人学习的吗？

在棕溪，不论是老典型王良甲，还是新典型陈分新；也不论是民间艺人罗龙军，还是农民作家柯长安，以及那些奋战在脱贫攻坚一线的干部群众，都让我感受到了一种精神，那是苦干实干的精神！那是唱响生命的精神！有了这种精神，摆脱贫困还会远吗？

（原载于2018年11月27日中国作家网）

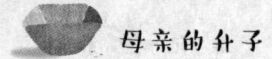 母亲的扒子

春色不等人

惊蛰这天,我终于抽出时间,走到户外,步入田野,看看春天的景色,听听花鸟的声音。尽管远山还没有脱去冬天的外衣,但眼前春天的气息却扑面而来。路边的枝条泛起了绿意,山坡的野草吐出了嫩芽,原野里那些性子急的花木,如白色的樱桃花,红色的山桃花,黄色的迎春花,纷纷露出笑脸。那些性子稍慢的,也你追我赶,生出密密麻麻的花蕾,很快就要花枝招展了。恰逢雨后天晴,空气清新,阳光普照,万里无云,更加映衬出陕南初春的明媚和艳丽,我的心情顿时舒展开来。

说心里话,我是追求雅致生活之人,热爱自然山水,喜欢户外运动。春天来了,我是不能放过踏春的机会的。可是春节过后,我就忙于事务,无法脱身,最近连续两个双休日也在忙着加班,想要出去,苦于没有时间。每天晚上有了空闲,我就翻看手机微信,朋友圈里已是山花烂漫,春色满园了,看到那一个个美篇,一幅幅图画,好生羡慕,多想和他们一起走进大自然,走向那些美丽的地方,去看看花,拍拍照,与春天说说话,亲亲脸。

本来我想等到这个周末,抽出一两天时间到户外的山林转转,看看春天到来的情景。可是,我又担心春色不等人,你不抓紧时间去看她,她就会和你擦肩而过。尤其是最好看的山花,花期都很短,往往两三天就会凋谢,去迟了,看到的就不是最美的了,也会失去赏春的韵味。可不是吗?

这天我在山上看到的，正是山桃花的怒放期，你看那一朵朵，一束束，一团团，一片片的山桃花，挤挤攘攘，推推搡搡，尽情绽放，好不壮观！如果再过两天，怎能看到这样的美景呢？

我欣赏那些有情趣有追求的人。为了观日出，他们会半夜走山路；为了拍雪景，他们会冒雪前行；为了看彩虹，他们会在风雨中等候。正因为他们热爱生活，赶在了时间的前面，争取了人生的主动，才会抓住大自然最美的瞬间，带给人们无限的愉悦和震撼！

记得住在老城的时候，我家阳台有盆仙人掌，开花在晚上。白天太阳一照，花瓣就会卷起，花期极为短暂。为了观赏它的开花过程，那晚我就坐在阳台，等到深夜，花蕾竟然慢慢伸展，隐约发出细微的声音，神奇而曼妙。不一会儿，花盆四周开满了喇叭状的小黄花，中心的花蕊向外摇头，十分可人，好看极了。睡下后心中老是操心仙人掌开出的小黄花，不等天亮我就起床，来到阳台观看，花朵还是那样金黄而鲜艳，花上有了露水，亮晶晶，颤巍巍，几只蜜蜂伏在花蕊上吸食花粉，不时发出嗡嗡声，我站在旁边看得入神。不知不觉到了早上八九点钟，太阳出来了，花朵快速卷起，衰败了，真是奇了！试想，如果不是赶在时间前面，无论如何也是看不到仙人掌开花的。

俗话说，光阴似箭，日月如梭。早晨起来，稍不留神就到了黄昏。四季轮回，如不趁早就赶不上季节的脚步。人们常常感叹：年龄不饶人啊！说的是同样的道理，昨天还是少年，转眼间就到了老年。其间，不知错过了多少美好的东西啊！人生的路，人人都在走。大多数人是马不停蹄，紧追慢赶，一刻也不得闲，在这个喧闹的世界里，为世俗和名利奔命，岂不知路上的风景比这些更为重要，何不抽出身来，换一种活法，去追赶时光里那些最美妙的东西，去体味生活的意义和生命的真谛。回想自己，也是浮躁，春天来了，竟不知道。如果等到有了时间，哪里还有初春勃发的生机？在这大地复苏、万物萌生的季节，最要紧的是忙中

母亲的扣子

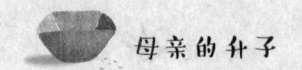

偷闲，到户外去，到大自然中去，在那生发之力和生命之美的律动中，经受洗涤，陶冶人生。

（原载于2019年第2期《汉江文艺》杂志）

河堤春色

晚上散步，看到河堤有花，花里有人，窃窃私语。我也急着想去观赏，妻子说天黑了，等到白天去看最好。

适逢周六，早上起床，吃过早点，泡杯清茶，翻开新买的线装经典《最美的散文》。这本集子是我偶遇的好书，爱不释手。看完鲁迅、周作人、胡适，还想继续再看郭沫若。妻子走来提醒，说快10点了，昨日说去看花，去还是不去？我从书中醒来，说去。

我们从县烟草公司家属院后门走出，横穿祝尔慷大道，下到旬河岸边的人行步道。太阳比我们出来得更早。它那明媚的光线已经洒遍河堤，满目清新。河水是绿莹莹的，泛着鳞波，水里有柳树和水草的倒影，微微晃动；柳树发芽了，染绿了的枝梢，一条条悬挂空中，随风摇摆；水草的黄衣渐渐隐去，新生的嫩芽长出地面，覆上绿毯。放眼望去，旬河两岸绿意盎然，春天真的来了。春分刚过，清明未至，按理说大地还不会返青，为何这里却绿得如此惹眼？这时我看见远山，还是羞羞答答，春色迟迟不愿出来。"近水楼台先得月，向阳花木早逢春"，难道说的就是这里？

我们边走边看，道上的行人来来往往，越来越多，大人、小孩，男人、女人，还有小狗，都来了。每个人的脸上，与这太阳和花朵一样，笑得灿烂。看来，不光是我，其实人人都喜欢绿色、阳光和花朵。不知不觉，我们来到仙姑公园，那里不仅有栩栩如生的"仙姑娘娘"，还有繁花似锦的人间"桃源"。那花开得令人心跳,恨不得和她拥抱。那种白,白得像雪;那种红,红得像血。不论白花,还是红花,朵朵都在怒放,枝枝都在争艳,一疙瘩,一团团,形成整片整片的花海。人们走进花丛,摆出各种姿势,争着拍照。尤其是那些小孩和女子,更是踊跃,照了还要再照。有个小孩,身不由己,伸手折花,年轻的妈妈急忙阻止,说爱花不能折花,假如今天人人都来折花,那么明天谁也看不到花了。说得多好啊!小孩是祖国的未来和花朵,我们就要像这个妈妈护花那样,培养教育未来的花朵呀!

　　花香四溢,招来了蜜蜂,我想捕捉蜜蜂采蜜的镜头。离远了照不清楚,靠近了蜜蜂不停飞走,换了好几个地方,都不能如愿。这时,我看见有位姑娘,她在变换各种角度拍摄视频,又打电话邀请好友前来观看,心花怒放,笑声爽朗。又遇见一女子,是个熟人。她说,今天你又可以写出一篇美文了。本无此意,听了她的建议,我就问她,这是什么花?她说是梅花,还有人说是海棠花,但多数人说这是碧桃花。

　　返回途中,我们游兴未尽,走起路来,浑身是劲,遇见熟人,热情问候。看见城关幼儿园原园长马老师迎面走来,我招呼她:"您也出来转转。"她笑着说:"这就是我的工作呀!每天吃好,睡好,玩好,这比啥都好!"你看这位退休多年的老教师,享受生活,追求快乐,这样的心态多好啊!

(原载于2019年第2期《旬阳文艺》杂志)

路过石泉

5月3日,我们从汉中返回旬阳途中,路过石泉,做了短暂的停留,在古街吃了顿饭。石泉的饮食很有特色,早就听说石泉烤鱼远近闻名,可惜这种美食要到晚上才能露面,于是我们点菜吃米饭。没有烤鱼,我们点了红烧汉江鱼,这种鱼肉质细嫩,味道鲜美,好吃极了。我不相信,难道石泉烤鱼比这红烧汉江鱼还要好吃?在石泉老街,我发现街道两旁摆着许许多多的火锅,里面煮的都是鱼。我问身旁的小杨:"这是不是烤鱼?"他说:"这叫石头火锅鱼,是石泉的特色,加上晚上的石泉烤鱼,街上昼夜人山人海,热闹非凡。"看来,要吃鱼,最好还是到石泉去。这顿饭我们吃得很起劲,因为所点的菜肴都是石泉的地方特色菜,香甜可口,酸辣有度,吃得舒服。具体都是些什么菜?我不想在这里一一赘述,烦请各位朋友有机会亲自前去品味。

饭后我们要走,小杨说:"转转石泉老街,然后再走。"石泉老街我也早就听说过了,还在网上看到过各地游客发布的照片。百闻不如一见,老街临江而建,虽然不长,但给人的感觉是:古朴、精致、优雅、内涵丰富。那些民居,多数为明清建筑,有的是过去的老屋,青砖灰瓦,雕梁画栋,飞檐吊角,保存完好;有的经过维修,但都保持了原貌。尽管新旧混杂,却差异不大,整体和谐,完美无缺。老街上有座五层木楼吸引了我的眼球,整座大楼全是木头建成:木柱、木梁、木门、木格窗、木板墙,外观结构严谨，气势恢宏。我猜想：这座木楼古时不是客栈，就是货栈，或者是"聚香楼"之类的场所，肯定是老街最繁华、最热闹的地方，现在却挂着"公瑾烤鱼"的招牌。石泉县署也是保留下来的古建筑，人们纷纷在那里照相。由于急着赶路，我们没有进去参观。来到古城楼，两扇大门铁皮包裹，上面钉着密密麻麻的铆钉，古砖垒砌的城墙坚固厚实，圆拱形城门上方镶有绿豆石，石上刻有"秀挹西江"四个大字，城上建有门楼，古时可能是为了驻兵防守之用。

出了城门，就到了河堤，对岸巴山绿绿葱葱，"石泉十美"四个红色大字镶嵌其中。山下汉水碧波荡漾，由西向东缓缓流淌，绿得可爱，清得出奇。听说到了晚上，山上亮起灯光，老街灯火辉煌，在一江清水间交相辉映，构成五彩缤纷的石泉夜景。走到堤外护栏，侧身向下观看，远处江心有个绿岛，满眼水草。岛前更远的地方，石泉汉江大桥好像与岛相连。眼前的河堤近水处，凸出不少红石包，那些石头要么大得惊人，要么小得精美。它们有的临岸而卧，有的伸向江边，有的孤悬水中，形态各异，妙趣天成。石上多有游人，指指点点，谈笑拍照。我还看到，江岸建有人行步道，随着汉江蜿蜒，和谐自然，道上行人来来往往，闲适恬淡。我猛然感受到了一种美，这是山水之美，自然之美啊！我急忙打开相机，留下这些美妙的瞬间。

回到旬阳，我用手机微信发了一组石泉的照片，马上引起朋友圈的关注。有的朋友说，石泉真美！赞不绝口。有的朋友说，他曾去过石泉老街，还给我发来他拍的照片。有的朋友建议，石泉的饶峰驿站、后柳水乡、中坝大峡谷、燕翔洞都是很美的地方，可以去看看。还有朋友问我是否还在石泉，说石泉好看的地方多着呢！约我同去看看。可惜，我在那里仅仅是吃了一顿饭，待的时间很短，只能写点眼里所见和心中所感，无法涉及石泉老街的历史人文，更不能描述石泉的其他旅游景点，留下诸多遗憾。

（原载于2019年第3期《汉江文艺》杂志）

去看文星塔

初夏某天，我们去看文星塔。从旬阳县城出发，过汉江大桥，左转沿江南路东下，再右转顺小磨沟上山。行至半山腰有个转弯处，车上不去了，我们改为步行。

沟越来越狭，路越走越窄，林越来越密，树越来越大。山道两旁多为青桐树，树干笔直高挺，树皮颜色青青，树叶肥大如扇，甚是好看。这里山大沟深，人烟稀少。终于发现有户人家，我们叩门问路。屋里走出农家妇女，嘴里咿咿呀呀，右手指向房后，走在前边引路。她将我们引向房顶。房顶正在晾晒油菜的老农，一边热情地招呼我们，一边指引上山的路径，并再三叮咛我们路上小心，不要走岔了。

沿着老农所指的方向，我们继续上山。走着走着，我们又不知道如何行走。因为这条小路延伸到沟下去了，距离山峰越来越远，如果往山上攀登，似乎又没有路了。同行的小赵看到沟边有房，前去询问，结果无功而返，说那是弃置不用的空房，没有人居住了。正在左右为难之际，忽然听见山下传来说话声，原来老农担心我们迷路，特地赶来为我们带路。

他拿着一根木棍，走在我们前面，边走边清除路障。闲谈中，我们得知这人姓杜，六十九岁，爱人语言障碍，但耳朵不聋，孩子外出务工去了。老杜带着我们所走的这条山路，根本看不清有路，只见杂草丛生，

母亲的朴子

荆棘缠绕，难以穿行。老杜倒是矫健神勇，手上那根木棍上下翻飞，噼里啪啦直响。他一边在前开路，一边拉着我们行走，步伐轻盈，敏捷如猿。

我们问他，这条路好像好久没有人走过。老杜说，山上有土地和草场，过去人们要上山种地和放牛，路还好走，后来沟里人家都搬走了，不种地了，也不放牛了，路就荒了。走了大约一个时辰，翻过山梁，眼前出现了大片谷地，地里长满野蒿和杂草。老杜说，穿过这片荒地，爬上对面的山峰，就到文星塔了。路不远，也没有岔道。他要返回家里干活，于是我们在此分手告别。

按照老杜指点的路线上山，走不多久，我们又辨别不清方向了，一会儿向这边穿梭，一会儿向那边奔走，急得像热锅上的蚂蚁。突然听到山下林子里的嚷嚷声。小石说，好像有人在山下喊叫。不一会儿，又见老杜跑得飞快，赶上了我们。他说，看到我们走错了，又折了回来。他继续在前面带路，不一会儿工夫就到了山顶，文星塔呈现在我们的眼前。

据清光绪本《洵阳县志》载：县城南旗杆山文星塔建于光绪二十九年（1903年），六面五级，通高9.5米。建塔尊崇文曲、魁星二神，其意明显是盼望洵阳文化昌盛，多出几个进士、举人。我们在塔身四周参观，拍照留念。老杜则坐在塔下的石阶上，用衣袖擦拭汗水，满脸堆笑，望着我们，那种憨厚的样子着实可爱。歇了一会儿，老杜说他要回去干活，先走一步，让我们再玩会儿。分别时，老杜极不放心，反复告诉我们下山有条近路，从塔下荒地直接下去，可以通到公路。

望着老杜渐渐远去的背影，我的心里泛起层层涟漪，多好的山里人呀！他的心灵是那么纯净，仿佛山里的森林和空气一样，一尘不染，清新自然。和这样的人在一起，没有虚伪，没有欺骗，没有负担，无须多少语言，心里感觉坦然。在他举手投足间，那种真诚、纯朴、善良的品质，就像清澈的山泉缓缓流进我们的心田。老杜非常渺小，渺小得像山里的一株小草，但我从他身上感受到了人性中最高尚、最美好的东西，给人以激励和启迪。

（原载于 2019 年 6 月 28 日《安康日报》文化周末）

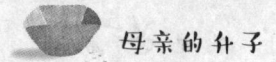
母亲的朴子

嘉峪关随想

来到嘉峪关，这里正在进行保护性维修，但其作为"天下第一雄关"的气派，我还是领略到了。

从讲解员口中得知，嘉峪关始建于明太祖洪武五年（1372年），因位于嘉峪山西麓，故名嘉峪关。记得中学课本中有"万里长城，东起山海关，西止嘉峪关"的描述。山海关我曾经去过，八达岭长城我也登过。这次有幸来到地处长城最西端的嘉峪关，总算圆了心中的梦。

我好奇地问，明朝修筑嘉峪关的目的是什么？讲解员说，嘉峪关的作用有二：一是防御，防止关外少数民族入侵；二是稽查，对入关朝贡和商贸互市人员进行检查等。我不解地问，在明朝，难道嘉峪关以西的地方就不是中国的领土吗？朋友回答说，可能不是吧。

这时，我不由得想起中国的两个时代，并对两个时代的情况进行对比。前一个时代是汉唐，后一个时代是明清。

就战略而言，汉唐采取的是主动进攻，明清采取的却是被动防守。汉唐时代，河西走廊上并没有嘉峪关，但河西走廊被汉唐控制，嘉峪关之外的大片土地均为汉唐管辖。历史上匈奴曾经控制河西一带，但汉武帝派大将卫青、霍去病出击匈奴，收复河西，使河西走廊成为中西交流的丝绸之路。隋朝建立之初，吐谷浑控制河西，但隋炀帝亲率大军大战吐谷浑，取得胜利后在吐谷浑地设置河西五郡，重新开通丝绸之路。唐代的河西走廊更是车水马龙，客商如潮，欣欣向荣。虽然到中唐时期一度被吐蕃控制，但后来被大唐将领张议潮再度收复，丝绸之路繁荣如初。每当看到汉唐时期的这些历史故事，想到当时丝绸之路的辉煌，无不令人振奋和自豪！可是到了明清，却在地处甘肃河西走廊中段偏西的地方修筑了嘉峪关，在战略上的被动防守，可见明清的国势自然无法与汉唐相比了。

就政策而言，汉唐实行对外开放政策，明清则实行封闭自守政策（虽然在明成祖朱棣时期也实行对外开放政策，郑和七下西洋，中外交流频繁，国势比较强盛。但纵观整个明清时期，主要还是封闭自守政策）。汉唐时期，既鼓励中原人到西域及西方国家去，又欢迎外国人到中国来互市和学习。那时，中西物资交流空前繁荣，中国的丝绸、瓷器、茶叶等手工业和农业产品，通过丝绸之路源源不断地传往中亚甚至欧洲。西域的农产品及土特产，如葡萄、石榴、胡萝卜，以及玻璃、琉璃、呢绒等手工业品，也大量传入中原地区。在文化艺术如音乐、舞蹈、佛教、文学等方面也展开了广泛的交流。当时，中西互派留学生兴起，中外佛教高僧相互往来，传教也很盛行。可是，到了明清，汉唐时期的对外开放景象没有了。就拿嘉峪关来说吧，明朝有时开关"通贡"，有时闭关"绝贡"，对互市也有苛刻的限制。清代乾隆以前，每日将关门紧闭，如有人出关，验照后方可放行，实行"晨开（上午7—9时）酉闭（下午5—7时）"后，对进关者仍行盘诘，出关者则任其前行。如此限制，商贸繁荣岂不成为一句空话？

在税收方面，明清时期有了嘉峪关，嘉峪关又成为商务税关，凡入关互市者，均须缴纳关税。范长江来到嘉峪关，对嘉峪关收关税表示不理解，并在书中记下他的疑问："……新疆是中国自己的土地，新疆商人到甘肃来贸易，为什么要在百货税之外，上一次关税？关税应设在中苏边境上，怎么设到嘉峪关来！"明清时期，哪里像汉唐时期以开放的胸怀放眼世界呢?

由此可见，中国近代封闭落后和屈辱挨打局面的形成，就不足为怪了。

（原载于2013年7月1日作者新浪博客）

探访崩云峡谷

古有桃花源,今有水泉坪。这并不是有意渲染,耳听为虚,眼见为实。

我曾为水泉坪写过三篇文章:《水泉坪风景》《再访水泉坪》《水泉坪记忆》。可以说,我为水泉坪的神奇而着迷。然而,这里还有一处人间仙境,一直藏在那个神秘的地方,未被世人发现,不能不说是一种遗憾。那就是崩云峡谷。

水泉坪位于两座山峰中间,地势高耸。二里坡地处水泉坪下,坡势极陡。坡上原有一条简易公路,档次太低,目前正在提升等级。过去,人们上坡下坡都从路上行走,谁也没有想到比水泉坪更加绝美的奇景就在脚下。

仁河口镇敬老院上方有个谷口,建有龙门,龙头高昂,气势雄伟。跃过龙门,走下便桥,我就被眼前的景象惊呆了!峡谷巨石林立,水流湍急,回声震耳,飞沫弥漫;两岸山崖陡峭,树藤丛生,枝叶繁茂,光影斑驳;沿途落差较大,地形复杂,梯次攀升,高低错落;眼前那一连串的瀑布群,形态各异,景象万千,让人眼花缭乱。

我们继续在峡谷中穿行,越走越惊险,越走越震撼!这是一种从未有过的体验!我显然是太激动了,每到一处总是舍不得走,看着"清泉石上流"的波动,看着石头与流水缠绵的漩涡,看着奔腾而下如珍珠飞洒的瀑

母亲的升子

布，看着绿苔与水亲吻的留痕，听着舒心悦耳的哗哗流水声，听着美丽动听的小鸟歌唱声，使我一下子感悟到了什么叫天籁之音，什么叫鸟语花香，什么叫幽静与空旷。

边走边想，我在这方区域工作了十年，到过水泉坪不下十次，为什么就没有发现这样绝美的地方呢？那么，到底是谁发现它的呢？同行的镇党委书记李向阳说，镇上确定乡村旅游为脱贫攻坚的龙头产业。可是，仅有的水泉坪，景点太单薄，留不住人。他请任该镇脱贫攻坚指挥长的县人大常委会副主任向敏毅帮忙出主意。向主任又找到老家住在水泉坪的县人大常委会副主任邓邦财咨询。

邓主任这个人很聪明，是旬阳有名的"点子大王"。他听后就来了劲，说二里坡有个峡谷，他从小在山上放牛砍柴，不知从谷里穿梭了多少回，那景致，美极了！向主任这个人言语少，却是旬阳有名的实干家。说干就干，他带着李向阳、李猛等，腰里别着砍刀，肩上套着麻绳，从谷底向上砍伐荆棘，开山辟路，大家发现邓主任所说并非虚言。

这里奇特的山崖、巨大的石头、充沛的流水，形成了千姿百态的奇异瀑布，这是最大的看点。有处像"剑门"的地方，门口被三块巨石堵住，流水冲过中间的那块石头，落成水帘；扑向左右两边巨石的流水，被两面石墙堵转回来，三流汇合，撞击深潭，白浪翻滚，蔚为壮观！有处飞流直下，正好落在底下的巨石上，水珠四溅，好似一堆翡翠；周围的大小石头，由于常年被水雾浸润，绿苔覆盖；瀑布上头那兜水草长势茁壮，红色的根须藏在水帘里侧，左右摇摆；这种红白绿交融的美景，静中有动，动中有静，实为罕见！奇怪的地形，极大的落差，造就了不少二级瀑布、三级瀑布和四级瀑布，有的层次分明，错落有致，有的左冲右突，曲里拐弯，让人久看不厌。

出了峡谷就到了桥上，一眼就看到了水泉坪。这时我们舒了一口气，脚步放慢了，心跳平缓了，映入眼帘的又是一幅截然不同的田园风光景象。水泉河在千亩稻田中间缓缓流淌，田里的油茶花开始泛黄，大概不要半个月就会全部盛开了；两边的山上草木已经萌发，绿意出现了；山下的人家依稀可见，小桥流水旁农家女正在洗衣，面带桃花；田边的老农手拿鞭子，吆喝着耕牛，嘴里叼着香烟。再往里走就到了王莽山。

不论在村委会，还是在农家院，我们都在为水泉坪赞叹，共同谋划着这个地方的旅游产业发展。镇党委书记李向阳对水泉坪的旅游开发信心十足。县人大常委会主任陈德智对水泉坪更是情有独钟，他说，水泉坪有可能成为旬阳旅游的火爆点，这里的崩云峡谷、水泉坪、王莽山，三个景点连成一线，不仅自成单元，而且会融入川陕鄂渝省际旅游大环线，不管从汉滨区的茨沟镇来，还是从旬阳县的仁河口镇来，都可形成内循环，希望上下联动，多方支持，加快发展。

崩云峡谷、水泉坪、王莽山，好谷！好坪！好山！它们逐步揭开了神秘的面纱，定会向四面八方的游客大放异彩！我们拭目以待！

（原载于2018年4月19日《民声报》副刊创刊号）

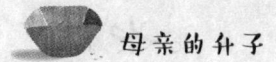 母亲的升子

太极城森林公园遐想

在旬阳,太极城森林公园是我最爱去的地方。白天去,晚上去;晴天去,雨天去;日常去,周末去。无论什么时候去,我都会放慢脚步,放松心情,沿途观景,心生感动。

可以说,太极城森林公园是旬阳人心灵休憩的地方。我常常看到成群结队的红男绿女,在这里走着、笑着、唱着、跳着。那是发自内心的欢声笑语,那是幸福情感的自然流露,我为旬阳人拥有如此美好的一处精神家园深感欣慰。

这个公园已经建设十多年了,初具雏形。写景不是我的强项,用我的拙笔是描绘不出太极城森林公园之美的。其实,她的美已经映入旬阳人民和世界各地游人的眼帘,写在了他们挂满微笑的脸上,装到了他们的镜头和文章里。

公园入口处立有门牌,上书"太极城森林公园"七个大字。无数次,我在门下徘徊,勾起了我对陈年往事的回忆。记得这个地方过去比较荒凉,当地政府想在这里搞点什么,由于意见分歧,多次上会,没有结果,久拖不决。

作为地地道道的旬阳人,我对此事格外关注。听说有人建议在这里建设别墅区;有人建议在这里发展养殖业;还有人建议在这里发展林果业,众说纷纭,莫衷一是。当时的县委主要领导力排众议,决定在县委大院后坡这个叫宋家岭的地方修建太极城森林公园。

我向来不善恭维人,但对拍板修建太极城森林公园的这位县委书记却

由衷地敬佩，觉得他为旬阳人民做了件大好事。有天书记对我说，太极城森林公园建设必须体现"无为、自然、和谐"的思想，让我将这种理念写成文字，供规划设计时参考。

我绞尽脑汁，倾尽所学，写成文稿。太极城森林公园，顾名思义，太极城是基础。旬阳县城，汉水南流，旬河北绕，山水相依，阴阳回旋，形如太极，中国唯一，世界罕见，被誉为"中华太极城"。这是旬阳人民的宝贵财富。修建公园，是为了更好地服务太极城，打造太极城，为人们观赏太极城提供休闲活动场所。建设中必须随弯就弯，随山就山，崇尚绿色，尊重自然，切忌喧宾夺主，本末倒置，人为地制造过多景点。

这就是太极城森林公园的与众不同之处，就像旬阳太极城，无不体现着道家的无为思想，及其独特的唯一性。站在观极台上，凉风习习，周身通泰，美丽的太极城尽收眼底，使人心旷神怡。来到太极城里，山上满眼葱绿，一派生机，根本看不见观极台建在哪里。到这时，我才真正体会出当时设计观极台时，县委决策者提出的"既不能建楼，也不能建塔，更不能建房"的主导思想，是多么深邃和高远。

公园里的其他建筑，如观极路、南广场、北广场、好汉坡等，均为辅助设施。就是栽植遍野的树木花草，也为山体的一部分，正好彰显出太极城森林公园的第二大特点——绿色生态，一切都是那么和谐自然，与陕南的青山绿水和白云蓝天相映成趣，妙不可言。

漫步太极城森林公园，我经常听到人们议论，说县上几届班子，在这件事情上，定得好，干得好，建得漂亮，造福万年。我也对这个公园深有感触：觉得地方政府只要克服急功近利思想，设身处地为人民着想，用战略思维和长远眼光科学决策，按照自然规律和人民意愿办事，就能留下历史的足迹，老百姓会永远记住的。

（原载于2017年4月1日"旬河浪花"微信公众号）

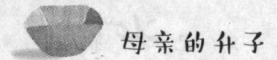 母亲的扣子

大黑山——安康湖畔的黑珍珠

我敢断言,未来的安康湖将是陕南旅游的"苏杭",而大黑山则是安康湖旅游的"天堂"。

世界不乏美的精灵,但缺少发现美的眼睛。大黑山地处汉江北岸,旬阳太极城身边,近在咫尺,而我竟然没有发现她。

这天是周五,雨后天晴,阳光灿烂,我们一行人登上了大黑山。沿路风景秀丽,景象万千,处处使人惊叹和震撼!

我显然是兴奋过头了,或者是激动难抑了,以至于整夜失眠。大黑山的奇光异景不时在大脑中萦绕,刺激着嗜睡的神经。

大黑山的云山雾海,堪为人间仙境。我们从双垭村三组那户人家门前弃车登山,无意间发现有种东西绕身游动,湿湿的,润润的,滑滑的,似游丝,像雾珠,清新可感,随手可触,原来我们已处在云雾包围之中了。登上半山腰某处平台,有人惊呼。循声望去,山下云雾缭绕,山峰若隐若现,光线忽明忽暗。只见那云雾,随风游走,忽上忽下,忽左忽右,忽前忽后,忽紧忽慢,一会儿祥和舒缓,一会儿奔腾翻卷,变幻万端,神奇无限。我看到了那转瞬即逝的奇景:蓝天、白云、山峰、雾海、绿地、农舍、田园,泼洒于同一幅画卷,层次分明,色彩各异,美轮美奂,令人眼花缭乱,真是好美呀!登上山间又一处平台,适才的美景再次浮现,只是更开阔,更大气,更美丽。这时,我才领略到,在大黑山观云海,随处可

观，随时可见，不同的地点，不同的梦幻。

山下那大片松林，构成大黑山又一美景。走在前面的向总回过头来问我："你听听，这是什么声音？"我侧耳细听：涛声阵阵，虎虎生风，松林漫卷，徐徐有声，真乃只可意会，不可言传。同行的德智主任笑着说："钱塘观潮，黑山听涛，这是大黑山的天籁之音啊！"我又仔细听了一会儿，这涛声奇妙无比，好听极了！一直听说松涛，从来没有听过，今日算是一饱耳福了。

大黑山的石林，是我见过的最美的石林，最怪的石林。一堆堆，一片片，摆放在山上不同角落，形成无数个组团。如果仅仅是一些石头，不足为奇，奇就奇在大自然鬼斧神工，将这些石头打磨成无数个造型：有的像椅，有的像鱼，有的像龟，有的像马，有的像鸟，有的像龙，有的像凤，有的像人，活像一处人与自然和谐相处的世界。还有一怪：那就是山上的石头均为黑色，石头纹理细密而坚硬，是为上等石材。我猜测大黑山的由来与这些黑石不无关系，或者这些黑石原本就是过去制作黑石印章的原料，也不是没有可能。

徒步大黑山，我们仿佛进入花的世界。这里给我的第一感觉是：陕南秦巴山区的所有奇花异草都聚集到了这里。山路两旁，长满了当地人称为老鸦蒜的一种植物，开花为蓝紫色，在阳光的照射下，花朵娇艳欲滴，露珠晶莹剔透，精致漂亮。请教花卉专家守业主任。他说，这种野花学名叫鸢尾花，是制作香水的原料，气味奇香。山上还有无数的刺玫花、马桑花、兰草花、沙棘花、苦菊花、山茶花、黄栌花，品种繁多，花色各异，争奇斗艳。看到这些尽情绽放的生命，不由得使我们这些凡人受到启迪：不论身在何处，也不论怎样平凡，都应像这些野草野花一样，热爱生活，拥抱自然，怒放生命，让自己的人生为社会增添一分光彩。

这里既有自然的美，更有人文的美。解放旬阳的"黑山战役"就是在此打响，因为这里是旬阳县城的制高点，控制了大黑山主峰，就控制了旬

母亲的升子

阳县城。我们看到"黑山战役"遗址尚存，战壕与围墙依稀可辨，它们正向人们讲述着曾经发生过的战斗故事。龙王洞临崖而生，地势险要，深不见底，妙趣横生。古往今来，人们到此祈福求雨，渴望风调雨顺，民富县强。洞口的那些石碑和石匾，无不记录着当时人们的美好愿景和生活足迹。旋风寨与火神庙的传说，美丽传奇，源远流长，增添了大黑山的神秘气息。听说明代户部主事张凤祥和近代著名文艺评论家王愚的老宅就在大黑山下。看来，这里真是人杰地灵，风水宝地啊！站在大黑山主峰眺望，毛公山与大黑山隔江相望，相传这是一对姊妹山，江南的毛公山叫男黑山，江北的大黑山叫女黑山，碧波荡漾的汉江在两山之间缓缓流淌，形成著名的秦巴奇观。

大黑山主峰海拔一千二百米，不算高，走完东西两面只需两三个小时，不算远，是徒步登山的好地方。一山连两镇，东坡是城关镇双垭村，西坡是段家河镇李家庄村。两村均在大黑山下，田园沃野，民风淳朴，竹林相间，鸟语花香。已经形成的双垭村千亩牡丹园和李家庄村千亩樱桃园，更加彰显出大黑山的妩媚风姿。县人大常委会牵头，部门配合，两镇协作，正在积极实施的大黑山旅游开发，将会走出一条"依靠旅游和产业带动群众脱贫"的新路子。不久的将来，大黑山将会成为陕南安康湖畔的一颗璀璨明珠！

（原载于2017年5月22日《华商报》今日安康副刊）

不到双河，你就不知道双河有多美

海彬主任说，双河镇脱贫攻坚产业建设搞得不错，邀请德智主任去看看。海彬主任包抓该镇脱贫攻坚工作，任战区指挥长。

春分的前一天，雨后放晴，我们出发了。路过蜀河不久，进入双河流域。映入眼帘的是清清的河水，蜿蜒的河岸，以及两岸的稻田。虽然未到清明时节，但河边飘拂着柳絮，路边摇曳着青竹，还有田里黄澄澄的油菜花，都是那么清新惹眼。尤其是山上的草木，发出了嫩芽，有的鹅黄，有的泛绿，有的黄中带绿，还有红白相间的花团点缀其间，白的是梨花和杏花，粉红色的应该是山桃花。山峦的上空蔚蓝蔚蓝，朵朵白云缓缓游动，变换成各种图案，好一幅山水田园风光画！人们说"桂林山水甲天下，阳朔山水甲桂林"，我要说"陕南春色甲天下，双河春色甲陕南"。

我们在双河镇高坪社区下车，镇党委书记胡广涛他们在路口等着，曾经的"修地大王"袁修龙也在那里。看到老袁，想起二十多年前我在《农民日报》上发表的那篇文章，题目是"白云深处新农庄——袁修龙庄园经济透视"，那时老袁在龙家河修地发展庄园经济出了名。现在老袁靠各级政府支持建成"省级农业示范园区"，占地三千多亩。他带领我们参观了新发展的火龙果、羊肚菌种植基地，火龙果还未挂果，羊肚菌已经成熟，长势喜人。

从园区出来，走进软籽石榴示范基地。我们看到树苗已经长到一人多

母亲的升子

高，技术员正在地里修剪。据村干部介绍，双河镇在脱贫攻坚工作中，牢牢抓住产业建设不放松，将软籽石榴作为主导产业之一大力发展。今年元月份，镇党委书记胡广涛带领镇村干部赴河南省荥阳市高村乡考察突尼斯软籽石榴产业，回来后采取集体"统一流转土地、统一经营管护"的模式，在该镇高坪等八个村栽植千余亩。这种石榴我虽然还没有尝过，但听说个大味甜，最大的特点是籽粒柔软，能够吞咽，市场前景看好。

上车后，镇上的同志说带我们到西岔河去。听说这条发源于南羊山的小河，与潘家河在双河口这个地方交汇，因此这里叫双河。溯河而上，我的双眼透过窗玻璃紧盯西岔河，因为这里太美了！先说水，西岔河的水是那样清澈，河床里的沙石是那样明净，由于大石和落差的影响，这水一会儿奔腾，一会儿舒缓，一会儿打旋，一会儿卧成深潭，如果能够下车，肯定可见水中鱼儿低吟浅唱的悠闲。再说岸，河道两岸自然生长的那种柳树叫麻柳，根是那么粗，枝是那么茂，絮是那么密，由于这种柳树具有顽强的韧性，久经洪水冲刷，尽管疙疙瘩瘩，但屹然挺立一河两岸，成为一道景观。最值得一说的是田，西岔河两岸基本上都是稻田，一块块，连成片，串成串，形成一条风景线。可以说，西岔是旬阳的鱼米之乡啊！

可是，过去的西岔人只能吃到米，却吃不到鱼。不要紧！今年他们可以吃到鱼了！到了马家村又下车了，我们脚踩列石过河，来到对岸，那里是大片稻田。村干部正在组织人员施工，说是在搞"稻田养鱼"试点。触景生情，使我联想到去年冬季，海彬主任带领县人大常委会农工委和双河镇的领导，前往四川省崇州市、邛崃市、德阳市考察"稻田养鱼"，觉得旬阳不少乡镇具备这个条件，应该借鉴外地经验。双河镇上下热情高涨，镇长张卿又带领镇村干部先后到湖北省宜城市、天门市、潜江市、宜都市和四川省宣汉县，对"稻田养鱼"技术进行全面考察，还是采取村集体"统一流转水田，统一经营管理"的模式，在该镇的马家、卷棚、旱阳等村连片发展"稻田养鱼"千余亩，作为脱贫攻坚的第二大主导产业。镇党委书记胡广涛还介绍说，镇上还积极落实县上"振兴烟草产业"的号召，今春落实烤烟面积三千亩，作为全镇脱贫攻坚的第三大主导产业。同行的德智主任说，在脱贫攻坚工作中，前两年打好了基础，解决了水、电、路，贫困户住房也有了保障，现在的关键是发展产业，增加农民收入，双河镇能够大抓三大产业，可谓抓住了"牛鼻子"，值得肯定和鼓励！

回来的路上，我们都很激动，双河的山是那样舒缓，郁郁葱葱，绵绵延延，分外耐看；双河的水是那样温柔，清清亮亮，慢慢流淌，也很惹眼；双河的田是那样幽静，仿佛少女的眼睛，脉脉含情；双河的人是那样热情，他们在天然氧吧中生活，在人间仙境里干事，多幸福啊！祝愿双河的明天更美好！

（原载于2018年3月30日《安康日报》瀛湖副刊）